EDI GRAF & VERONIKA WIELAND

MAULTASCHEN IN LOVE

AF197496

Veronika Wieland ist im Schwabenland geboren, lebt in Rottenburg und hat ihre Wurzeln in einer südländischen Winzerfamilie. Sie wuchs mit traditioneller, guter Küche auf und arbeitet in der Touristikbranche. Getreu ihrem Motto »Räubertöchter braucht die Welt, Prinzessinnen haben wir schon genug« sorgt die Autorin und Ideengeberin mit einem ordentlichen Schuss Selbstironie für genügend weibliche Intuition im Frauenroman des Autorenduos: »Der Platz in der Küche ist heute mehr als ein Klischee. Küche ist Trend!« *Maultaschen in Love* ist ihr erster Roman.

Edi Graf lebt ebenfalls in Rottenburg, arbeitet als Autor, freier Redakteur und Moderator im öffentlich-rechtlichen Rundfunk und liebt Afrika. So schlägt er in *Maultaschen in Love* die Brücke von einem südafrikanischen Weingut zu den Sterneköchen im Schwarzwald. Der Afrikakenner, Verfasser von Schwarzwald-Reiseführern und Herausgeber zweier Kochbücher lässt die drei Heldinnen bei ihren Kochkünsten trendig und hip zwischen südafrikanischem Braai und schwäbischen Maultaschen agieren.

EDI GRAF & VERONIKA WIELAND

Maultaschen in Love

ROMAN

SILBERBURG

Für Anni, Mia und Rahel.
Seid mutig.
Lernt kochen.
Und die Welt gehört euch!

Handlung und Personen sind – bis auf die im Vorwort genannten – frei erfunden.

2. Auflage 2021

© 2021 by Silberburg-Verlag GmbH,
Schweickhardtstraße 5a, D-72072 Tübingen.
Alle Rechte vorbehalten.
Umschlaggestaltung: Markus Drapatz, Erfurt, unter
Verwendung einer Fotografie von Veronika Wieland.
Layout & Satz: BUCHFLINK Rüdiger Wagner,
Nördlingen
Lektorat: Michael Raffel, Tübingen.
Druck: CPI books, Leck.
Printed in Germany.

ISBN 978-3-8425-2274-9

Ihre Meinung ist wichtig für unsere Verlagsarbeit.
Senden Sie uns Ihre Kritik und Anregungen unter
meinung@silberburg.de
Besuchen Sie uns im Internet und entdecken Sie die
Vielfalt unseres Verlagsprogramms:
www.silberburg.de

»IN CHARDONNAY«

Wenn ein analytischer Krimiautor und eine Frau, die ihre Kinder getreu ihrem Motto »Räubertöchter braucht die Welt, Prinzessinnen haben wir schon genug« erzieht und für die Küche mehr als Klischee ist, auf die Idee kommen, gemeinsam einen Roman zu schreiben, bleibt nicht nur kein Auge trocken, sondern auch kein Glas …

Egal ob Selters oder Chardonnay, Getränke vermischen und Ideen verselbständigen sich. So ist es auch für uns wenig überraschend, dass in unserer Verwechslungsgeschichte vom Schwarzwald bis zum Kap der Guten Hoffnung neben unseren drei Powerfrauen Sabrina, Belinda und Isabel auf einmal auch raffinierte Kochkunst, Liebe und Intrigen Hauptrollen spielen.

Hierbei standen uns wunderbare Menschen mit ihrer Gastfreundschaft, aus der Freundschaft wurde, und mit viel Engagement offen und mutig zur Seite. Unsere Idee eines »abgefahrenen Gins der besonderen Art« wurde dabei ebenso umgesetzt wie die Herausforderung, an der Seite eines Sternekochs zu »maultaschen«.

Für dies alles ein ganz herzliches Dankeschön:

Allen voran *Franz Berlin*, Sternekoch des Gourmetrestaurants *Berlins KroneLamm* in Bad Teinach-Zavelstein. Seiner unverwechselbaren Kreativität haben wir die im Buch zubereiteten und servierten *Maultaschen in Love* und das *Maultaschen-Mosaik* zu verdanken.

Ohne die geheime Spezial-Rezeptur von *Franz Berlin* und die geniale Brennkunst von *Leonard Wilhelm* in seiner *Heckengäu-Brennerei* in Gechingen würde es unseren einmaligen *Gin* nicht geben. Was der analytische Krimiautor und die Mutter der Räubertöchter zu Papier bringen, bringen diese beiden Meister ihres Fachs in die Flasche!

Mit *Gottfried Staron* haben wir den Joker der Geschichte gezogen und in seinem *Hotel Hirschen* in Menzenschwand die traumhaften *Käsespätzle nach Hirschenwirts Art* genossen.

Franz, Leonard und Gottfried sowie die quirlige Sonay Cagal spielen sich in unserem Roman selbst.

Auch für den *Conradshof* gibt es ein reales Vorbild: Sehr gerne haben wir bei *Annette Sackmann* vom *Hotel Konradshof* in Seewald-Besenfeld ganze Szenen geschrieben und freuen uns über ihren eigens für diesen Roman kreierten *Schwarzwaldburger*.

Namenspate für unseren südafrikanischen Jungwinzer ist der »Naheweinrebell« Henning Mathern vom »Weingut Mathern« in Niederhausen an der Nahe.

Nicht zuletzt gilt unser Dank unserem wunderbaren Lektor Michael Raffel für seine gründliche und konstruktive Arbeit sowie Bettina Kimpel und Gaby Schuska im Silberburg-Verlag für die vertrauensvolle Begleitung unseres Projekts.

Unsere gemeinsamen Schreibabende wurden von gründlicher, zeitaufwendiger und chardonnayreicher Recherche im Schwarzwald und in Südafrika begleitet. Dennoch schlägt in der Kirche neben dem Hirschen leider keine Glocke mehr, und Flamingos in Pink sind noch nicht geschlüpft.

Rottenburg, 27. Juli 2020
Veronika Wieland & Edi Graf

Grüßle vom Schwarzwald-Botschafter

»Maultaschen in Love« – ein Roman, der im Schwarzwald spielt und seinen Lesern neben den trendigen, stylischen Seiten unserer »grünen Oase des Glücks« auch die leckere, innovative Küche »in den Sternen unterm Schwarzwaldhimmel« näherbringt.

Ich wünsche Ihnen, liebe Leserinnen und Leser, großen Lesespaß und den »Maultaschen in Love« viel Erfolg!

Ihr Hansy Vogt, offizieller Schwarzwald-Botschafter

PROLOG

Die tief stehende Sonne zauberte silberne Sterne auf die türkisblaue Oberfläche des Atlantischen Ozeans und ließ den hellen Sand von Diaz Beach goldgelb glänzen. Der Wind spielte wild mit den schulterlangen Haaren der Frau. Das Model und sein Fotograf hatten einen perfekten Tag am Kap der Guten Hoffnung verbracht.

Sie beachteten den Mann nicht, der zwischen den rot leuchtenden Felsen über die schmalen Holzbohlen zum Strand heruntergestiegen war. Nur wenige Touristen kamen um diese Zeit noch hierher, die meisten blieben zum Sonnenuntergang oben auf den Klippen oder hatten den Park verlassen, um ihren Sundowner beim Picknick an einem der trendigen Strände Kapstadts zu genießen. Der Ozean, der sich draußen am Horizont in tiefem Blau mit dem Azur des Himmels verband, toste hier, am einstigen Kap der Stürme, laut genug, um jedes Gespräch zu verschlucken.

»Ein idealer Treffpunkt«, dachte er, als er den anderen am Ende der Bucht entdeckte. Weit draußen flogen Kormorane Formation, ein Buckelwal durchpflügte einsam den von Schaumkronen durchzogenen Ozean. Hier waren sie allein. Sie konnten ungesehen und ungestört reden.

»Wir haben ein Problem«, begann der andere.

»Dann sollten wir es lösen«, entgegnete er.

»Ein Investor ist aufgetaucht.«

Diese Neuigkeit gefiel ihm in der Tat nicht.

»Bitte? Wer?«

»Ten of the Best Hotels.«

Das hatte ihm gerade noch gefehlt! Jetzt, wo er kurz vor dem Ziel war, kreuzte sein schärfster Konkurrent auf.

»Das könnte allerdings wirklich zum Problem werden«, grunzte er und drückte seine Fingergelenke durch, bis es laut knackte. Ein Zeichen seiner Nervosität.

»Es soll eine Gala auf dem Weingut stattfinden.«

Sein Blick verfinsterte sich. »Verdammt!«

»Was schlagen Sie vor?«, fragte der andere.

»Sie wissen, was auf dem Spiel steht. Wenn jetzt noch irgendetwas schiefgeht, werden auch Sie nicht an Ihr lang ersehntes Ziel kommen. Ich brauche alle Informationen über diese Gala. Was wissen Sie noch?«

»Sie wollen eine Sterneköchin engagieren.«

»Eine Sterneköchin?« Er dachte an die kleine Schwarzwälderin, die in seinem Hotel kochte. »Das sollte nicht das Problem sein, die könnte man sich gefügig machen.« Er grinste fies. »Wir werden uns einen hübschen kleinen Plan ausdenken, um ihnen gründlich in die Suppe zu spucken. Ich habe da jemand an der Hand, der sich mit besonders feinen Zutaten für die gehobene Küche perfekt auskennt.« Sein Lachen war hämisch und so laut, dass ein paar Klippschliefer erschrocken in ihren Verstecken verschwanden.

»Und genau diese Sterneköchin wird ihnen die Suppe gründlich versalzen, dafür werden wir sorgen!«

AUFBRÜCHE

Zwölf Tage später

Noch ahnte Sabrina Brendle nichts vom Ausgang des Abends und von so ungewohnten Gefühlen wie Unbehagen oder gar Angst. Sie war ohnehin nicht nah am Wasser gebaut, Tränen gab es bei ihr höchstens im Zorn oder wenn sich Enttäuschung in Ärger oder Groll verwandelte. Wie hätte sie auch jetzt, als sie den Blick über den dunkel schimmernden Atlantik schweifen ließ und ihre Gedanken sich auf den nächsten wundervollen Tag am Kap der Guten Hoffnung konzentrierten, voraussehen können, dass sich alles nur durch ihre Unvorsichtigkeit und Neugier ändern würde.

Wie gewohnt hatte sich die Köchin am späten Abend zunächst einen kühlen Schluck gegönnt, nachdem die letzten Gäste im Restaurant des schicken Boutique-Hotels gegessen hatten. Sabrina genoss den erfrischenden Gin Tonic und dachte an Richie. »Gin ist bei uns kein Alkohol«, hatte er mal gesagt, »Gin ist Medizin. Im Busch trinken wir es gegen Malaria.« Sie schmunzelte, und ihre tiefbraunen Augen blickten hinunter auf den endlosen Sandstrand zu ihren Füßen, während der leichte Wind vom Kap sanft mit ihren dunklen, kinnlangen Haaren spielte.

Das *Ouplaas Cape Town Boutique Hotel* lag malerisch auf einer Klippe am Fuß des Tafelbergs mit einer herrlichen Sicht auf die Bucht und den endlosen Sandstrand von Camps Bay. *Ou Plaas*, wer immer diesen *alten Platz* einst entdeckt und dort das kleine, trendige Hotel gebaut hatte, muss ein Träumer gewesen sein, denn hier oben war ein Ort für Träume, und das nicht nur während der traumhaften Sonnenuntergänge.

»Bisschen spät für einen Sundowner«, dachte Sabrina, doch früher am Abend hatte sie einfach keine Zeit dafür. Die Sterneköchin hatte noch einen letzten Blick ins Restaurant geworfen, um sicher zu sein, dass niemand mehr die Küchenchefin persönlich sprechen wollte. Dies kam in den letzten Monaten, seit sie in Kapstadt zur Trendköchin des Jahres gekürt worden war, immer häufiger vor.

Sabrina hatte es geschafft, sie hatte erreicht, was sie wollte, und man wusste ihr Können in gewissen gesellschaftlichen Kreisen zu schätzen. Es war chic geworden, sie für Firmenevents und private Veranstaltungen in Capetown selbst, aber auch in den Cape Winelands von Stellenbosch bis Paarl zu buchen, um für die Gäste kulinarische Delikatessen zu zaubern.

Doch Sabrina war keine Frau, die sich gerne auf ihren Erfolgen ausruhte. In ihrem Metier war es unüblich, für lange Zeit am selben Ort zu bleiben, und es war ihr bewusst, dass es irgendwann eine neue Herausforderung in einer der namhaften Küchen dieser Welt für sie geben würde. Dies würde gleichbedeutend sein mit einem Abschied von Südafrika. Es war nur eine Frage der Zeit, gestand sie sich ein und verdrängte die in ihr aufkeimende Wehmut mit Gedanken, bei denen sie gleich dreifachen Grund zur Freude empfand:

»Nur wenige Tage noch, dann kochst du auf *Hoopengeluk!*«

Das Weingut der Familie van Wynsberghe lag in Constantia Valley, in den Weinbaugebieten südlich des Tafelbergs, direkt neben *Volstruis Willow*, Richies kleiner Straußenfarm, und sie würden sich mehr als einmal in der Woche sehen können. Zudem würde sie auf der *Gala Chakalaka* einmal wieder die Gerichte ihrer Heimat kochen können, denn der Gutsherr von *Hoopengeluk* hatte sich eine Begegnung von südafrikanischer und schwäbischer Küche, die er bei einem Aufenthalt in Deutschland kennen- und lieben gelernt hatte, gewünscht. Und Maultaschen in Südafrika zu kochen, war selbst für Sabrina eine kleine Herausforderung. Drittens aber gab es mit großer Wahrscheinlichkeit ein Wiedersehen mit Isabel. Ihre beste Freundin aus dem Schwarzwald hatte gute Chancen, den Kochwettbewerb zu gewinnen und als ersten Preis an ihrer Seite bei der Gala auf *Hoopengeluk* zu kochen. Was für eine traumhafte Vorstellung!

Sabrina wurde von den Stimmen der Gäste, die jetzt mit ihren Drinks auf die Aussichtsplattform kamen, aus ihren Gedanken gerissen und zog sich langsam zurück. Der Wind trieb die feuchte Luft des Atlantiks gegen den Tafelberg, und schon bald würde des Teufels Tischtuch über die zerklüfteten Flanken des Massivs gleiten, und die Sterne würden sich hinter den Wolken verstecken.

Sabrina suchte den Hinterhof des Hotels auf, wie sie es jeden Tag nach Feierabend tat. Der Ort war zwar alles andere als romantisch zwischen den mannshohen Müllcontainern, doch hier war sie allein und wurde von niemandem gestört, ein idealer Platz, um nach der Hektik in der Küche zur Ruhe zu kommen, den letzten Schluck Gin Tonic zu trinken und ihren Gedanken nachzuhängen. Meistens dachte sie in diesen Augenblicken an Richie.

Sie hatten sich hier im *Ouplaas* kennengelernt, wo er nach einer Besprechung mit einem Geschäftspartner noch einen Drink an der Bar nahm.

An seiner sonnengebräunten Haut und dem durchtrainierten Body, der sich unter der eng anliegenden Jeans und dem oben offenen Hemd abzeichnete, hatte sie erkannt, dass er körperlich arbeitete. Darin unterschied er sich von den meisten anderen Hotelgästen, die ihre Tage im Anzug bei Meetings in einem der vielen klimatisierten Geschäftshäuser in Kapstadt verbrachten.

Wäre sie einen anderen beruflichen Weg gegangen, wäre auch sie vielleicht heute als Betriebswirtin in diesen Kreisen aktiv, sinnierte Sabrina. Aber vielleicht bescherte ihr die erfolgreiche Karriere als Köchin doch die größere Vielfalt und vor allem mehr Genuss.

Sie grinste. Verzichten musste sie auf nichts. Die Männer in ihren gut sitzenden Anzügen übten eine besondere Anziehungskraft auf sie aus, dessen war sie sich bewusst, doch sie stand neben gutem Aussehen auch vor allem auf gutes Benehmen. Hotelgäste waren zwar im Allgemeinen tabu, aber die lockere und dennoch charmante Art des Typs an der Bar, der sie optisch an den jungen Clint Eastwood erinnerte, hatte sie neugierig gemacht. Er hatte genau das markante Gesicht, mit ein paar Fältchen unter den Augen, das ihr bei Männern so gefiel.

Sabrina schätzte ihn ungefähr zehn Jahre älter als sie selbst, und sie ertappte sich schon beim ersten Drink, den er ihr ausgab, wie sie mit einer gewissen Freude seinen nackten rechten Ringfinger erblickte. Drei Drinks später, als die letzten Gäste längst die Bar verlassen hatten, fielen jene Worte, die sie bis heute nicht vergessen hatte:

»Bitte begleiten Sie mich auf meine Farm.«

Sein Blick hatte etwas Betörendes, und die Wärme seiner Stimme hatte kein »Nein« zugelassen. Noch am selben Abend waren sie auf seine Farm gefahren.

Erneut waren es Stimmen, die Sabrina jetzt aus ihren Gedanken rissen. Eine davon, männlich, zwar leise, aber direkt, die andere verzerrt aus einem Telefon. Als sie die ersten Worte des auf Englisch geführten Telefonats wahrnahm, wollte sie sich diskret zurückziehen, doch beim Wort *Chakalaka* blieb sie abrupt stehen. War damit die Gala auf dem Weingut gemeint, für die sie in wenigen Tagen kochen sollte? Als ihr dann noch die Wortfetzen »how to destroy« zu Ohren kamen, erstarrte sie in ihrer Bewegung. »Zerstören? Ruinieren!« Was sollte hier ruiniert werden?

Sabrina duckte sich zwischen die Container und lauschte angestrengt. Jetzt redete der andere, zwar laut genug, um das Kratzen der Silben und die Satzmelodie bis zu ihr zu tragen, jedoch konnte sie kein Wort verstehen. Sie entdeckte die füllige Silhouette des telefonierenden Mannes bei den Mülltonnen, die rechts von ihr standen. Er lehnte seitwärts an einen der größeren Container und atmete schwer. Ein seltsames Knacken irritierte sie. Sie schob sich vorsichtig auf die Zehen und erkannte die kantige Bewegung seiner Hände, während er das Handy zwischen Ohr und Schulter geklemmt hatte. Er schien äußerst nervös zu sein. Da der Übergewichtige nicht Afrikaans, sondern Englisch redete, schien zumindest er kein Südafrikaner zu sein.

Sie hatte die Augen geschlossen, um sich auf seine Worte zu konzentrieren, doch es war ihr weder möglich, mehr als einzelne Silben oder etwas lauter gesprochene Satzfragmente herauszuhören, noch die Stimme zu identifizieren, die aufgeregt und dann wieder geheimnisvoll klang.

Noch einmal hörte sie *Chakalaka* und dann einige zusammenhanglose englische Wortfetzen, von denen ihr *effective, poisonous* und *secretly* einen Schauder über den Rücken jagten.

Wirkungsvoll? Giftig? Geheim? Was, verdammt, ging hier ab? Während sie noch darüber nachdachte, vernahm sie deutlich »flight to Frankfurt«, und wie er Frankfurt aussprach – das war eindeutig Deutsch!

Sabrina versuchte, aus dem bisher Gehörten einen Zusammenhang herzustellen. Als jetzt noch die Worte »Black Forest« fielen, entwich ihr ein leiser Schrei, und sie erstarrte. Black Forest – der Schwarzwald! Ihre Heimat! Was hatte das alles zu bedeuten? Noch während sie darüber nachdachte, war die Stimme plötzlich verstummt. Sie spähte aus ihrem Versteck, der Korpulente war verschwunden.

Sabrina hatte genug gehört. Nach Spaß und Jux hatten die abgehackten Satzfetzen und die Heimlichtuerei des Wortführers nicht geklungen. Schon wollte sie sich zurückziehen, als sie ein laut schepperndes Geräusch herumfahren ließ. Sie erkannte die korpulente Silhouette, sah noch das Handy in seiner Hand aufblitzen, und was dann passierte, geschah so schnell, dass sie keine Chance hatte, sich dagegen zu wehren.

Ein zweiter Mann tauchte auf, und ein Sack wurde ihr von hinten über den Kopf gestülpt. Sabrina war es nicht gewohnt, sich widerstandslos zu ergeben, und sie wehrte sich mit Händen und Füßen gegen die Angreifer. Ihre Schreie erstickten unter der Hülle, die mit ein paar Stricken festgezogen wurde. Die junge Frau schlug um sich, doch ihre Arme wurden von starken Händen gepackt und auf dem Rücken verschnürt. Sie versuchte, mit ihren Füßen gegen die Schienbeine der Männer zu treten und ihnen ein Knie in den Unterleib zu stoßen, doch sie hatte gegen die starken Körper keine Chance. Ihre strampelnden Beine wurden gepackt und mit Klebeband umwickelt, sie wurde hochgehoben wie ein Stück Kleinvieh, das zur Schlachtbank getragen wurde, und auf eine kalte, kahle Fläche geworfen. Dann war es nur noch dunkel und – bis auf ihren eigenen, keuchenden Atem – still.

Sabrina hörte in sich hinein, doch bei aller Angst, die sie in dieser Situation haben sollte, überwog die Wut. Selbst schuld! Wer seine Nase in Dinge steckt, die ihn nichts angehen, muss auch mit den Konsequenzen klarkommen! Aber gingen sie diese Dinge wirklich nichts an? Ging es nicht um *ihre* Gala? Was sie gehört hatte, klang wahrlich nicht nach einer gelungenen Überraschung für die *Gala Chakalaka*, im Gegenteil. Warum sonst hätte man sie aus dem Verkehr ziehen sollen? Wer waren die beiden Männer, die sie überwältigt hatten, und mit wem hatte der Korpulente telefoniert? Welchen dunklen Machenschaften war sie auf die Schliche gekommen? Und was hatten sie mit ihr vor?

Als sich der Wagen gefühlt Stunden später holpernd in Bewegung setzte, befürchtete sie, dass man sie jetzt als unliebsame Zeugin ausschalten würde. Mit einem Mal verspürte sie ein seltsames Unbehagen in sich aufkeimen. Es war ein Gefühl, das sie weder kannte noch mochte, und dazu flüsterte ihre innere Stimme wieder und wieder: »Wie ruinieren wir Chakalaka …?«

Isabel Conrad saß vor dem kleinen Café auf dem größten Marktplatz Deutschlands in der Sonne und genoss ihren Cappuccino. Es war ihr Lieblingscafé, das sie regelmäßig aufsuchte, wenn sie sich einen ihrer seltenen »Genusstage« – wie sie es immer nannte – gönnte und zum Bummeln ins nahe Freudenstadt oder über die Schwarzwaldhochstraße nach Baden-Baden fuhr.

Jetzt waren Betriebsferien im *Conradshof*, und sie hatte den ersten wirklich freien Tag seit Wochen. Der ehemalige Bauernhof hatte sich seit 1912 von einer Hofschänke und Dorfwirtschaft zum Hotel mit 18 Zimmern entwickelt. Als ihre Großeltern es von deren Eltern übernommen hatten, war es eine Goldgrube gewesen, und sie hatten es zu einem der führenden Häuser zwischen Murg- und Nagoldtal gemacht. Hätte es damals diesen Begriff schon gegeben, wäre es sicherlich ein sogenannter »Place to be« gewesen. Genau das wünschte sich Isabel für den *Conradshof* heute.

Isabel hatte sich entschlossen, ihren ersten freien Tag ganz den Dingen zu widmen, die in der letzten Zeit deutlich zu kurz gekommen waren – neuen Klamotten, ihrem Äußeren und vor allem sich selbst. Vom Besuch im Kosmetiksalon ihrer Freundin hatte sie sich auf ihren Fingernägeln ein schönes aufgestempeltes Hirschgeweih mitgebracht, das sie, jetzt, im Schein der langsam schwindenden Nachmittagssonne, mit einem zufriedenen Lächeln betrachtete.

»Stilecht, und doch mal wieder etwas Ausgefallenes«, dachte sie.

Diese Kombination war typisch für Isabel. Ja, sie war das, was man sich unter einem Schwarzwälder Mädel vorstellte, geboren, aufgewachsen und verwurzelt in ihrem Heimatort im nördlichen Schwarzwald. Wenn es aber etwas gab, das neu und ungewöhnlich war, konnte sie sich dafür begeistern und musste es haben.

In zwei Stunden würde sie sich mit Nina, die sie noch aus ihrer Schulzeit kannte und die inzwischen mit Mann, Kind und Hund in Baiersbronn zu Hause war, in der trendigen Pizzeria *Da Angelo* treffen; sie würden gemütlich essen und über alte Zeiten philosophieren, an die sie sich beide meist mit ganz viel Lachen erinnerten.

Isabel dachte gerne an ihre unbeschwerte Kindheit und ihre Jugendzeit zurück. Gemeinsam mit ihren beiden älteren Brüdern war sie zwischen Schule, Hotel und Natur aufgewachsen. Ihr Großvater hatte ihr beigebracht, was sie vom Wald und seinen Bewohnern wissen musste, und sie sogar mit auf die Jagd genommen. Bald war sie die beste Pilzkennerin im Tal, wusste die Namen von Heil- und Giftpflanzen und konnte die Eichhörnchen, denen sie Namen gab, voneinander unterscheiden. Der Wald und seine Täler, das war der Abenteuerspielplatz ihrer Kindertage, die drei Stockwerke im Hotel und der weitläufige Keller mit seinen zahlreichen Räumen bildeten die Kulisse für Versteckspiele und Fangen an Regentagen.

Isabels Großeltern hatten den *Conradshof* an ihren einzigen Sohn übergeben, als klar war, dass die Frau an seiner Seite für den Hotelbetrieb wie geschaffen war und sich das Paar für eine Zukunft und eine Familie im Ort entschieden hatte. Ihr Vater hatte Isabels Mutter auf seiner Rückreise von einem kurzen Italientrip in der Schweiz kennengelernt. Vier Wochen später war die quirlige und moderne Schweizerin im Schwarzwald geblieben und hatte in der Küche und an der Rezeption mitgeholfen. In Isabels Augen war der *Conradshof* ein Haus, das bei aller Tradition den Anschluss an die moderne Zeit nicht verpassen durfte, doch die Schritte mussten behutsam gewählt werden. In manchem abgelegenem Tal oder ehemals stark frequentiertem Ort mit der Vorsilbe »Bad«, wo die Zeit stehen geblieben war, hielten sich Touristen fern, wurden Hotels geschlossen und standen als »Lost Places« am Straßenrand.

Für Isabel stand fest, dass sie ihr Hotel davor bewahren würde. Für den *Conradshof* sollte es weitergehen, und wenn es nach ihr ginge, mehr als ein paar Jahre, zumal der Trend ja immer mehr zu Regionalität und Heimat ging.

Nie wäre sie wie Sabrina, ihre Freundin und Kollegin aus der Küche, ins Ausland, ja auf einen anderen Kontinent gegangen, um dort ihren Beruf auszuüben. Zu sehr liebte sie ihren Schwarzwald, ihre Familie, und zu sehr hatte sie es sich zur Aufgabe gemacht, dem *Conradshof* etwas mehr Frische zu verleihen und ihn vom angestaubten Image der alten Tage zu befreien.

Jetzt, als sie in Freudenstadt in dem kleinen Café auf dem Marktplatz den letzten Schaum ihres Cappuccino aus der Tasse löffelte, dachte sie an den Anruf aus Südafrika vor gut zehn Tagen und Sabrinas Vorschlag, an diesem Kochwettbewerb auf der *Gourmet Voyage*, der bekannten Genuss-Messe in Stuttgart, teilzunehmen.

»›Schwäbische Küche für die Welt – raffiniert serviert‹ heißt der Wettbewerb«, hatte Sabrina euphorisch gesagt. »Das ist doch genau dein Ding!« Und Sabrina hatte recht.

»Zudem hätten wir dadurch eine reale Chance, uns endlich mal wiederzusehen«, hatte sie noch angefügt, »immerhin erwartet den Sieger eine Reise nach Südafrika. Und du würdest an meiner Seite für eine Gala auf einem Weingut am Kap ein schwäbisch-südafrikanisches Menü kreieren und zaubern. Was hältst du davon?«

»Ich bin dabei!«, hatte Isabel spontan gesagt, denn die Idee, an einem Kochwettbewerb mit realen Siegeschancen teilzunehmen und sich dazu wie in alten Zeiten mit Sabrina die Kochschürze umzuhängen, gefiel ihr mehr als gut. Sie würden todsicher eine tolle gemeinsame Zeit miteinander haben, wie immer, wenn sie sich nach all den Jahren, die sie sich nun kannten, trafen.

So hatte Isabel keine zwei Stunden nach Sabrinas Anruf eine Teilnahmebestätigung in der Hand gehalten. Jetzt musste sie ihre Freundin in Südafrika unbedingt erreichen und war doch etwas beunruhigt, weil Sabrina auf keine WhatsApp reagierte und schon seit zwei Tagen nicht mehr online war.

»Vollmondnacht«, dachte Belinda Sommer, während sie die letzten fünf Packungen antiallergische Augentropfen in das Glasregal stellte, »heute ist eine laue Vollmondnacht vorhergesagt, und du hast später noch Notdienst in der Apotheke!«

Sie stieg von dem Klapptritt und strich den weißen Kasack glatt, den sie und ihre Kolleginnen auf Wunsch des Chefs zu tragen hatten. Wenigstens war die Jacke figurbetont geschnitten, hatte kurze Ärmel und einen V-Ausschnitt, der ihr Luft zum Atmen ließ. Und die brauchte sie mehr denn je in diesen Tagen.

Wie lange hielt ihre Pechsträhne jetzt schon an? Drei Wochen? Vier? Wenn sie ehrlich zu sich war, schon viel länger. Der Stress mit ihren Eltern währte schon, seit sie die Ausbildung zur Pharmazeutisch-technischen Assistentin gemacht hatte, statt im elterlichen Weinlokal im Herzen der Altstadt von Rottenburg zu bedienen.

Und das mit Alex? Hatte sich – wenn sie ehrlich war – auch schon seit Monaten angebahnt. Doch was für sie am schlimmsten war: Selbst Oma, bei der sie jederzeit Schutz und guten Rat gefunden hatte, war nicht mehr ansprechbar, seit Opa sich auf Mallorca mit diesem Traum vom eigenen Weingut selbst verwirklichen wollte.

Belindas offene Art war, zusammen mit ihrem oft dunklen Humor und dem frechen Grinsen, ein Erbstück ihrer Oma, mit der sie ihre halbe Kindheit und Jugend in der Küche des großelterlichen Weinlokals verbracht hatte. »Das hast du von deiner Großmutter« – wie oft bekam sie das bis heute von ihren Eltern zu hören, wobei Opa oft lachend hinzufügte: »Das kann nicht sein, die hat das noch!«

Die PTA, wie man ihren Beruf abkürzte, nahm die Päckchen mit Vitamin-D3-Tabletten und füllte das nächste Regal auf. Sie trug ihr schulterlanges dunkles Haar zu einem sportlichen Pferdeschwanz zusammengebunden, was nicht nur im Dienst praktisch war und morgens schnell ging, sondern auch ihre Sommersprossen im leicht gebräunten Gesicht, ihre Stupsnase und ihre strahlend weißen Zähne noch mehr zum Ausdruck brachte.

Belinda, die sowohl unter ihren Freunden als auch bei ihren Kolleginnen und den Kunden in der Apotheke hinterm Rottenburger Dom als Frohnatur bekannt war, hatte bei ihrer Körpergröße von 1,75 Meter vielleicht nicht ganz die Traummaße eines Models, war aber dennoch beim täglichen Blick in den Spiegel mit ihrem Aussehen und ihrer Figur sehr zufrieden. Die Endzwanzigerin konnte sich nicht wirklich über mangelndes Interesse der Männerwelt an ihrer Person beschweren, jedoch war unter den Typen, die ihr in den letzten Wochen teils mühevoll ihre Telefonnummer entlocken konnten, keiner dabei gewesen, von dem sie nach einem ersten Treffen ein Wiedersehen herbeigesehnt hatte.

»Gut, vielleicht ist es sogar besser, dass du heute Nacht Notdienst hast«, sinnierte sie weiter, »sonst würdest du noch frustriert zu Hause sitzen und in deiner Einsamkeit deinen Weinvorrat plündern. Oder womöglich aus Langeweile bei deinen Eltern im Lokal bedienen? Oder dich fragen, wieso du nicht, wie die anderen in deinem Alter, verliebt den Vollmond anschmachten kannst oder zumindest ein Date mit einem interessanten Typen hast.«

Dabei wusste sie nur zu gut, dass die meisten ihrer Freundinnen weder verliebt zu Hause saßen noch diesen doofen Mond anschmachteten – vielleicht allein, aber definitiv nicht zu zweit! Allesamt waren sie gelangweilt und höchstens damit beschäftigt, über das Benehmen ihrer Männer und deren mangelnde Aufmerksamkeit ihnen gegenüber zu schimpfen. Belinda seufzte.

»Selbst schuld«, dachte sie. »Du hättest diesen blöden Streit ja nicht provozieren müssen! Dann wäre Alex jetzt nicht dein Ex!«

Hatte sie deswegen jetzt ein schlechtes Gewissen? Nein, ganz gewiss nicht! Nicht wegen Alex! Ein schlechtes Gewissen hatte sie eigentlich nie.

»Streiche eigentlich. Das Wort braucht kein Mensch.«

Ein schlechtes Gewissen hatte sie nie. Punkt. Dafür hatte sie schon als Kind gesorgt. Immer, wenn sich ein schlechtes Gewissen angeschlichen hatte, war ihr *Tinker* zu Hilfe gekommen, hatte sie getröstet und ihr eingeredet, dass die anderen schuld waren.

Tinker war ihr Gewissen. Aber nur ihr gutes. Sie hatte ihr gutes Gewissen Tinker genannt, frei nach der guten Fee »Tinkerbell« aus »Peter Pan«, ihrer Lieblingsgeschichte als Kind, die Oma immer vorgelesen hatte. In ihrer Vorstellung saß Tinker wie ein kleiner Falter auf ihrer Schulter und flüsterte ihr ins Ohr, sorgte für ein gutes Gewissen und für gute Laune. Und das war bis heute so geblieben.

Alex war die erste ernsthafte Beziehung für Belinda gewesen. Die große Liebe, wenigstens am Anfang – so viel wusste sie heute. Sie hatten sich gerade mal drei Monate gekannt, als er bei ihr eingezogen war. Sie hatten eine tolle Zeit gehabt, zumindest im ersten Jahr. Doch mit der Zeit hatte sie in ihm das verwöhnte Muttersöhnchen erkannt, das sich zu Hause gerne bedienen ließ, durch gnadenlose Selbstüberschätzung oftmals übers Ziel hinausschoss und dadurch für so manche peinliche Situation in ihrem Beisein sorgte.

Ihre Oma mochte ihn deshalb nie wirklich, und spätestens, als sie sie einmal fragte, ob sie denn tatsächlich vorhabe, ihre besten Jahre mit diesem »Großkotz« zu vergeuden, dachte Belinda immer wieder darüber nach, ihm den Laufpass zu geben.

Einen Anlass bot er ihr aber nie, so war es nur dem Zufall zu verdanken, dass sie ihn eines Abends, als sie nach dem Dienst in der Apotheke wieder einmal im Lokal ihrer Eltern bedient und früher Schluss gemacht hatte, in trauter Zweisamkeit in einer Kneipe erspähte.

Der Tag war sowieso nicht auf ihrer Seite gewesen, der Chef hatte seine Laune mal wieder an seinen Angestellten ausgelassen, und jetzt auch noch diese Begegnung! Belinda hatte sich beherrscht und war zügig nach Hause gegangen. Sie beschloss, auf den Scheißtag mit einem ordentlichen Schluck Chardonnay anzustoßen. Drei Stunden später saß sie immer noch in ihrer Lieblingsecke in der Küche ihrer gemütlichen Zweizimmerwohnung, und ihre Wut über das, was der Tag ihr beschert hatte, steigerte sich mit jedem Schluck. Als Alex schließlich nach Hause kam, erkannte sie an seinem »Hallo Träubchen« und seinem süffisanten Blick sofort, dass das Bier, das sie auf dem Tisch der beiden erkannt hatte, nicht alkoholfrei gewesen sein konnte. Die Steilvorlage an diesem Abend war ihre Chance!

Wenn Alex getrunken hatte, war sie ihm verbal überlegen, und das nützte sie aus. Sie fackelte nicht lange, sprach ihn auf sein Date an und fragte ihn – ohne Vorwurf in der Stimme –, warum er sich denn ohne ihr Wissen mit anderen Frauen amüsieren müsse. Und da machte Alex den entscheidenden Fehler: Er schob die Schuld für sein Verhalten Belinda zu, weil sie ja lieber in der verstaubten Gaststube – wie er das gemütliche

Lokal ihrer Eltern zu nennen pflegte – herumhänge, als etwas mit ihm zu unternehmen.

Als er dann wieder einmal in seiner überheblichen Art ihre geliebte Oma als »teigige Maultaschenstute« bezeichnete, vergaß sie sich und teilte ihm in entschlossenem Ton mit:

»Du kannst ausziehen!«

Bevor sie selbst kapiert hatte, was ihr da über die Lippen gekommen war, hatte er mitsamt seinem verletzten Stolz die Tür von außen zugeschlagen. Sie war ihm nachgerannt und hatte aus dem Treppenhaus nur noch seine laute Stimme gehört: »Du wirst schon sehen, wie weit du in deiner verstaubten Maultaschenfabrik noch kommst!«

DAS war ein Angriff auf ihre Familie und – noch schlimmer – ihre Oma gewesen und entlockte ihr ein schrilles, aber entschlossenes »Verschwinde bloß!«

Und als er zurückschrie, brüllte sie: »Es ist aus!« Und ihr »Für immer!« hallte grell durchs leere Treppenhaus.

So begrub sie an einem Abend auf einen Schlag drei Jahre auf einmal.

Trotzdem fluchte sie innerlich, weil Alex ihr nicht aus dem Kopf ging.

Denk nicht an ihn, vor dieser bescheuerten Vollmondnacht, flüsterte Tinker.

»Das sagst du so einfach«, antwortete Belinda und dachte an Uschi, die in zwei Wochen heiraten würde, und an ihre geschiedene Freundin Gaby aus dem »Du-kannst-so-gut-wie-alles-schaffen!«-Kurs, die gerade einer anderen den Lover ausgespannt hatte und wieder frisch verliebt war, wie sie ihr selbst im letzten Kurs noch stolz anvertraut hatte.

»Und wo bleibt mein Traummann?«, fragte Belinda halblaut.

Da kommt er!, flüsterte Tinker, und sie drehte sich um, als die Türglocke ausgelöst wurde und ein Mann die Apotheke betrat. Eins neunzig, Mitte 30, sportlich, schoss es ihr durch den Kopf, Marke Robert Redford aus »Jenseits von Afrika«. Ein Typ wie gemacht für einen Urlaubsflirt.

»Es wird Zeit, wieder zu verreisen«, überlegte Belinda. »Aber wohin?«, fragte sie sich im selben Atemzug, mit Blick auf Robert Redford.

Wie wär's mit einer Safari?, schlug Tinker vor.

✶

Er hatte seinen Wagen auf einem bewachten Parkplatz an der Victoria- & Alfred-Waterfront abgestellt und folgte dem Weg über die Schwenkbrücke zu den Docks der alten Hafenanlage vor der Kulisse des Tafelbergs. Er beobachtete, wie zwei Kähne von einem Schlepper über den Kanal in das hintere Hafenbecken gezogen wurden, als sein Handy schepperte. Er las den Namen auf dem Display und ahnte, dass etwas schiefgegangen war.

»Wie – sie ist entwischt?«, fragte er so laut, dass die Köpfe einiger Menschen auf der schmalen Brücke herumfuhren, und fühlte Wut in sich aufsteigen. »Verflucht! Wie konnte das geschehen?«, fauchte er.

Der andere erzählte, doch er unterbrach ihn schon nach wenigen Worten.

»Nach Deutschland?« Er überlegte. »Ich bin in ein paar Tagen auch dort. Find du heraus, welchen Flug sie nimmt! Wir kümmern uns dann dort um sie.«

Wieder lauschte er den Informationen, die der andere für ihn hatte.

»Eine Freundin, die für sie einspringen soll? Dieses Biest!«, zischte er. »Diese Frau ist mit allen Wassern gewaschen! Aber gut … aus Deutschland, sagst du …?«

Ein hämisches Lächeln umspielte seine Lippen.

»Das ist vielleicht gar nicht so schlecht …«, murmelte er. »Nein, das ist sogar gut! Solange eine Deutsche kocht, spielt uns das wunderbar in die Karten. Die wird sich freuen, wenn wir ihr ein paar Kräuter aus der Heimat liefern. Einer meiner Mitarbeiter organisiert das.«

Er hörte mit einem Ohr vier Musikern zu, die mit Saxophon, Akkordeon, Kontrabass und Cajon vor dem hellblauen zweigiebeligen Port Captain's Building *Killing me softly* spielten, ein fünfter Mann ließ dazu eine Puppe an Fäden tanzen.

»Sie wird unsere Marionette! Nehmt sie unter eure Fittiche, sobald sie da ist, schüchtert sie ein, lasst ihr Handy verschwinden und sorgt dafür, dass sie keinen Kontakt nach außen bekommt.«

Er machte eine Pause, und in seinem Kopf tanzte der Text des Songs. *Strumming my pain with his fingers …*

»Und sagt ihr, wenn sie nicht in der Spur läuft, tut sie ihrer Freundin keinen Gefallen.«

Ein schönes Bild, dachte er … *den Schmerz mit den Fingern klimpern …*

Und er drückte seine Fingergelenke durch, bis sie laut knackten.

BELINDA

Der »Urlaubsflirt« wartete geduldig in der Apotheke hinter dem Rottenburger Dom.

»Guten Tag«, stammelte Belinda.

Du musst lächeln!, flüsterte Tinker. *Die Männer stehen auf dein weißes Lächeln.*

»Guten Tag«, antwortete der Robert-Redford-Typ. Und lächelte. Sympathisch, sonore Stimme, charmant.

»Wie kann ich helfen?«

Nicht so förmlich! Sie schluckte trocken und ließ sich das Rezept geben. Asthmaspray, kortisonhaltig.

»Einen Moment«, sagte sie und tippte etwas ein. Ein Lächeln huschte über ihr Gesicht. »Haben wir leider momentan nicht da. Ich bestelle es gerne.«

Er würde wiederkommen müssen.

»Gut«, sagte er. »Es eilt nicht.« *Frag ihn was!* »Haben Sie sonst noch einen Wunsch?«

»Ihr Parfum …«, sagte er. Hatte sie sich verhört? *Nein, hast du nicht!*

»Es ist mir gleich aufgefallen, als ich hereinkam. Nicht der übliche … Apothekenduft. Was ist es?«

Sie starrte ihn an.

Los, sag's ihm! Doch ihr Mund gehorchte ihr nicht. Ihre Zunge war wie gelähmt.

Los, sag irgendwas! Sie fand zu ihrer charmant schlagfertigen Art zurück und erwiderte etwas keck: »Nicht kortisonhaltig – gibt es daher leider nur im Drogeriemarkt die Straße runter.«

Im selben Augenblick spürte sie die Bewegung in ihrem Rücken. Die schneidende Stimme des Chefs zerschnitt den Traum. Er war mal ein ganz netter Kerl gewesen, ein Kumpeltyp. Jetzt war er nicht mal mehr ein Typ. Unzufrieden mit sich und der Welt, seit der Scheidung, die ihn fast die Apotheke gekostet hatte.

»Die Schmitt-Müllerschön ist am Telefon! Sie weiß nicht, wie sie die Tabletten nehmen soll.«

Als der Chef sah, dass Kundschaft in der Offizin war, änderte er schlagartig den Tonfall. »Sie haben sie doch bedient, Belinda, können Sie bitte mal?« Seine Stimme heuchelte Freundlichkeit, und der Urlaubsflirt mutierte zum Kunden mit Asthma.

Nein!, zischte Tinker.

»Ja«, sagte sie und nickte.

»Ich mach hier weiter!«, fügte der Chef noch hinzu und nahm das Rezept. »Das müssen wir bestellen!«, stellte er fest.

»Das sagte Ihre Mitarbeiterin schon«, antwortete Robert Redford.

»Wann wollen Sie es abholen, ist heute Nachmittag ab 14 Uhr okay?«, fragte der Chef kundenfreundlich, und zu ihr sagte er im Befehlston: »Frau Schmitt-Müllerschön war leicht ungehalten. Würden Sie? Bitte!«

»Ist Belinda heute Nachmittag ab 14 Uhr auch da?«

Sie spürte, wie ihr Herz hüpfte.

»Nein. Sie hat später Nachtdienst und daher nachher frei.«

»Warum fragt er nicht, ob wir in der Zeit zusammen einen Kaffee trinken könnten?«, dachte Belinda.

»Darf es sonst noch etwas sein?«, hörte sie den Chef noch, während sie nach hinten verschwand.

»Nichts, womit Sie mir helfen könnten«, sagte der Urlaubsflirt. »Es sei denn, Sie suchen das Parfum aus, mit dem Ihre Mitarbeiterinnen Ihrer Apotheke ein so wunderbares Duftaroma verschaffen.«

Belinda griff zum Telefonhörer und hörte nur noch die Schmitt-Müllerschön geifern. Nach gefühlt ewigen zehn Minuten kam sie wieder in die Offizin zurück. »Er ist sicher weg«, dachte sie. »Oh mein Gott, und das Asthmaspray ist gar nicht für ihn, und nachher kommt womöglich sein Opa und holt es ab!«

Er ist noch da!

»Sie wollten mir noch Ihr Parfum verraten«, sagte die sonore Stimme jetzt, und Robert Redford erhob sich hinter einem der Regale.

Das Öffnen der Eingangstür löste erneut die Glocke aus, und Belinda verdrehte die Augen. Der Herr gesetzten Alters, der den Raum betrat, würde sie in den nächsten 20 Minuten beschäftigen. Er war schwerhörig und hatte sein Hörgerät nie dabei.

»Kundschaft!«, rief der Chef aus dem Laboratorium.

»Bin schon da!«, antwortete sie mit einem etwas sarkastischen Ton in der Stimme.

»Ich muss dann. Leider.« Der Urlaubsflirt ging freundlich nickend an dem gebrechlichen Kunden vorbei.

»TULOVE«, sagte Belinda.

Er hob die Augenbrauen.

»Das Parfum«, erklärte sie, »heißt TULOVE«.

»Passender Name«, antwortete er. »Schade, dass Sie nicht da sind, heute Nachmittag ab 14 Uhr.«

»Wir könnten einen Kaffee … heute Nachmittag ab 14 Uhr«, wollte sie noch sagen, doch Robert Redford hatte die Apotheke schon verlassen.

»Mist!«, zischte sie, leider zu laut.

»Wie bitte?«, fragte der Kunde.

Der ist nicht schwerhörig, fiel ihr auf. Belinda sah auf die Uhr. In einer halben Stunde hatte sie Pause bis zur Bereitschaft. Sie huschte zur Tür hinaus und blickte IHM nach.

»Hallo?«, rief der gut hörende Schwerhörige. »Wird man hier nicht mehr bedient?«

Belinda sah, wie ER in Richtung des Drogeriemarkts verschwand. Sie lächelte.

Er holt das Parfum für dich!

»Belinda! Was soll das?« Der Chef stand in der Offizin und hatte Mühe, seine Wut zu verbergen. Sein Ton war laut, denn er wusste, dass der Kunde schwerhörig war. »Sie können ab Morgen die Laborarbeit machen, und Jenny geht in den Verkauf! Haben wir uns verstanden?«

Belinda holte Luft und schnaubte laut. Die Bilder vom letzten Emotionsdebakel ihres Chefs tauchten auf, es war an jenem Tag, an dem sie gleich noch ihren Ex entsorgt hatte. Gleichzeitig hörte sie die Worte ihrer Oma: »Bleib nicht beim Erstbesten.« Wahrscheinlich hat sie damit auch ihren Chef gemeint. Und was hatte Oma damals noch gesagt? »Du kannst noch ein großes Ding drehen!«

Sie riss die Druckknöpfe des Kasacks auf, zog die weiße Verkaufsjacke aus, knäuelte sie zusammen und warf sie dem Chef an die Brust.

»Sie können mich mal!« zischte sie.

Bravo!, flüsterte Tinker.

»Bravo!«, rief der Schwerhörige. »Endlich sagt's dem Arsch mal einer!«

Als sie eine halbe Stunde später den »Urlaubsflirt« im Eiscafé auf dem Marktplatz sitzen sah, erstarrte sie. Er hielt einen Flakon TULOVE in der Hand und besprühte damit den schlanken Hals und das Dekolleté einer wasserstoffblonden, unterernährten Barbieinkarnation.

Belinda parkte ihr schwarzes A3 Cabriolet vor Alex' neuer Wohnung und verschwendete keinen Gedanken darauf, weshalb ein racinggelber Porsche Turbo in seinem Carport stand. Zu sehr konzentrierte sie sich auf die Worte, mit denen sie ihn dazu überreden wollte, noch einmal in Ruhe über alles zu sprechen, zumindest den Streit zu begraben oder ihnen sogar eine Chance zu geben.

Als sie die Stimmen aus dem Garten hörte, blieb sie abrupt stehen und lauschte. Mit wem säuselte Alex denn da so innig? Als sie die Stimme der Frau erkannte, fiel es ihr wie Schuppen von den Augen: Gaby! Ihre Freundin aus dem »Du-kannst-so-gut-wie-alles-schaffen«-Kurs!

Ihr kurzer Aufschrei genügte, um ihren Ex aufblicken zu lassen.

Kratz ihr die Augen aus!, befahl Tinker, doch Belinda hatte sich und ihre Wut im Griff. Lässig ließ sie den Wagenschlüssel ihres A3 aufklappen und genoss das schabende Kratzgeräusch, als sie im Vorbeilaufen den racinggelben Porsche Turbo mit einem Längsstreifen verzierte.

»Belinda!«, schrie Alex, der sie erkannt hatte, aufgesprungen war und ihr jetzt nacheilte. »Sag mal, hast du sie noch alle?«

Belinda drehte sich nicht um, stieg in ihr Cabriolet, startete den Wagen und reckte im Vorbeifahren ihren linken Arm mit ausgestrecktem Mittelfinger nach oben. Alex brüllte ihr irgendetwas nach, das nicht sehr freundlich klang, doch sie hatte kein schlechtes Gewissen.

An der ersten roten Ampel griff sie wie in Trance zu ihrem Handy auf dem Beifahrersitz und tippte nur ein einziges Wort mit Ausrufezeichen: »Arschloch!«

Senden! Zwei blaue Häkchen erschienen auf ihrem Display.

Tinker schwieg. Und Belinda wusste, da waren sie wieder, die berühmten 800 Probleme …

✳

»Achthundert. Was ist das schon?«, dachte Belinda, »Eine 8 mit zwei Nullen.«

Sie war ziellos Richtung Tübingen gefahren und schmunzelte jetzt. Im Schönreden von Problemen war sie schon immer eine Meisterin gewesen. Genau darum hatte sie auch so lange an der Beziehung mit Alex festgehalten.

»Dein Optimismus wird dir eines Tages noch das Leben retten«, hatte ihre Oma schon vor Jahren zu ihr gesagt, als sie kurz davor war, ihr Abi zu vergeigen. Eine Sechs in Mathe! Ihr Vater wäre damals ausgeflippt, wenn sie damit rausgerückt wäre. Nur dank ihrer guten Noten in den Fremdsprachen hatte sie es doch noch zu einem ordentlichen Schnitt gebracht. Oma hatte das ihr anvertraute Geheimnis mit dem Absturz in Mathe gehütet wie einen Schatz.

Die Acht steht für die Zukunft, sagte Tinker, *also mach das Beste draus!*

»Aber wie?«, wollte sie schon zurückfragen, als sie das in Meeresfarben leuchtende Plakat am Straßenrand wahrnahm. *Gourmet Voyage.* DIE Messe in Stuttgart! Die Themenbereiche der beiden beliebtesten Freizeitbeschäftigungen Essen und Reisen machten sie zu mehr als einem Publikumsmagneten. Wie oft wollte sie schon dorthin? Sie hatte es noch nie geschafft.

Sie sah auf die Uhr. Der halbe Tag lag noch vor ihr. Wie von einer unsichtbaren Hand gelenkt, setzte sie den Blinker und bog auf die B 27 nach Stuttgart ab.

»Gourmet Voyage!«, murmelte Belinda.

Bilder tauchten vor ihr auf. Bilder von gutem Essen, fernen Welten, neuen Horizonten. Sie fühlte sich unbeschwert und leicht wie schon seit Langem nicht mehr. Selbst die Tatsache, dass sie ihren Ex gerade noch mit einem Schimpfwort per WhatsApp attackiert und einem sündhaft teuren gelben Porsche ein neues Design verpasst hatte, ließ sie völlig kalt. Irgendwie hatte sie das Gefühl, das Richtige zu tun. 800 Probleme, was solls! In diesem Moment spürte sie kein einziges davon, und genau genommen waren es theoretisch sogar nur noch 799, denn Alex war sie endgültig los.

798, widersprach Tinker, *deinen Chef und die Apotheke kannst du auch abhaken, wenn du jetzt nicht umkehrst!*

Sie grinste und gab Gas. Zwanzig Minuten später hatte sie den A3 auf dem Flughafenparkplatz gegenüber dem Messegelände abgestellt und ging noch auf einen Sprung ins Terminal 1. Flughäfen übten eine seltsame Anziehungskraft auf sie aus, und sie genoss die Atmosphäre zwischen den wartenden und abreisenden Passagieren, die Durchsagen und die Anzeigen der Flüge nach London, Teneriffa oder Istanbul. Ihr selbst genügte ein Cappuccino in einem der Airport-Cafés, um ihr Fernweh zu bekämpfen.

Der nächste Flug nach Paris wurde aufgerufen. Belinda lauschte der professionellen Stimme aus dem Flughafenlautsprecher, die alle Passagiere des Air-France-Flugs AF1809 zu ihrem Gate in Terminal 3 bat. Auf der Anzeigentafel blinkte der nächste Flug nach Palma. Boarding. Jetzt.

»Opa würde staunen, wenn du ihn auf Mallorca besuchst.« So abwegig kam ihr die Idee auf einmal gar nicht mehr vor. Ihr letzter Urlaub mit Alex war ewig her und ein einziger Albtraum gewesen, geprägt von einem endlosen Streit, der vom Abheben der Maschine in Stuttgart begonnen und bis zur Landung nach dem Rückflug angedauert hatte.

»Es wäre Zeit, mal wieder zu verreisen«, überlegte Belinda, »und ganz wichtig: Allein. Weit weg!«

Ihre Gedanken wurden von den Wegweisern zur Messe abgelenkt. Sie ging hinüber zur Rolltreppe, die zur Ausgangsebene führte. Ein seltsames Geräusch ließ sie nach unten blicken, ein Knattern, wie von Papier im Wind. Sie sah ein seltsam geformtes Stück bunten, glänzenden Kartons, der sich mit einer Art dünnem Band am Ausgang des Handlaufs verfangen hatte. Die leuchtende Meeresfarbe des Bands stach ihr ins Auge, die Farbe der *Gourmet Voyage*!

Belinda griff nach dem flatternden Kartonstreifen und befreite das meerblaue Band aus dem Ende der Rolltreppe.

Eine Eintrittskarte für die Messe? Ein Ausweis für Mitarbeiter oder Aussteller?

Sie betrachtete die Karte genau. Die ist neu, stellte sie erstaunt fest, und für heute ausgestellt. Irgendjemand hatte mit einem schwarzen Permanentmarker einen Namen darauf gekritzelt.

»Bella« las sie, oder »Belle«, das war nicht so genau zu entziffern. Darunter noch ein paar Buchstaben und Zahlen, die eine Art Code zu ergeben schienen.

Sie überprüfte noch einmal das Datum und hängte sich das Band um.

»Einmal Eintritt gespart«, lachte sie und ließ sich mit dem Menschenstrom zum Messeeingang treiben.

✱

Belinda steuerte gezielt auf die Eintrittsautomaten zu, um ihr Fundstück zu scannen. Wenn es schiefging, konnte sie immer noch zur Kasse gehen. Tatsächlich, das Drehkreuz bewegte sich nicht.

»Darf ich mal?«, fragte eine Mitarbeiterin der Messe in dezentem grauem Kostüm und griff nach der Karte.

»Erwischt!«, dachte Belinda. Sicher war die Karte ungültig oder gefälscht. *Quatsch!*, sagte Tinker, *bleib ganz cool!*

»Sie müssen bitte da hinüber, zum VIP-Eingang«, wies sie die Messedame freundlich an, »aber Sie sollten sich beeilen, die Show hat – glaube ich – schon angefangen.«

»Show?«, wollte sie schon fragen, doch Tinkers *Pst!* hielt sie davon ab. Sie ging zu dem Einlassbereich, über dem groß und leuchtend die Buchstaben V-I-P prangten, und hielt die Karte dem freundlich lächelnden Mitarbeiter in seinem sehr modischen und perfekt sitzenden dunkelblauen Anzug hin.

»Danke sehr«, sagte er mit ruhiger und klangvoller Stimme, »haben Sie Ihre Einladung auch dabei?«

Belinda schluckte trocken und schüttelte verlegen den Kopf. »Ich wusste nicht …«, stammelte sie.

»Kein Problem, das ist alles im Code Ihrer Karte hinterlegt, Augenblick!«

Er scannte die Karte an einem der Lesegeräte.

»Vielen Dank, Belle, wenn ich Sie so nennen darf. Ich glaube, man wartet schon auf Sie. Die Show hat gerade begonnen. Kommen Sie, ich bringe Sie hin!«

Er fasste sie am Handgelenk und zog sie fort.

Belinda wusste nicht, wie ihr geschah, doch irgendwie ahnte sie, dass hier etwas gründlich schieflief. Offensichtlich schlitterte sie mit dieser Eintrittskarte – oder was immer es war – in eine Verwechslung. Es sei denn, sie rückte mit der Wahrheit ans Licht. Jetzt und hier!

»Entschuldigen Sie, aber …«, begann sie, doch ihr gut aussehender Wegbahner drängte sich mit ihr im Schlepptau zwischen den Menschenmassen hindurch. Belinda hatte Mühe, ihm zu folgen. Verzweifelt versuchte sie, den Namen Belle einzuordnen. Wo und wann war er ihr schon einmal begegnet? Hieß nicht eine Schauspielerin so? Oder eine von diesen Schlagersternchen?

Oh Gott, wenn er sie jetzt auf eine Bühne schleifte und sie singen musste? Karaoke? Katastrophe! *Chance!*, flüsterte Tinker. »Schnauze!«, zischte Belinda.

»Wie bitte?«, fragte ihr Guide irritiert und deutete im Vorbeilaufen auf einen der großen Monitore, auf denen irgendeine Kochshow in der Messe übertragen wurde. Belinda erkannte im Vorbeihechten das Logo der *Gourmet Voyage* über einer Küchenszenerie und eine Handvoll Leute mit Kochschürzen und einheitlichen, in der Meerfarbe der Messe gehaltenen Käppis.

Sie bogen jetzt nach links in einen Seitengang ab. Bei einer Tür, über der in roter Leuchtschrift »Bitte Ruhe« blinkte, blieb er kurz stehen und sah sich um. Schließlich öffnete er die Tür einen Spalt, linste hindurch, nickte und zog Belinda mit sich hinein.

Sie erkannte eine Szenerie aus schwarzen Moltonvorhängen, Mischpulten, Monitoren und Scheinwerfern, die nach vorne strahlten. Menschen in dunklen Poloshirts und mit Klemmbrettern in der Hand huschten geschäftig hin und her, und ihr Begleiter hielt eine Mitarbeiterin am Arm fest, um ihr etwas zuzuflüstern. Die junge Frau nickte und griff zum Funkgerät. Belinda vernahm nur ein vages »Belle ist da!«, registrierte, wie ihr schöner Guide sie losließ und sich jemand bei ihr unterhakte.

»Schön, dass Sie da sind«, hörte sie ein Flüstern an ihrem Ohr, »wir müssen nur noch rasch in die Maske!«

»Aber …«, versuchte sie zu widersprechen, doch ihre Stimme ging im Beifall unter, der von jenseits der Kulisse aufbrandete. Der Albtraum einer peinlichen Karaoke-Show blitzte in ihr auf, und sie spürte, wie ihre Knie weich wurden.

»Hier entlang«, sagte die Stimme neben ihr und schob einen Vorhang beiseite.

In einem winzigen Raum leuchteten ihr die Glühbirnen einer Schminkkommode entgegen, eine Hundertschaft an Pinseln ragte wie Orgelpfeifen nebeneinander in die Höhe und bildete einen Rahmen um Puderdosen in allen Hauttönen. Belinda wurde von zwei zärtlichen Händen sanft an der Schulter gefasst und vorsichtig auf einen bequemen Stuhl gedrückt.

»Sie scheinen ja ganz schön nervös zu sein, meine Liebe«, sagte eine beruhigend wirkende, offensichtlich männliche Stimme mit dem Charme eines Guido Maria Kretschmer, und sie fühlte den sanften Hauch eines warmen Atems an ihrem Ohr.

Jetzt spürte sie die superweichen Naturfasern eines Orgelpfeifen-Pinsels wohltuend auf ihren Wangen und am Kinn, schloss widerspruchslos die Augen und ließ sich treiben. Hier und da huschte eine sanfte Handbewegung über ihr Gesicht, begleitet von einem wie aus einer anderen Welt kommenden »Wunderschön!« oder »Traumhaft«. Das klang wie die Stimme dieses beliebten Fernsehmoderators, dem man glaubte, wenn er in seiner Show zu sagen pflegte: »Du siehst aus wie eine Göttin!«

Viel zu schnell hörte Belinda den Guido Maria Kretschmer-Traum »So, schon fertig, meine Schöne!« sagen und öffnete vorsichtig die Augen.

Sie betrachtete im Spiegel das Gesicht einer jungen, hübschen Frau, auf deren Kopf adrett ein in der Meerfarbe der Messe gehaltenes Käppi saß. Dunkle Haare blitzten frech unter der Mütze hervor, die Augenbrauen waren exakt nachgezogen worden, und ihre Wangen erschienen durch das aufgelegte Make-up schmaler und kantiger. Auf ihren Lippen schimmerte ein hautfarbener Lipgloss, und ihre Augen erschienen ihr selbst ausdrucksvoller und größer als sonst. Belinda war mit dem Endergebnis zufrieden.

Sie stand zögernd und unbeholfen auf, als hätte sie soeben eine stundenlange Wellnessbehandlung genossen oder wäre aus einem tiefen, wohltuenden Schlaf mit wunderschönen Traumsequenzen erwacht. Wie ein Blitzschlag traf sie die Realität, als sich der zärtliche, schwule Maskenbildner mit Kretschmer-Stimme als schwergewichtige, dralle Matrone Mitte siebzig mit der Figur einer ägyptischen Seekuh entpuppte, die sie mit tatschenden Fingern sanft durch den Vorhang aus dem Make-up-Raum schob und ihr ein leises »Wir sehen uns hoffentlich wieder« ins Ohr raunte.

Schon griff die nächste Hand nach ihr, diesmal sah sie sich die Person genauer an und erkannte das Mädchen mit dem Klemmbrett und dem Funkgerät.

»Ich bin Kim«, sagte sie, »Wir gehen jetzt direkt zur Bühne.«
»Die Schürze!«, rief eine Stimme aus dem Dunkeln.

Belinda, die immer noch wie in Trance alles tat, was man ihr sagte, steckte ihren Kopf durch das Halsband der Schürze und ließ sich den Bändel um ihre Taille schnüren. Dann hörte sie Kim durch das Funkgerät sagen: »Letzte Kandidatin ist bereit. Auftritt Belle!«

Kim schob einen der schwarzen Moltonvorhänge auf, und Belinda wurde von dem grellen Licht geblendet. Sie sah etwas, das wie die Küchenausstellung eines skandinavischen Einrichtungshauses aussah, bemerkte blitzende Pfannen, Töpfe und leuchtenden Edelstahl, hörte die Stimme des Moderators, der etwas wie »Belle!« sagte, und wurde hinausgeschoben. Mit einem Schlag war sie hellwach. Sie stand tatsächlich vor dem bekannten Moderator Marcel Larouge!

»Das also ist unsere siebte und letzte Kandidatin hier beim großen Kochwettbewerb ›Schwäbische Küche für die Welt – raffiniert serviert‹ aus der Halle 3 der internationalen Messe *Gourmet Voyage*. Ihr Beifall für ein weiteres Nachwuchstalent im Himmel der Jungköche, Belle!«

Jetzt hatte auch sie es kapiert. Von wegen Schlager-Karaoke-Show! Ein Kochwettbewerb!

Na also!, flüsterte Tinker, *kochen, das kannst du!*

»Aber doch nicht in einem Kochwettbewerb«, widersprach Belinda, »und dann auch noch in einer falschen Rolle!«

Doch! Wo ist sie denn, die wirkliche »Belle«? Die hatte wohl einfach keine Lust?

Marcel Larouge ließ ihrem guten Gewissen keine Zeit für weitere Überzeugungsarbeit. »Sonst kocht Belle in einem Hotel im Schwarzwald, und heute versucht sie, die Teilnahme beim internationalen kulinarischen Event *Gala Chakalaka* in Kapstadt für sich zu entscheiden. Sieben Kandidaten aus renommierten Restaurants verfolgen das gleiche Ziel, eine spannende Aufgabe für unsere Jury!«, verkündete der Moderator und nannte die Namen der Juroren, von denen Belinda nur den des Juryvorsitzenden kannte: Franz Berlin, seines Zeichens Sternekoch des Gourmetrestaurants *Berlins KroneLamm* in Bad Teinach-Zavelstein.

Seine Mitjuroren waren ein Fernsehkoch, ein Kochbuchautor aus Ratzenried in Oberschwaben, ein Gastrokritiker aus Upflamör und der ehemalige Chefredakteur der Zeitschrift *Genuss Global.*

Die Herren der hochkarätigen Jury schüttelten jetzt den sieben Kandidaten und Kandidatinnen die Hand, wobei Belinda es vermied, ihnen direkt in die Augen zu sehen. Wie peinlich, wenn einer von ihnen die wahre Belle kannte und sie hier vor dem anwesenden Messepublikum und laufenden Kameras entlarvte!

Ihr Herz drohte stehen zu bleiben, als ausgerechnet der sympathische Sternekoch aus Bad Teinach-Zavelstein und Juryvorsitzende auf die Teilnehmerliste schielte und leise, fast unhörbar sagte: »Hallo, Belle, ich muss gestehen, ich hätte Sie nicht mehr erkannt, wenn da nicht Ihr Name auf der Liste stehen würde. Aber schön, Sie zu treffen. Sabrina habe ich auch schon eine Weile nicht mehr gesehen, und Sylt ist ewig her.«

Sie schluckte trocken und unterdrückte einen Hustenanfall.

»Ja«, brachte sie gerade noch heraus, »ich freu mich auch.«

»Unsere Jury wird sich jetzt zurückziehen«, fuhr Larouge fort »und erst wieder in Erscheinung treten, wenn unsere sieben Kandidaten fertig gekocht haben. Die Juroren werden nicht erfahren, welches Gericht von welchem Kandidaten stammt. ›Blind Tasting‹ nennen wir das.«

»Na prima«, dachte Belinda.

»Und jetzt wollen wir auch von unserer letzten Kandidatin noch erfahren, was sie kochen wird«, sagte Larouge, »und wen Sie als Joker dabeihaben.«

»Als Joker?«, fragte Belinda unsicher.

»Ja. Sie wissen doch, jeder Kandidat hat die Möglichkeit, sich von einer Person beim Kochen unterstützen und beraten zu lassen.«

Belinda überlegte.

»Geht auch ein Telefonjoker?«, hakte sie nach. Larouge nickte.
Nimm Oma!

»Dann nehme ich meine Großmutter!«

»Die werte Grand-mère«, kommentierte Larouge, »très bien. Welche Kreation der regionalen Köstlichkeiten kochen Sie für uns? Sie wissen, die Herausforderung ist groß: ›Schwäbische Küche für die Welt – raffiniert serviert‹, oder wie der Franzose sagt: ›La cuisine souabe pour le monde – servie de manière raffinée.‹ Wie Sie wissen, bedient sich die Haute Cuisine oft und gerne der französischen Sprache.«

Marcel Larouge, der weltläufige Moderator mit Wurzeln im Elsass, lächelte süffisant. »Und nun, welche Variante dürfen wir von Ihnen erwarten?«, fragte er neugierig.

»Sacs de bouche grand-mère«, antwortete Belinda schlagfertig.

»Sacs de bouche?«, hakte Larouge nach.

»Ja«, antwortete Belinda, »denn die Haute Cuisine bedient sich oft und gerne in ihren Ursprüngen auch der traditionellen Hausmannskost.«

Marcel Larouges eingefrorenes Grinsen verriet, dass er es durchaus nicht verstanden hatte.

»Sacs de bouche … grand-mère«, sie machte eine Pause und sagte schließlich mit einem entwaffnenden Lächeln: »Maultaschen. Nach Großmutters Art.«

✳

Marcel Larouge hatte die Spielregeln bekannt gegeben. Es standen den Köchen zwei Stunden Zeit zur Zubereitung ihrer Gerichte zur Verfügung, die sie im Anschluss der Jury vor dem anwesenden Messepublikum präsentieren sollten.

Sie hatte gleich nach Bekanntgabe der Gerichte ihre Oma angerufen, die glücklicherweise zu Hause war und ihr euphorisch ihre Unterstützung zusagte.

»Pass auf, Oma. Ich bin in diesen Kochwettbewerb hineingeschlittert und habe keine Ahnung, was hier passiert. Du kennst mich ja gut genug und weißt, wenn ich was mache, dann mit Schwung und Anlauf, damit es eine Punktlandung wird! Und wenn ich jetzt schon mal die Chance hab, dann will ich das Ding auch rocken, verstehst du?«

»Ja, aber was soll ich dabei, Kind?«, fragte ihre Oma hörbar ratlos.

»Das ist in einem Satz erklärt. Ich werde Maultaschen machen. Und zwar deine! Und du unterstützt mich am Telefon. Du kennst das doch von Günther Jauch! Telefonjoker, verstehst du?«

»Na klar weiß ich, was ein Telefonjoker ist. Wenn du nicht weiterweißt, rufst du mich an, und ich helf dir mit der richtigen Antwort.«

»In diesem Fall bleibst du permanent am Telefon, ich hab dich im Ohr.«

»Und wenn Opa aus Mallorca anruft?«

»Vertröste ihn auf später, es sei denn, er hat ein Verhältnis mit seiner Winzerin und will sich scheiden lassen. Und selbst das hätte drei Stunden Zeit.«

Oma hatte verstanden und versprach, die Bitten ihrer Lieblingsenkelin zu befolgen.

Zwanzig Minuten bis zum Beginn der Show. Der Zuschauerraum in der halbkreisförmigen Arena vor der Showbühne war gefüllt, die fünfköpfige Jury war in der Kabine geblieben, die Kandidaten standen in ihren Kochnischen jeweils vor ihrem Herd.

Acht Minuten.

Belinda hörte das leise Rauschen im Kopfhörer und gleich darauf erneut die vertraute Stimme ihrer Oma: »Kindchen! Mein Gott, ist das aufregend! Ich hab Tante Hilde, Frieda Lattenweich und meine Mädels vom Gourmetclub angerufen. Sie müssen jeden Augenblick da sein.«

»Aber Oma, du sollst keinen Kaffeeklatsch veranstalten, du musst dich auf mich konzentrieren!«, schimpfte Belinda.

»Ach Kindchen, du weißt doch, ich bin Multitasking!«

Aber nicht Multitalking!, widersprach Tinker im anderen Ohr.

»Ich bin ja so stolz, mein Kind. Es hat geschellt. Das sind die Mädels. Ich ruf dich gleich wieder an.«

»Nein, Oma, die müssen DICH anrufen!«

»Tuut …tuut …tuut …«

Sechs.

Belinda fluchte und schüttelte den Kopf.

»Die haben hier keine Nudelteigmaschine«, hatte sie sagen wollen und starrte auf das Wellholz, das sie sich stattdessen zurechtgelegt hatte. Für fünf Portionen Maultaschen würde es reichen.

Fünf.

Jemand rief: »Stand-by! Alle Gewerke!«

»Was brauchst du noch?«, sinnierte sie.

Was zu trinken, flüsterte Tinker.

Chardonnay, dachte Belinda. Sie sah sich im Zutatenregal um. Wein zum Kochen. Rot und Weiß. Kein Chardonnay. Sie erblickte Kim und ging auf sie zu.

Vier.

»Mir fehlt noch eine Zutat«, sagte sie zu der Regieassistentin. »Chardonnay. Habt ihr so was?«

Kim grinste. »Man nehme ein Glas Wein und schütte es in die Köchin?«, fragte sie.

Belinda grinste zurück: »Sind Sie vom Fach?«

»Klar doch«, sie zwinkerte, »bin gleich wieder da!«

Wo, verdammt, blieb Omas Stimme?

Drei.

»Bitte schön. Der Chardonnay!« Kim stand mit zwei gefüllten Gläsern vor ihr.

»Trinken Sie mit?«, fragte sie Belinda.

»Gern, nach der Sendung«, antwortete Kim. »Aber Sie haben doch nachher Ihre Großmutter im Ohr. Vielleicht wollen Sie mit ihr mal anstoßen?«

Belinda sah sie lächelnd an. In der Tat hatte sie auch schon an dieses alte Ritual zwischen Oma und ihr gedacht. Wie oft hatten sie sich schon in Gedanken zugeprostet oder sich auf eine bestimmte Zeit zum Anstoßen verabredet.

Zwei.

»Ich bin da!«, hörte Belinda im Kopfhörer. »Ich hab mir noch rasch einen Chardonnay eingeschenkt«, erklärte Oma, »damit wir anstoßen können! Auf uns! Und auf deine Maultaschen!«

»Prost Oma!«, flüsterte Belinda und verschluckte sich fast, als der kühle Chardonnay über ihre Kehle rann.

Eins.

Belinda spürte, wie ihr Herz klopfte. Diesmal jedoch nicht wegen der Aufregung vor dem Wettbewerb, sondern wegen ihrer eigenen Courage. Mit welchem Mut, ja mit welcher Unverfrorenheit hatte sie sich in diesen Wettbewerb begeben? Und wenn sich jetzt noch das Sprichwort bewahrheitete und Frechheit siegte, dann würde sie in ein paar Tagen am Kap der Guten Hoffnung stehen!

Schon klang die Stimme Marcel Larouges durch die Show-Arena: »Mesdames, Messieurs, bienvenue und willkommen, meine Damen und Herren, zur ›Schwäbischen Küche für die Welt – raffiniert serviert‹, live von der *Gourmet Voyage* mit Ihrem Maître Marcel Larouge!« Er erntete begeisterten Applaus.

Belinda erinnerte sich später nur vage an den Countdown und das kurze Interview, das der Maître mit jedem der sieben Kandidaten geführt hatte. Auch das Zubereiten der Maultaschen erlebte sie nur wie in Trance.

Mit geschickten Handgriffen vermischte sie Spinat, Rinderhack und die Eier grob von Hand und würzte das Ganze mit der vorbereiteten Mischung aus Salz, Pfeffer, Thymian, Paprikapulver und Muskatnuss.

»Das Brät erst zum Schluss, sonst bekommst du Gewürznester in der Füllung«, wies Oma sie an.

»Ach Oma«, seufzte Belinda, »das hast du mir nun doch schon hundert Mal gesagt!«

Unter Zugabe des feinen, hellen Bräts entstand eine geschmeidige Masse, die sich leicht mit dem biegsamen Stahlblatt der Palette auf den ausgerollten Teig streichen ließ.

»Jetzt wird's spannend«, prophezeite Oma. »Das perfekte Einschlagen des Teigs zeigt die wahre Meisterin.«

Belinda beherrschte die klassische Teigwickeltechnik, seit sie in der Küche ihrer Eltern im Rottenburger Weinlokal Maultaschen in großen Mengen zubereitet hatte. Ihr Blick ging zur Uhr. Sie lag zeitlich gut im Plan.

»Jetzt wäre ich doch gerne dabei«, murmelte Oma. »Du hast es fast geschafft! Wenn du sie gleich aus dem Wasser holst, probiere eines der Randstücke.«

Belinda sah den schwimmenden Maultaschen verträumt zu, als sich plötzlich Tinker meldete:

Und jetzt, ihr zwei Gourmetköchinnen? Glaubt ihr im Ernst, allein mit diesen gefüllten, bleichen Teigteilchen auf dem Teller gewinnt ihr eine Reise ans Kap der Guten Hoffnung?

Belinda war schlagartig hellwach. Genau darüber hatte sie sich bislang noch keine Gedanken gemacht. Zu Hause gab es Maultaschen in der Fleischbrühe, geschmelzt mit Kartoffelsalat oder mit Ei. Sie schielte auf die Teller der anderen Köche, die teils ähnlich leer vor sich hin gähnten wie ihrer, teils aber auch schon reichhaltig verziert waren mit grünen Kräutern, bunten Wildblüten, Sahnemustern, geschnitzten Gemüsestreifen, verstreuten Gewürzen, Soßenspritzern und leuchtenden Dressings.

»Das Auge isst mit«, dachte Belinda. »Was mache ich mit den Maultaschen, damit sie zum Blickfang werden?«

Stylische Finesse war nun noch gefragt. Omas Maultaschen waren keine geschlossenen Rechtecke oder Quadrate, sondern längliche Streifen, die man – längs aufgeschnitten – von der Brätseite her anbraten konnte. Somit verlor die gräuliche Kalbsbrätmasse ihre Blässe zugunsten einer kross gebratenen Füllung.

Belinda stellte eine Pfanne mit etwas Butter auf die Herdplatte und legte zwei der halbierten Maultaschen hinein. Wie zwei kleine, längliche Schiffchen schwammen sie in der zerlassenen Butter. Während sie dezent brutzelten, fiel Belindas Blick auf das schwarz-weiße Plattenmuster an der Küchenwand der Arena, das sie an ein Schachbrett erinnerte.

Wie in Gedanken wendete sie eine der Maultaschen und betrachtete die kross-braun leuchtende Oberfläche. Es sah interessant aus, die beiden Brätoberflächen in unterschiedlicher Ausprägung nebeneinander in der Pfanne zu sehen. Ein helles und ein dunkles Schiffchen in einem schwarzen Moorsee. Wie in Trance legt sie eine dritte Maultaschenhälfte hinzu.

Drei Schiffchen. Hell, dunkel, hell.

Schönes Muster, kommentierte Tinker.

Das Schachbrett der Küchenwand sprang sie an.

Das müsstest du so auf den Teller bekommen, forderte Tinker sie auf.

Belinda bereitete einen der weißen, edlen Servierteller vor und nahm die kross gebratene Maultasche aus der Pfanne. Ein Schnitt mit dem Messer machte zwei gleich große Teile daraus. Vorsichtig hob sie einen davon an und drehte die krosse Seite nach unten.

Wenige Minuten später hatte sie ihre Idee perfektioniert: Krosse und gekochte Maultaschenschiffchen leuchteten nebeneinander und versetzt untereinander wie ein Schachbrettmuster aus acht Teilen. Noch nie hatte sie Maultaschen optisch schöner zubereitet wahrgenommen.

Wie interessant, lobte Tinker, *ein Mosaik!*

Und jetzt noch etwas Farbe, dachte Belinda und ging zu der Theke. Sie schnitt eine kleine Zwiebel und ließ sie in zerlassener Butter dunkelbraun werden.

Sie verzierte das Maultaschenschachbrett, um die Übergänge zu kaschieren, an den Schnittstellen mit den geschmelzten Zwiebeln und ein paar Blättchen Ackersalat und brachte mit einem hauchdünnen Fadennest aus Rote Beete noch einen Farbtupfer ins Spiel. Mit dem Finger trug sie etwas geschmolzene Butter auf die Oberflächen auf und brachte sie so zum Glänzen. Ein Spritzer dunkle Bratensauce in Wellenform, fertig!

Sie sah zur Uhr. Noch eine knappe Viertelstunde. Zeit genug, um auch die anderen vier Teller auf diese Weise anzurichten. Sie hatte noch zwei Minuten Zeit, als zwanzig zweifarbige Maultaschenschiffchen, jeweils vier parallel nebeneinander und mit roten und grünen Farbtupfern verziert, auf fünf kleinen, weißen Meeren schwammen. Sie war mit ihren kleinen Gesamtkunstwerken sehr zufrieden.

Maultaschen-Mosaik!

Marcel Larouge kündigte vollmundig den Countdown an, indem er in Manier eines Croupiers schließlich rief: »Rien ne va plus!«

✳

Um diese Zeit war im Terminal 1 des Stuttgarter Flughafens nicht mehr viel los. Ein paar gestrandete Passagiere, eine Handvoll Geschäftsreisende und noch ein paar Weitere, die, so wie Belinda jetzt, einen der letzten Zubringerflüge nach Frankfurt gebucht hatten, um von dort einen Nachtflug zu bekommen.

Das letzte Mal, als Belinda durch die Abflughalle gegangen war, hatte sie das Halsband mit der Karte für die *Gourmet Voyage* aus dem Handlauf der Rolltreppe gezogen. Heute, ganze drei Tage später, stand sie wieder dort, und dieses Mal tatsächlich mit einem Reisekoffer und einem gültigen Flugticket in der Hand. Es war für sie immer noch unvorstellbar, in welches Abenteuer sie da hineingeschlittert war.

Sie schmunzelte, als ihr das Telefongespräch, das sie am Tag nach dem Kochwettbewerb geführt hatte, in den Sinn kam. Noch nie hatte sie eine tiefere und rauchigere Frauenstimme gehört als die von Sonay Cagal, wie sich die sympathisch klingende Mitarbeiterin der Reiseagentur vorgestellt hatte. Belinda gab ihr die restlichen Angaben für ihr Flugticket durch und erfuhr dabei von der gut gelaunten Dame mit dem melodisch klingenden Namen, dass eine Buchung auf den Namen Belinda Sommer nicht existiere.

»Ach, natürlich, sorry … ich hatte mich mit Belle angemeldet!«

»Ich habe hier eine Belle. Allerdings mit anderem Nachnamen. Conrad. Und Belle ist ihr richtiger Vorname?«

»Nein, ich heiße Belinda«, erklärte sie. »es nennt mich zwar niemand so, aber im Pass steht es nun mal. Und der Nachname …« Sie zögerte.

»Jaaa?«, hakte Sonay lachend nach, »ich kenne das Problem mit den Namen. Mein Vorname klingt türkisch, mein Nachname französisch.« Und wieder war es die quirlige Stimme am anderen Ende, die unbewusst Belindas Skrupel verscheuchte.

»Ich habe jetzt einen anderen Nachnamen«, schwindelte sie vorsichtig.

»Sie haben geheiratet? Herzlichen Glückwunsch!«

»So ähnlich«, dachte Belinda laut und musste fast auch lachen.

»Na, wie ist denn jetzt Ihr Nachname?«

»Ich heiße jetzt Sommer« sagte Belinda, fast erschrocken über die Erkenntnis, dass ihr der Fortgang der Verwechslung anfing, Spaß zu machen.

Ein paar Minuten später hatte Belinda eine E-Mail von *Best Aerticket* mit ihren gebuchten Flugdaten und weiteren Informationen für ihre Anreise nach Kapstadt.

Ihre Großmutter hatte sie zum Flughafen gefahren und während der ganzen Fahrt versucht, sie davon zu überzeugen, dass diese Reise für Belinda die Chance für einen neuen Lebensabschnitt sein konnte.

»Und wenn nicht«, hatte Oma überzeugend gesagt, »dann wenigstens der Start zu einem richtigen Abenteuer. Mensch, wenn ich noch so jung wäre, ich würde mich in dieses Afrika stürzen und es aufsaugen. Kind, was hast du für ein Glück!«

Belinda musste lachen. »Und du findest es nicht skrupellos, was ich da mache?«, hatte sie gefragt.

»Skrupellos? Ach was!«, hatte Oma widersprochen. »Du hast diese Kochshow gewonnen und bist somit rechtmäßig auf Platz eins, was soll daran skrupellos sein?«

In der Tat! Sie hatte diese Kochshow gewonnen und voll Freude und Stolz das Kochhemd mit dem Logo der *Gourmet Voyage* als Siegestrophäe entgegengenommen. Den Wortlaut der Urkunde mit der Begründung der Jury hatte sie auswendig gelernt:

»Das altbekannte Maultaschengericht wurde mit unglaublich viel Feingefühl in einem wunderschönen Arrangement präsentiert und geschmacklich perfekt umgesetzt. Überzeugt hat die Jury auch die Variante der Zubereitung. Der Klassiker Maultasche erfährt in der Darstellung als Mosaik und mit dezenten Farbtupfern eine neue und interessante Interpretation. Somit entschied sich die Jury einstimmig für das ›Maultaschen-Mosaik mit geschmelzten Zwiebeln und einem Fadennest aus Rote-Beete-Sprossen‹ als Siegergericht. Für die Jury: Franz Berlin.«

»Frechheit siegt bekanntlich«, hatte Oma noch gesagt, »und dass nicht du, sondern eine andere Köchin ursprünglich angemeldet war und du einfach hingegangen bist, weil dir das Glück die Karte in die Hände gespielt hat, ist nicht skrupellos, sondern höchstens ein bisschen frech.«

Nach dem Gespräch mit Oma hatte die letzte Unsicherheit purer Freude Platz gemacht, und sie war jetzt lange nicht mehr so aufgeregt wie noch vor drei Tagen. Belinda war bereit für Südafrika. Bereit für ein spannendes Abenteuer. Bereit für einen neuen Beginn. Oder, wie ihre Großmutter ihr zum Abschied noch gesagt hatte: »Für das ›große Ding‹!«

Und wenn du als Köchin die Gala Chakalaka rockst, ergänzte Tinker, *kannst du deinem Chef in der Apotheke Maultaschen auf Rezept verkaufen!*

So stand sie nun mit ihrem nagelneuen Rimowa-Koffer entschlossen vor den Check-in-Countern der Lufthansa. Als der junge Mitarbeiter sie durch sein Kopfnicken aufforderte vorzutreten, hielt sie ihm ihr elektronisches Flugticket, das sie sich zu Hause und ohne es genau anzuschauen, ausgedruckt hatte, zusammen mit ihrem Reisepass entgegen. Der Blick, mit dem er das Papier prüfte, kam ihr einen Augenblick zu lange vor, und sie spürte ihr Herz schon wieder schlagen, als sie sein Stirnrunzeln bemerkte.

»Die Dame …« begann er und streckte ihr Ausdruck und Reisepass wieder entgegen. »Es tut mir leid, Sie sind hier falsch!«

»Mist«, dachte Belinda im gleichen Moment, »jetzt bist du aufgeflogen!«

Abwarten, murmelte Tinker.

Der Gesichtsausdruck des Lufthansaangestellten wich einem sanften Lächeln, er machte eine höfliche Handbewegung und deutete an den Schalter am Ende der Reihe.

»Bitte einmal nach ganz vorne zum ersten Schalter durchgehen.«

Belinda entschied sich, seiner Anweisung ohne Rückfragen zu folgen, und hegte doch wieder die Hoffnung, nicht enttarnt worden zu sein.

»Erster Schalter«, wiederholte sie und zog ihren Koffer hinter sich her. Der Schalter am Ende des Tresens hatte als einziger ein rotes Absperrband an beiden Seiten, und ein roter Teppich zierte den Boden davor. Bevor sie richtig kapierte, was das zu bedeuten hatte, las sie auf dem Bildschirm, der über dem Kopf der streng blickenden und perfekt geschminkten Lufthansamitarbeiterin in blauem Kostüm hing: *Businessclass.*

Wow, Upgrade, flüsterte Tinker, und Belinda ließ dem versuchten Anflug von Panik in ihr keine Chance. Sie grinste und dachte nur: »Standesgemäß, alles richtig gemacht … BELLE!«

Sie würde sie finden, die echte Belle, und ihre Geschichte erfahren. Solange würde sie »Belle« sein, ihre Rolle spielen und sich des Sieges bei der *Gourmet Voyage* würdig erweisen. Die echte Belle sollte stolz auf sie sein.

Wer war diese Frau, in deren Rolle sie jetzt ungewollt geschlüpft war? Wo war sie? Was war aus ihr geworden? Warum war sie nicht zu dem Kochevent erschienen? Oder hatte sie die Karte einfach nur verloren? Nein, so ein Band trug man um den Hals, und so wie sie es am Handlauf der Rolltreppe vorgefunden hatte, war es dort absichtlich hingehängt worden. Hier hatte jemand sein Glück nicht achtlos weggeworfen, sondern versucht, ihm eine andere Chance zu geben. Zumindest war es Belinda wohl bei dem Gedanken, dass es so gewesen sein könnte und diese Belle ihr jetzt nicht böse war, weil sie diese Chance ergriffen und sogar noch für ihr eigenes Leben genutzt hatte. Sie nahm sich fest vor, nach dem Ende ihres Abenteuers die Spuren Belles zu suchen.

Unbedingt.

Und der Name »Belle« brannte sich in ihr Gedächtnis ein.

Begleitet von einem glutroten Sonnenuntergang landete die Maschine in Frankfurt.

»Seltsam, dass du ausgerechnet nach Afrika fliegst«, dachte Belinda, »schöne Sonnenuntergänge gibt es doch auch hier!«

Sie hatte keine Zeit, sich noch mehr Gedanken zu machen, der Flug nach Kapstadt war zum Boarding bereit, und eine knappe Stunde später saß sie in der Businessclass einer Boeing 747-400 und bestellte sich zur Beruhigung erst mal einen trockenen Rotwein. Guter Schlummertrunk.

»Hinein in das Abenteuer, BELLE, in das große Ding!«

Mit einem Schluck leerte sie ihr Glas.

✳

Sie schob die Jalousie hoch und kniff in der hereinströmenden Helligkeit die Augen zusammen.

»Willkommen in Afrika!«, sagte der Flugbegleiter und reichte ihr einen Kaffee. »Oder goeiemôre, wie man hier auf Afrikaans sagt: guten Morgen.«

Sie glitten über endlose Savannen, weite Ebenen und karstige Hochplateaus, es gab »cold brunch« zum Frühstück, und schließlich, schon im Landeanflug auf Kapstadt, erblickte Belinda erstmals das Massiv des Tafelbergs, wolkenfrei und in seiner ganzen majestätischen Größe. Nach wenigen Minuten setzte die Boeing auf der Rollbahn des *Cape Town International Airport* auf. Belinda verließ die Maschine über die fahrbare Gangway und spürte, wie ihr warme, feuchte Luft ins Gesicht schlug.

Riecht irgendwie anders als auf dem Flughafen in Echterdingen, meinte Tinker. Sie war zum ersten Mal in Südafrika! Zum ersten Mal auf diesem Kontinent.

Was würde sie hier erwarten?

»Ist das nicht gefährlich? – Du als weiße Frau ganz allein? Man liest doch so viel von Überfällen?« Das waren die Fragen und Bedenken gewesen, mit denen man sie zu Hause konfrontiert hatte, als sie von ihren kurzfristig gefassten Reiseplänen erzählte.

Quatsch!, hatte Tinker geantwortet. *Du warst allein im Oman und hast ganze Nächte bei den Arabern in der Wüste verbracht, du hast halb Asien zu Fuß durchquert und dich auf Mallorca quer durch den Ballermann gesoffen! Das bisschen Afrika machst du doch mit links!*

Wie um ihre Befürchtungen zu zerstreuen, leuchtete ihr über dem Zugang zum Ankunftsbereich ein Schriftzug in großen Buchstaben entgegen: »WELCOME TO YOUR NEW TERMINAL PROUDLY CAPE TOWN«.

Belinda grinste die Zollbeamten an, die sie schnell und reibungslos durch die Kontrolle winkten und nicht mal den Impfpass sehen wollten, und fand sich im Tross der anderen Reisenden in der hohen und hellen Halle der Gepäckausgabe. Zu ihrer großen Freude entdeckte sie ihren pinkfarbigen Trolley schon auf dem Förderband und stand keine fünf Minuten später vor dem Central Terminal Building, wo das afrikanische Leben um sie herum zu pulsieren schien. Auf der Airport Ring Road reihten sich gelbe Taxis, bunte Minibusse und die auffälligen rot-blau-weißen MyCiti-Liner aneinander.

»Du wirst in Kapstadt am Flughafen abgeholt«, hatte ihr Kim noch angekündigt.

Belinda war erfahren und unerschrocken genug, um sich auch noch auf dieses Abenteuer einzulassen, immerhin wusste sie, dass sie zum Weingut *Hoopengeluk* musste.

»Hoffnung und Glück«, dachte Belinda, »wie passend«. Sie vertraute auf ihr Glück, das ihr hold gewesen war, seit sie an der Rolltreppe die Eintrittskarte für ihr neues Leben, wie Tinker es nannte, gefunden hatte.

Zahlreiche Schilder von Tourismus-Unternehmen, Logos der Tour-Operator und Safariveranstalter und Zettel mit handgeschriebenen Namen wurden ihr entgegengehalten, doch wohin sie auch blickte, *Hoopengeluk* war nicht dabei.

✳

Schon wollte Belinda eines der gelben Taxis ansteuern, als sich plötzlich eine Hand schwer und fest von hinten auf ihre Schulter legte. Sie fuhr herum und blickte in das pockennarbige, glatzköpfige Gesicht eines bulligen Afrikaners, der sie mit einem seltsamen Grinsen fixierte. Er war zwei Köpfe größer als sie, trug eine dunkle Stoffhose und dazu ein ärmelloses, ausgeblichenes Kurzarmhemd, das vor Jahren sicher einmal weiß gewesen und nun zwei Nummern zu klein war.

»Er hat was von George Foreman«, dachte Belinda, »und war sicher ein ehemaliger Leibwächter von Nelson Mandela oder ein Krimineller, der auf allein reisende Touristinnen spezialisiert war«, und sie rechnete jeden Augenblick mit einem gezückten Klappmesser. Der Mund mit den wulstigen Lippen öffnete sich und gab strahlend weiße Zähne frei, die in leuchtendem Kontrast zu seinem schokoladenbraunen Teint funkelten.

Das Grinsen hatte etwas Bedrohliches, als er schroff fragte: »Sind Sie Belle?«

Sie nickte und wartete darauf, dass er sich vorstellte, doch er schwieg beharrlich und klimperte nervös mit einem Schlüsselbund, den er in der linken Hand hielt. Er war nicht gerade der Typ, zu dem man einfach so in ein Auto stieg, schon gar nicht als Frau und noch weniger in einem fremden Land.

»Und wer sind Sie?«, fragte sie schließlich auf Englisch zurück, da auch er sie so angesprochen hatte.

»Ein Mitarbeiter.«

Aha! Hatte er irgendetwas dabei, womit er sich ausweisen konnte?

»Da rüber!«, sagte er auffordernd.

Ihr wurde ganz schnell klar, dass sie keine Wahl hatte, denn die Kopie von George Foreman hatte sich abrupt umgedreht und die Ring Road in Richtung der Parkplätze überquert.

»Hallo, und mein Gepäck?«, wollte sie schon rufen, doch Tinker mahnte sie zum Schweigen.

Du bist in Afrika, hier tragen die Frauen ihr Gepäck selbst, am besten auf dem Kopf! Sie betrachtete drei bunt gekleidete afrikanische Mamas, die in jeder Hand mehrere überquellende Taschen hielten und auf dem Kopf seltsam verschnürte bunte Pakete balancierten. Hinter ihnen gingen plaudernd die Männer, salopp rein gar nichts in der Hand, geschweige denn auf dem Kopf.

»Na prima«, dachte Belinda, »das fängt ja richtig gut an«, nahm ihren Trolley und folgte »Big Africa«, wie sie ihn von nun an nennen wollte, solange er ihr seinen Namen verschwieg.

Sie ließ ihren Blick über die sandfarbenen und olivgrünen Defender und Land Cruiser schweifen und versuchte zu erraten, in welches der abenteuerlich aussehenden Allradfahrzeuge sie wohl gleich einsteigen würde. Big Africa steuerte an den 4x4-Landrovern vorbei auf einen schwarzen Audi A6 Sedan zu, der, so frisch poliert wie er aussah, zu den verdreckten Geländewagen passte wie ein Spiegelei ins Menü eines Sternerestaurants. Auf der Tür prangte in geschwungenen silbernen Buchstaben der Schriftzug *Ouplaas Cape Town Boutique Hotel* neben einer stilisierten, in leuchtendem Weiß gebrandeten Villa, was Belinda stutzen ließ.

Belinda wartete darauf, dass er den Kofferraum öffnen oder ihr die Beifahrertür aufhalten würde, doch Big Africa zwängte seinen hünenhaften Körper auf den Fahrersitz, zog die Tür zu und bewegte sich nicht mehr. Sie trat an die Fahrerseite, klopfte an die Scheibe und beobachtete, wie ihr Fahrer auf den elektrischen Fensterheber drückte, der sich aber ohne Zündung nicht bewegen ließ.

Sie öffnete die Tür so weit, dass sie hineinsehen konnte, und sagte: »Ich glaube, da liegt eine Verwechslung vor. Ich sollte zum Weingut *Hoopengeluk* gebracht werden. Und das hier ist der Wagen …«, sie schielte auf den Schriftzug, »… eines Hotels, wie mir scheint.«

»Steigen Sie endlich ein«, knurrte Big Africa sichtlich genervt. »Sie sind richtig.«

Belinda atmete durch, öffnete die Heckklappe, hievte ihr Gepäck hinein und nahm auf dem Beifahrersitz Platz. Schon wollte sie aufschreien, als sie an einer Kreuzung einem von rechts kommenden Nissan die Vorfahrt nahmen, doch Tinker lispelte nur: *Linksverkehr, und jetzt chill mal und mach dich locker!*

»Okay, okay«, dachte Belinda, »du solltest wirklich langsam runterkommen und dich auf das Abenteuer Afrika einlassen.«

Sie schaute nervös aus dem Fenster.

»Darf ich fragen, wie Sie heißen?«, startete Belinda einen erneuten Versuch, den Griesgram aus der Reserve zu locken. Er schien ihre Frage zu überhören oder war überfordert. Sicher fuhr er besser im Allrad über Buschpisten.

»Nicht Ihr Wagen?«, versuchte sie daher ein anderes Thema. Und tatsächlich kam eine Antwort.

»Nein. Vom Hotel.«

Belinda war klar, dass er sich in seiner augenblicklichen Rolle unwohl fühlte.

»Und einen Namen haben Sie auch?«, legte sie trotzdem ungeduldig nach und ignorierte seine Befindlichkeit und Einsilbigkeit.

»Maphikelela Bhekizifundiswa Mfanafuthi.«

»Mafi…?«, versuchte Belinda.

»Zulu.«

»Ich fürchte, ich brauche eine Weile, bis ich mir das gemerkt habe.«

»Bushman«, schlug er vor. »So nennt man mich.«

Sie fuhren zunächst Richtung Innenstadt, an Townships vorbei, immer den Tafelberg im Blick, der sich ohne das berüchtigte Tischtuch wolkenfrei zeigte, bogen dann auf die M 3 Richtung Kirstenbosch ab und folgten der kurvigen Straße bergan, bis sie Constantia Valley erreichten. Bis an die Flanken der Berge reichten die Weinhänge, prächtige Reben, so weit das Auge reichte, und zwischen den Rebstöcken leuchteten gelb die Halme von Getreide.

»Wie weit ist es noch?«, fragte Belinda.

»Da vorne.«

Belinda versuchte, ihr aufkommendes Unbehagen zu ignorieren, und duckte sich tiefer in den Sitz. Die Zweifel, jemals auf dem Weingut anzukommen, wurden mit jedem Meter größer. Worauf hatte sie sich da nur eingelassen?

Nach ungefähr einem Kilometer gabelte sich das, was Bushman eine Straße genannt hatte, und sie bogen nach rechts ab. Belinda verspürte eine gewisse Erleichterung, denn sie hatte auf einem verlotterten Schild am Straßenrand den Namenszug *Hoopengeluk* erkannt.

»Wohin führt der andere Weg?«, fragte Belinda.

»*Volstruis willow*«, antwortete er nur, obwohl ihm klar sein musste, dass Belinda damit nichts anfangen konnte.

Ein Anflug von Verzweiflung und Zorn machten sich in ihr breit, und sie spürte einen Kloß in ihrem Hals.

»Willow ist die Weide und Volstruis der Vogel Strauß«, zitierte sie, was sie in den letzten Tagen in ihrem Afrikaanswörterbuch gepaukt hatte. »Lesen kann ich auch!«

Bushman bog schweigend erneut nach rechts ab und folgte einer schattigen Allee unter mächtigen alten Eichen. Sie sah zwischen dem Grün der Bäume am Ende der Allee etwas Helles schimmern, und als die Eichen auseinandertraten und der Fahrweg breiter wurde, erkannte sie die Mauer eines alten, im kapholländischen Stil erbauten Herrenhauses, dessen blütenweiße Front im Sonnenlicht in einem milden Hellblau leuchtete.

Bushman lenkte den Sedan auf die Zufahrt und parkte direkt vor dem hohen, geschwungenen Mittelgiebel, der, von kleinen Türmchen flankiert, dem Haupteingang das Aussehen eines Schlossportals gab. Eine breite, halbrunde Treppe führte in wenigen Stufen auf die schmale Veranda, die von einem weiß getünchten Zaun eingefasst war. In düsterem Kontrast dazu ragte das reetgedeckte Dach grauschwarz über die gesamte Länge des Hauses und warf einen breiten Schatten auf die fast haushohen Sprossenfenster.

Belinda öffnete langsam die Beifahrertür und hörte den Sand unter ihren weißen Schuhen knirschen, als sie ausstieg.

»Na prima«, dachte sie, »da gibst du für die nagelneuen Sneakers eine dreistellige Summe aus, um sie hier erst mal ordentlich einzustauben!« Doch anstatt sauer zu sein, war sie froh, einfach nur unversehrt aus dem Wagen aussteigen zu können.

*

Der Anblick des majestätischen alten Hauses verschlug ihr die Sprache. Sie kam sich vor wie die Märchenfigur Aschenputtel, als sie zum ersten Mal vor dem Schloss ihres Prinzen stand. So ein herrschaftliches Anwesen hatte sie hier in dieser Wildnis nicht erwartet. Und was das Ganze zu einem Paradies machte, waren die Blumen. Haushohe violette Bougainvilleen und knallrote Korallenbäume, die sich an den Ecken des Guts emporrankten, Königsproteen und orange-blaue Paradiesvogelblumen, die aus Kübeln von der Veranda quollen, auf den Treppenstufen Palmen und fein gefiederte Akazien mit gelben Blütenkugeln und ein Meer von Mittagsblumen in allen Farben, die in bunten Blütenpolstern die Wege säumten.

Sie dachte in diesem Moment an ihre Oma, die den schönsten und buntesten Garten mit den herrlichsten Blumenrabatten besaß und bei diesem Anblick wahrscheinlich ebenfalls sprachlos gewesen wäre. Dieses Blumenmeer und das herrliche Grün der alten Eichen, dazu die Lage in diesen weiten Rebhängen, die mächtigen Felsen am Horizont und der strahlend blaue Himmel – war es ein Traum? War es Wirklichkeit?

Bei uns wäre das ein First-Class-Hotel mit Sternerestaurant, flüsterte Tinker ehrfurchtsvoll, und Belinda gab ihr recht.

Sie sah sich um. Der große, von hellem Sand bedeckte Parkplatz war leer. Nur der schwarze Sedan stand verloren vor dem Haus. Niemand kam, um sie zu begrüßen, kein Kofferträger, kein Cocktail, kein Händeschütteln. Gab es vielleicht doch keine anderen Gäste, kein Personal?

Schließlich öffnete Bushman wortlos den Kofferraum, lud ihr Gepäck aus und signalisierte ihr, ihm über einen der schmalen Kiespfade zu folgen.

Ein echter Kavalier, bemerkte Tinker angesäuert, *der kann lange auf sein Trinkgeld warten.* Belinda seufzte, hievte sich den Rucksack auf die Schulter, hängte die Tasche um und hob den

Trolley hoch, der sich auf den Steinen nicht rollen ließ. Mühevoll schleppte sie ihr Gepäck den leicht ansteigenden Weg hinauf, bis Bushman vor einem länglichen Gebäude stehen blieb und auf eine der Türen zeigte. Belinda betrat ein kleines Zimmer, an dessen Decke ein klappriger Ventilator ratterte.

»Totsiens!«, sagte Bushman noch und verschwand.

»Das heißt auf Wiedersehen«, wusste Belinda aus ihrem Südafrikaführer. *Muss nicht sein*, grummelte Tinker.

✶

Die Sonne empfing sie vor ihrer Unterkunft. Belinda folgte einem schmalen Weg um den Flachbau herum und erreichte nach wenigen Metern einen von Kletterpflanzen bewachsenen hohen Zaun, der die Grenze zum Nachbargrundstück zu markieren schien. Neugierig blieb sie stehen, als sie Stimmen hörte. Sie kamen aus der Richtung des Herrenhauses, dessen weißen Giebel sie zwischen Akazien und Palmen schimmern sah. Ein Mann und eine Frau schienen sich dort zu unterhalten.

»Keinen Schritt weiter!«, zischte es plötzlich an ihrem Ohr, gleichzeitig spürte sie einen eisernen Griff an ihrem Oberarm und fuhr erschrocken herum. Sie blickte in das gebräunte, glatt rasierte Gesicht eines Mannes, der wie aus dem Gras gewachsen ganz plötzlich hinter ihr stand.

»Keine Angst, es ist nur eine harmlose Hausschlange, aber es wäre schade, wenn Sie drauftreten würden, sie fängt für uns die Mäuse.«

Sie sah in ein Augenpaar, das wie Gletschereis funkelte. Noch nie hatte sie solche Augen gesehen und ignorierte für einen Augenblick den harten Griff, mit dem sie immer noch festgehalten wurde. Sie folgte dem eisblauen Blick und dem ausgestreckten Arm, der mit dem Zeigefinger zum Boden deutete. Keinen halben Meter vor ihr lag der zusammengeringelte Körper einer Schlange auf dem Weg, perfekt in den Farben der Kiesfläche getarnt. Sie wäre mit Sicherheit draufgetreten!

Er hat dir das Leben gerettet, jubelte Tinker. Im selben Moment entfuhr ihr ein »Oh Gott!«, sie trat entsetzt einen Schritt zurück und fiel dabei ihrem Lebensretter fast in die Arme. Sie spürte einen kräftigen Brustkorb und zwei Hände, die sie sanft auffingen.

»Na, na, nicht so stürmisch!«, lachte seine sonore Stimme, »Keine Sorge, die ist nicht giftig.«

Belinda richtete sich auf, holte tief Luft und registrierte irritiert, dass der Fremde sie noch immer festhielt.

»Aber wenn Sie die in Grün auf einem Baum sehen und sie den Hals aufbläst, sollten Sie schauen, dass Sie wegkommen! Dann ist es eine giftige Boomslang, und die beißt ziemlich schnell zu.«

Sie befreite sich vorsichtig aus dem fast zärtlichen Griff, murmelte »Entschuldigung« und wusste in ihrer Verlegenheit nicht, wohin mit ihren Händen. Rasch stammelte sie noch ein »Danke« und versuchte ein erzwungenes Lächeln. Ihr war bewusst, dass sie vor dem Besitzer des Weinguts stehen und in seinen gletscherblauen Augen gerade sicher eine ziemlich lächerliche Figur abgegeben haben musste. Sie hatte keine Ahnung, was sie sagen, wie sie reagieren sollte, und stand einfach nur – was untypisch für sie war – wie belämmert vor ihrem Retter.

Mach irgendwas, zischte jetzt auch noch Tinker, *fall in Ohnmacht oder tu sonst etwas, dass der Sunnyboy nicht davonläuft!*

»Sie müssen die junge Frau aus Deutschland sein, die wir heute hier erwarten, stimmt's?«, fragte der gut aussehende Mittvierziger jetzt und streckte ihr die Hand entgegen. »Herzlich willkommen auf *Hoopengeluk*!«

»Totsiens!«, erwiderte Belinda verwirrt.

Das heißt auf Wiedersehn, bemerkte Tinker und Belinda wurde rot.

»Na, an Ihrem Afrikaans arbeiten wir noch«, lachte der Gutaussehende. »Welkom by ons. Das heißt herzlich willkommen. Sie sind zum ersten Mal in Südafrika?«

»Zum ersten Mal in Afrika«, korrigierte sie.

»Na dann!«, sagte er nur und lachte.

Und warum stellt er sich nicht endlich mal vor?, fragte Tinker. *Keine Manieren, diese Buschbewohner.*

»Kommen Sie, ich zeige Ihnen ein bisschen das Anwesen. Und passe auf, dass Sie nicht von einem Löwen gefressen werden.«

»Gibt es hier Löwen?«, fragte Belinda ehrfurchtsvoll.

»Nein«, er lächelte. »Aber oben in den Bergen treiben sich noch ein paar Leoparden herum. Manchmal trauen sie sich bis hierher und holen sich eine Meerkatze. Sie sollten sich nachts immer begleiten lassen, wenn Sie zu Ihrer Unterkunft zurückgehen. Die Boys werden dafür bezahlt und machen das gerne. Und ich auch«, fügte er noch hinzu.

Wie nennen wir dich denn? Terence Hill? Wegen der Augen …?

Sie sah vorsichtig auf den Boden, doch die Mäuse fangende Hausschlange war verschwunden.

Sie gingen weiter, und Belinda bemerkte rasch, dass der Mann im Busch zu Hause war. Keine Blume, keinen Baum, den er nicht kannte, er wusste alles über Termiten und Wildbienen und erklärte ihr die Stimmen der Vögel, die so seltsame Namen wie Trauerdrongo, Go-away oder Hammerkopf trugen.

Plötzlich hob er den Zeigefinger zum Mund.

»Was ist?«, flüsterte sie und rechnete mit einer tierischen Begegnung.

»Ich hab nur Stimmen gehört, von da drüben, beim Teich. Kommen Sie, dann lernen Sie gleich noch ein paar Leute kennen.

Er packte sie sanft am Handgelenk und zog sie mit sich fort. Belinda folgte ihm stolpernd. Jetzt sah sie vor sich Wasser schimmern, einen großen Teich, auf dem zwischen Lotusblumen ein paar Enten schwammen. Auf einer kleinen Steininsel, aus deren Mitte Wasser plätscherte, sonnten sich drei Wasserschildkröten, und am gegenüberliegenden Ufer unterhielten sich ein junger Mann und eine ungefähr gleich alte Frau. Er trug einen hellbraunen Lederschurz über der schwarzen Hose und sie eine blau-weiß gestreifte Küchenschürze über einem weißen Kleid.

Zwei Dutzend Vögel mit grünbraun schimmerndem Gefieder und gebogenen, langen Schnäbeln stolzierten über die Wiese. Sie erinnerten Belinda an Reiher auf kurzen Beinen.

»Unsere Hagedaschs«, erklärte Terence Hill. »Eine Ibisart. Sie rufen ihren Namen: *Ha-Ha-Hadadaah!* Sie werden es sicher hören, solange Sie hier sind.«

Er blieb hinter einem rot blühenden Lampenputzerstrauch stehen und zeigte auf das Paar.

»Das ist Isi, die Küchenchefin für die Gala, die Sie schon sehnsüchtig erwartet. Eine nette Person. Apropos: Wie heißen Sie denn überhaupt?«

»Belinda«, hauchte sie.

Und er?, fragte Tinker, doch Belinda traute sich nicht, zu fragen. Außerdem nahm diese Isi ihre ganze Aufmerksamkeit in Anspruch. Ihr also würde sie zur Hand gehen, eine Sterneköchin, hatten sie auf dem Wettbewerb gesagt, von irgendwo aus dem Schwarzwald.

»Sie kocht übrigens ausgesprochen gut, und ihre Straußensteaks mit Weinsoße sind Weltklasse!«

Ihr Blick fiel auf den Mann, mit dem sich Isi angeregt zu unterhalten schien. Selbst aus der Ferne konnte sie erkennen, dass er groß war und eine athletische Figur besaß. Sie beobachtete, wie er sich immer wieder durch seine dunklen Haare fuhr.

»Und wer ist der adrette Mann neben ihr?«, fragte Belinda.

»Das ist Henning van Wynsberghe. Sie kennen sich noch nicht?«

Und wer bist dann du?

»Nein. Ich hatte noch nicht das Vergnügen.«

»Das haben Sie noch früh genug, glauben Sie mir.«

»Oh, das klingt ja nicht gerade schmeichelhaft. Reden Sie immer so über Ihren Chef?«

»Meinen Chef?« Jetzt lachte er so laut, dass Belinda sich sicher war, man würde es drüben am anderen Ufer des Teichs hören. Doch im selben Augenblick waren die Hagedaschs unter lautem Gekreische zu ihren Schlafbäumen gestartet, und Henning und Isi waren so in ihr Gespräch vertieft, dass sie weder das Lachen noch das *Ha-Ha-Hadadaah* der Vögel wahrzunehmen schienen.

»Sie sind süß, wissen Sie das?«, schmunzelte Terence Hill jetzt. »Henning ist nicht mein Chef. Er ist ein netter Kerl, aber zunächst einmal ist er hart wie Kameldornholz.«

Belinda schwieg betroffen. Wer war dieser Mann, dass er so über den Gutsbesitzer sprach? Offensichtlich ja keiner seiner Mitarbeiter. Und doch schien er ihn richtig gut zu kennen.

»Wir sind Nachbarn, Henning und ich – um das Geheimnis zu lüften«, rückte er schließlich heraus. »Mein Name ist Richard Cradock. Meine Freunde nennen mich Richie. Ich lebe nebenan. Auf *Volstruis Willow*, das heißt Straußenweide. Wir züchten die Vögel. Wenn Sie mal Lust auf ein richtig gutes Omelett haben, dann kommen Sie bei uns vorbei. Es geht nichts über ein Straußenei zum Frühstück!«

Oha, der hat aber Tempo drauf, kommentierte Tinker.

»Gerne«, erwiderte Belinda und betrachtete Richie jetzt mit ganz anderen Augen. Ein südafrikanischer Straußenfarmer. Das hatte was Exotisches. *Der wäre was für ›Bauer sucht Frau‹,* bemerkte Tinker.

»Ein netter Nachbar«, dachte Belinda. »Und dein Lebensretter.«

Mit den Augen von Terence Hill.

»Gehen wir«, sagte Richie trocken und wandte sich ab. »Und lassen wir sie allein. Die jungen Schönen von heute. Gegessen wird übrigens nach Sonnenuntergang. Pünktlich.«

Richie brachte Belinda zu ihrer Unterkunft zurück und verabschiedete sich. Belinda wollte gerade die Tür aufschließen, als plötzlich eine andere Stimme sagte:

»Jung und schön ist nicht alles!«

Belinda starrte auf Bushman, der wie ein gut getarnter Jäger der Savanne plötzlich aus dem Gehölz am Rand des Pfads aufgetaucht war, offensichtlich den Schluss ihrer Unterhaltung mitgehört und, was noch verwunderlicher war, das erste Mal einen zusammenhängenden Satz von sich gegeben hatte. Zudem irritierte sie, mit welch ruhigem und besonnenem Tonfall er zu ihr sprach.

»Er ist ein cleverer Mann«, sagte Bushman, und Belinda war sich nicht im Klaren darüber, wen von den beiden er meinte.

✳

Die Sonne versank wie eine glutrote Feuerkugel hinter der Bergkette, die *Hoopengeluk* nach Westen hin wie die Wand eines gigantischen Amphitheaters abschirmte, und die Kondensstreifen der Flieger am Abendhimmel zeichneten ein Gemälde aus hellen Wolkenstreifen in Pastelltönen.

Belinda betrat über die breite Steintreppe an der Front des stattlichen Herrenhauses die Veranda des Anwesens. Sie hatte sich auf ein Glas Sekt oder einen anderen Begrüßungstrunk gefreut und sich in ihren Gedanken eine kleine, aber feine Runde im Kreise der Familie van Wynsberghe ausgemalt, bei der man sich beschnupperte, sympathisch fand und näher kam, aber nichts deutete auf einen Sundowner hin. Doch wie hatte dieser Richie noch gesagt: »Henning und seine Mutter sind eine kleine Festung, in die man nur schwer eindringen kann.«

Fast so kam ihr das Herrenhaus jetzt vor, seltsam kalt und uneinnehmbar. Für einen Augenblick fühlte sie sich an die kahlen Mauern erinnert, die in ihrer Heimatstadt Rottenburg die Adresse »Schloss 1« trugen. Die Ähnlichkeit zum Gefängnis über der Altstadt jagte ihr einen Schauer über den Rücken, und sie war froh, als sie hinter der schweren, doppelflügeligen Holztür, die ins Innere führte und nur angelehnt war, Stimmen hörte.

Belinda blieb kurz stehen und lauschte. Eine laute Stimme, bei der sie sich nicht sicher war, ob sie zu einer Frau oder zu einem Mann gehörte, dominierte. Sie verstand die Worte nicht, doch schien die Unterredung der beiden Personen angeregt und emotional zu sein. Während die laute Stimme einen für ihr Empfinden harten, fast unsympathischen Unterton hatte, klang die zweite, eindeutig männliche Stimme, sonor und weich, ja sogar – so dachte sie spontan – durchaus ansprechend.

Belinda klopfte höflich an die massive Tür und war sich bewusst, dass man das zaghafte Klopfen ihrer Fingerknöchel auf dem dicken Holz kaum hören würde.

Eiche massiv, flüsterte Tinker.

Den Messinglöwenkopf als Türklopfer nahm sie erst wahr, als sie die Tür aufstieß und das Licht in einen düsteren Raum fiel. Ihr Blick erfasste die Vorhalle mit ihrem spärlichen, antik anmutenden Mobiliar und den hohen Wänden, an denen nach jeder Seite eine Tür abging.

Sie nahm die beiden Personen wahr, die in der Raummitte standen und deren Stimmen abrupt verstummten, als sie Belinda bemerkten. Sie hatte offensichtlich ein wichtiges Gespräch durch ihr unerwartetes Eintreten unterbrochen.

»Wie peinlich«, dachte sie, »glanzvolles Entree im falschen Moment.«

Quatsch!, widersprach Tinker, *wird Zeit, dass einer dieser alten Hütte Leben einhaucht. Vielleicht sind das ja nur Gespenster?*

Das weibliche Gespenst verlor keine Sekunde Zeit und kam mit raschen Schritten auf sie zu.

»Sie müssen die Gewinnerin aus Deutschland sein«, klang es unterkühlt und ohne jede Herzlichkeit. Das war die Stimme von soeben, in der sie Mann oder Frau nicht hatte unterscheiden können. Belinda stellte fest, dass ihr keine Hand gereicht, sie aber dafür mit einem kalten Blick von oben bis unten gescannt wurde.

Eiche rustikal, kommentierte Tinker.

Belinda ignorierte die unhöfliche Geste und streckte ihr die Hand entgegen.

»Belinda«, stellte sie sich vor und schenkte der Frau mit dem männlichen Timbre in der Stimme ein entwaffnendes Lächeln.

»Herzlich willkommen auf *Hoopengeluk*«, sagte jetzt die andere Stimme, die ihr vorher so sonor und sympathisch erschienen war, jetzt aber nüchtern und sachlich klang.

Na ja, herzlich klingt anders.

Der Mann trat nun ebenfalls auf sie zu, blieb aber einen Schritt hinter der Frau zurück. Sie erkannte den jungen Mann, den sie am Nachmittag mit der Köchin ins Gespräch vertieft gesehen hatte, nur trug er statt der hellbraunen Winzerschürze jetzt ein dunkelblaues Polohemd zur ausgewaschenen Jeans.

Er räusperte sich, trat neben die Frau, die ganz sicher seine Mutter Karen sein musste, und sagte höflich: »Ich bin Henning van Wynsberghe.«

»Klassischer Fall, Kategorie Internatssprössling«, dachte Belinda, »wohlhabend, gut aussehend, arrogant.«

Immerhin reichte er ihr die Hand. Sie spürte einen festen Händedruck und bemerkte, dass er schwitzte. War er nervös? Hatte am Ende Belindas unvorhergesehenes Eintreten ihn zum Schwitzen gebracht? Oder doch das Gespräch mit seiner Mutter?

Hier hat die Alte die Hosen an und er den Schurz.

»Und das ist meine Mutter, Karen van Wynsberghe«, sagte er noch und deutete auf die Herrin des Hauses, die jeden Zentimeter an Belinda skeptisch zu mustern schien, als ob ihr die zukünftige Schwiegertochter gegenüberstünde.

Seine Haltung verriet den korrekten Geschäftsmann, fiel Belinda auf, mit seinem trendigen Ledergürtel, der sogar farblich zu den Schuhen passt.

Vielleicht zieht er ja vom Leder? Wart mal ab, bis ihr zwei, drei getrunken habt und die Herrscherin von Hoopengeluk sich vom Acker gemacht hat!

Die Konversation schien beendet. Von der Vorstellung eines standesgemäßen Begrüßungsgetränks in lockerer Atmosphäre hatte sich Belinda längst verabschiedet. »Die Annehmlichkeiten eines Hotels schien es hier auf dem Weingut offensichtlich nicht zu geben«, dachte sie leicht angesäuert. »Außerdem bist du hier nicht im Luxusurlaub, sondern zum Arbeiten. Du solltest dich daher nicht wundern, wenn sie dich gleich in die Küche stecken, statt zum Abendessen zu bitten.«

Karen schien ihre Gedanken zu erraten, denn sie sagte in rauem Ton: »Essen gibt's drinnen«, und deutete auf eine Tür.

Belinda beobachtete interessiert, wie Henning seiner Mutter höflich die Tür öffnete und sie aufhielt, bis sie den anderen Raum betreten hatte.

Belinda hingegen schien er zu ignorieren.

Los, zeig's ihm, du bist schneller!, bemerkte Tinker.

Bevor Henning die offene Tür losließ, schlüpfte Belinda noch flugs an ihm vorbei, was seine Mutter mit einem abfälligen, fast bissigen Blick quittierte.

Eiche gebürstet!

Belinda stand in einem eleganten, dunklen Salon, in dessen Mitte eine lange Tafel den Raum dominierte. Sie zählte fünf Stühle, mehr Mobiliar gab es nicht.

An der gegenüberliegenden Seite des Raums loderte in einem in das Gemäuer integrierten Kamin ein gemütliches Feuer. Ein Mann kniete davor, um Holz nachzulegen. Als er die Personen wahrnahm, richtete er sich auf und drehte sich um. Er war lang und hager und sicher im Alter von Karen, registrierte Belinda. Mit steifen Schritten kam er auf sie zu und streckte ihr mit einem sympathischen Lächeln die Hand entgegen:

»Herzlich willkommen, my liewe jong vrou. Ich glaube, ›geehrtes Fräulein‹ sagt man auf Deutsch, nicht wahr?«

Tinker war begeistert: *Mann, ist der höflich! Da kann sich der jugendliche Internatssprössling mal eine Scheibe abschneiden.*

»Mein Name ist Adriaan Doorn. Ich bin Verwalter auf *Hoopengeluk*. Stets zu Ihren Diensten, genadige mis.«

Nun übertreib mal nicht mit deinem hochadeligen Stil, sonst flippt die gnädige Stieleiche noch aus!, warnte Tinker.

Belinda fühlte einen angenehmen, weichen Händedruck und blickte in ein freundliches Gesicht.

»Sie sind gekommen, um mit Ihren Kochkünsten *Hoopengeluk* zu neuem Ansehen zu verhelfen. Ich werde alles tun, um Sie bei diesem Vorhaben zu unterstützen«, sagte Adriaan Doorn noch, als sich auf der Längsseite des Raums eine Tür öffnete und zwei weitere Gestalten eintraten.

Belinda erkannte in einer die junge Frau, die sie am späten Nachmittag mit Henning gesehen hatte, und freute sich, endlich die Sterneköchin kennenzulernen, an deren Seite sie in den nächsten Tagen arbeiten würde. Die andere war eine kleine, untersetzte Afrikanerin in weißer Schürze, die ihre Haare

unter einem bunten, zu einer Art Turban gebundenen Kopf-
tuch verborgen hatte und sie mit breitem Grinsen anlachte.

Henning stellte sie nur als »Jamina – unser Mädchen für alles« vor und verschwendete dann gerade noch einen knappen
Satz auf die Köchin. Belinda war sich nicht sicher, ob sie ihn
wirklich nur für ein unnahbares Muttersöhnchen oder doch
für einen arroganten Affen halten sollte.

»Das ist die Köchin für unsere Gala.« Er deutete mit einer
leichten Bewegung seines Kopfes auf sie. »Isabel.«

Isabel kam mit einer saloppen Geschmeidigkeit auf Belinda zu, fasste sie mit beiden Armen an den Schultern und sagte: »Hi, ich bin Isi.«

»Belinda, hi!« Sie erwiderte den herzlichen Drücker.

»Hi. Wir sagen du, ist das okay? Du hast demnach den
Kochwettbewerb auf der *Gourmet Voyage* für dich entschieden, herzlichen Glückwunsch!«, fügte Isi noch hinzu.

Sie nahmen an der langen Tafel Platz.

»Was trinken wir, meine Liebe?«, fragte der junge Weinguts-
besitzer die junge Köchin in einem Tonfall, den Karen zu überhören schien. Und leise, für seine Mutter, die an der gegenüberliegenden Schmalseite des Tisches saß, wohl unhörbar, fügte er
hinzu: »Magst du den von vorher?«

Isabel nickte, fast unmerklich.

»Isi steht auf unseren prämierten Merlot«, erklärte er
schnell, als er Belindas fragenden Gesichtsausdruck bemerkte, und zu Isabel gewandt betonte er: »Du verfügst über einen
guten Geschmack, meine Liebe.«

Er stand auf und kam kurz darauf mit einer Flasche Rotwein
zurück, entkorkte sie und roch fachmännisch an dem Korken.

»Ein ausgezeichneter Wein. Beste Noten bei den Sommelier Wine Awards und Grundlage unserer preisgekrönten Cuvée. Nehmen Sie auch ein Glas?«, fragte er Belinda und kam
auf sie zu.

Wow, du kriegst auch was, kommentierte Tinker. Henning,
ganz in seinem Element, goss für den zeremoniellen Probe-
schluck ein wenig ein.

Der soll voll machen!

»Es gibt Braaivleis«, kündigte van Wynsberghe jetzt an, »typisch für unser Land.«

Belinda hatte sich über Essen in Südafrika ausreichend informiert. So wusste sie, dass mit Braai die in Südafrika typische Form des Grillens bezeichnet wurde, und war nun gespannt, es vor Ort zu erleben.

»Sie können sich, wie Mevrou Isabel auch, selbst bedienen«, schlug Karen vor. »Welches Vleis ich wünsche, weiß mein Sohn.«

Aha, klare Verhältnisse: Selbstbedienung fürs Küchenpersonal, Service für Queen-Mum.

»Komm, ich zeig dir den Weg«, sagte Isabel und führte Belinda durch eine der Seitentüren in einen weiteren Raum und von dort ins Freie. Sie standen an der Seite des Anwesens, wo neben dem Teich an einer kleinen Mauer ein Grillrost über einer Holzkohlenglut angebracht war. Adriaan Doorn legte Holz nach.

»Das ist der Braaistand«, erklärte sie. »Für Südafrikaner ist Braai ein Lebensgefühl. Richie hat extra einen Kameldornbaum gefällt, damit wir gutes Holz haben.«

Es fiel Belinda auf, wie bewundernd Isi den Namen Richie aussprach.

Rhii-tschiiieh …!, imitierte sie Tinker.

Isi erklärte ihr, welche Fleischsorten auf dem Braaistand lagen:

»Wir haben Springbock, Kudu und Strauß.«

Sicher von Rhii-tschiiieh!

»Du bist schon lange in Südafrika?«, fragte Belinda.

Isabel zögerte, was Belinda sofort bemerkte.

»Ja-a,« sagte sie schließlich, für Belinda etwas zu unsicher. »Ich lebe schon eine ganze Zeit lang in Kapstadt.«

Die Sterneköchin erzählte nur sehr vage und schwerfällig, wie sie nach Südafrika gekommen war und im *Ouplaas Cape Town Boutique Hotel* angefangen hatte. Belinda konnte sich des Eindrucks nicht erwehren, dass ihre Geschichte etwas aufgesetzt und improvisiert wirkte.

Noch bevor Belinda nachhaken konnte, fragte sie: »Und du? Wie kamst du zu dem Wettbewerb?«

»Das war eine heiße Story«, lachte Belinda und versuchte dabei, nicht so unsicher zu klingen wie ihr Gegenüber. »Das muss ich dir mal in einer ruhigen Minute erzählen. Nur sollten wir dabei besser unter uns sein.«

»Das lässt sich einrichten«, stimmte Isabel zu. »Aber du bist schon aus der Branche, oder?«

»Ja, schon«, beeilte sich Belinda zu antworten. »Ich arbeite zwar inzwischen als Pharmazeutisch-technische Assistentin, habe aber meine Kindheit und Jugend in der Küche unseres Weinlokals in Rottenburg verbracht. Und ich kann kochen, keine Sorge!«

Sie lachten beide.

»Nur mit Braai kenne ich mich noch nicht so gut aus.«

Plötzlich stand Karen hinter den beiden Frauen, und Belinda erschrak.

»Wir dachten, dass vor der Haute Cuisine der Gala ein wenig Braai das Richtige wäre«, erklärte sie und wandte sich auch schon wieder an Isabel.

»Passt in der Küche alles so weit, Mevrou Isabel? Kommen Sie zurecht?«

Eiche geölt, verbesserte sich Tinker.

In der Tat erschien Karens Tonfall Belinda mit einem Mal wärmer, ihre Art höflicher und aufgeschlossener und nicht mehr so distanziert und kühl. Ob das daran lag, dass sie mit ihrer Küchenchefin sprach und nicht nur mit der kleinen Küchenschabe?

»Ja, es ist alles mehr als perfekt, Mevrou van Wynsberghe«, antwortete Isabel ebenso zuvorkommend, in Belindas Augen sogar schüchtern und unterwürfig.

»Fehlt nur der Hofknicks für Ihre Majestät«, dachte sie, »fast wie in einem Sissi-Film.«

Was auch immer die junge Frau nach Südafrika verschlagen haben mochte, sie machte auf Belinda in ihrer Jugendlichkeit und mit ihrem zurückhaltenden Lächeln eher den Eindruck einer schüchternen Küchenhilfe als den einer souveränen Chefin.

»Und worin liegen Ihre Vorzüge, meine Liebe?«, wandte sich Karen jetzt an Belinda.

»Wie heißen Mund und Taschen auf Afrikaans?«, fragte Belinda, doch Isabel zuckte die Schultern. »Keine Ahnung!«

»Wie lange bist du schon in Südafrika?«, schüttelte Belinda irritiert lächelnd den Kopf und fischte ihr iPhone aus der Tasche. »Der Übersetzer im Netz wird's schon richten!«

»Mondsakke«, sagte Belinda laut.

»Ah, Maultaschen«, verstand Karen zu Belindas Überraschung sofort, »dann freue ich mich, dass wir mit Ihnen offensichtlich einen Volltreffer gelandet haben. Sie müssen wissen: Henning hat sich in den Kopf gesetzt, ausgerechnet diese Maultaschen mit südafrikanischer Finesse zu kombinieren.«

Belinda nickte. »La Cuisine souabe pour le monde«, zitierte sie Maître Marcel Larouge und glaubte sogar, ein Lächeln um die schmalen Lippen der unterkühlten Hausherrin spielen zu sehen.

»Ich habe Maultaschen in Ihrer Heimat kennengelernt«, ergänzte Henning, der neben seine Mutter getreten war, »eine wunderbare Spezialität. Meine Idee ist es, unsere deutschen Gäste mit einer Begegnung von schwäbischer und südafrikanischer Hausmannskost zu erfreuen.«

»Mit Straußeneiern von Richies Farm«, schlug Isabel vor. *Rhii-tschiiiehs Eier!*

»Das ist noch nicht endgültig entschieden«, korrigierte sie Karen, und das angedeutete Lächeln hatte wieder dem verbissenen Gesichtsausdruck Platz gemacht. »Nur, damit Sie Bescheid wissen: Alles, was die Zutaten angeht, besprechen Sie bitte mit mir. Und jetzt schlage ich vor, dass wir essen. Der Strauß hat schon eine sehr dunkle Kruste. Das hätten Sie als Sterneköchin doch bemerken müssen, meine Werteste!«

Sie betonte das Wort »Sterneköchin« auf eine Weise, die in Belindas Hals einen Kloß hinterließ.

✱

Die Hitze des Tages hatte einer angenehmen kühlen Nacht Platz gemacht, als Belinda schließlich zu ihrer Unterkunft zurückging. Hatte sie wirklich alles richtig gemacht? Hatte sie zu hoch gepokert? War das Ganze vielleicht doch eine Nummer zu groß für sie? Wie leichtfertig war es, sich auf dieses Abenteuer Südafrika einzulassen?

Sie hatte die Taschenlampe ihres iPhones eingeschaltet und leuchtete auf den Weg vor sich. Nur so konnte sie es sich später erklären, dass sie den Schatten, der sich vom Anwesen kommend näherte, nicht bemerkte und zu Tode erschrak, als sie die männlich klingende, tiefe Stimme Karens unmittelbar an ihrem Ohr vernahm.

»Müde?«, hauchte sie, und Belinda wunderte sich über den freundlich-fürsorglichen Tonfall. »Oder haben Sie noch Lust auf einen kleinen Spaziergang?«

Sie wusste nicht, warum, aber mit einem Mal erschien ihr die vermeintlich kühle Gutsherrin jetzt, in dieser Situation, irgendwie menschlich, fast sympathisch. Konnte man sich so schnell verwandeln? Oder sich so gut verstellen? Belinda war irritiert. Wie viele Gesichter hatte diese Frau?

Getarnt wie die Hausschlange, warnte Tinker.

Doch Belinda ignorierte ihre innere Stimme. »Ja, gerne.«

»Gehen wir da runter, zum Zaun. Sie haben unseren Nachbarn ja wohl schon kennengelernt.« Es klang wie eine Feststellung, nicht wie eine Frage. Woher wusste sie das?

Karen schien ihre Gedanken zu lesen, denn sie sagte: »Ich habe es Ihnen angesehen, als Isabel von Richie sprach. Nehmen Sie sich vor ihm in Acht. Er ist ein … Wie sagt man …? Rokjagter?«

»Schürzenjäger?«, übersetzte Belinda.

Karen nickte und deutete nach vorne.

»Sie sehen ja, er wartet wohl auf Sie. Passen Sie auf, wenn er mich sieht, verschwindet er.«

Die Chemie zwischen Richie und Karen schien nicht zu stimmen. Woran mochte das liegen?

Der Mond ließ seinen fahlen Schein über die Lichtung streichen und tauchte den Mann am Zaun in ein sanftes Licht. In diesem Moment hatte Richie sie erkannt und zugleich Karen an ihrer Seite.

»Wir sehen uns«, sagte er nur und war auch schon in der afrikanischen Nacht verschwunden.

»So ist Richie«, sagte Karen.

Schweigend gingen sie durch die Nacht.

»Wir sind froh, dass Sie da sind«, meinte sie schließlich, und Belinda glaubte, sich verhört zu haben.

»Aber Sie haben doch Isabel«, merkte sie an, »als Sterneköchin würde sie das alles auch allein stemmen können.«

»Das schon«, gab Karen zu, »aber es hängt sehr viel von dieser Gala ab, müssen Sie wissen.«

Belinda ließ ihr Zeit, da sie nicht wusste, wie viel ihr diese Frau wirklich anvertrauen wollte. Was hing von dieser Gala ab? Sie dachte an Isi.

»Diese Gala bedeutet eine große Chance für uns«, vertraute ihr Karen schließlich an. »Wir haben investiert, renoviert und unsere Weine auf dem internationalen Markt nach vorne gebracht. Jetzt brauchen wir Gäste und Investoren. Langfristig können wir sonst nicht überleben.«

Das also war der wahre Grund für die harte Schale der so kühl wirkenden Frau. Sie fürchtete um ihre Existenz und die Zukunft ihres Weinguts.

»Wir müssen mit dieser Gala die Investoren überzeugen«, sagte Karen und hakte sich bei Belinda unter. »Bitte helfen Sie uns dabei!«

Aber wie? Wie sollte ausgerechnet sie, die sich durch Zufall und eine große Portion Glück die Teilnahme am Wettbewerb auf der *Gourmet Voyage* mehr oder weniger erschwindelt hatte, helfen können?

Karen unterbrach ihre Gedanken.

»Lassen Sie uns jetzt schlafen gehen. Sie werden sich morgen hier erst mal einleben und übermorgen mit Isabel an die Arbeit gehen. Gute Nacht. Und träumen Sie von Afrika!«

Der Frust, der sich nach dem wortkargen Abendessen mit seiner zähen Konversation in Belinda aufgestaut hatte, wich einer gewissen Sympathie für Karen. Diese Frau meinte es gut mit ihr, und sie empfand eine seltsame Vertrautheit. Sie sah Henning van Wynsberghe vor sich. Wie gerne würde sie ihm helfen, sein Weingut zu retten.

✳

Belinda hatte ihren ersten ganzen Tag auf *Hoopengeluk* genossen. Henning van Wynsberghe hatte sie herumgeführt und ihr das Weingut gezeigt und sich dabei als charmant zuvorkommend erwiesen. Dabei glaubte Belinda, durchaus ein gewisses Interesse des Jungwinzers an ihrer Person beobachtet zu haben, es entging ihr nicht, dass er sie unauffällig musterte oder sie wie zufällig streifte, wenn sie neben ihm im Land Cruiser saß.

Der hat ein Auge auf dich geworfen, bemerkte Tinker, *vielleicht sogar alle zwei.*

Den Nachmittag hatte sie allein unter den schattenspendenden Bäumen des Innenhofs verbracht und war in der Dämmerung noch zum Teich spaziert.

»Jetzt noch ein Glas kühlen Chardonnays, und der Abend wäre perfekt«, dachte sie, als sie die Schritte wahrnahm.

»Ich hoffe, es gefällt Ihnen auf *Hoopengeluk*«, sagte eine Stimme in ihrem Rücken, und Belinda wusste, dass es Henning war, der sich ihr von hinten näherte, und sie spürte mehr als Zuneigung zu dem jungen, unnahbar scheinenden Winzer. Etwas in ihr sträubte sich zwar dagegen, sich schon wieder ernsthaft zu verlieben, nur wenige Tage, nachdem sie Alex den Laufpass gegeben hatte, doch sie hatte beschlossen, es zu ignorieren.

Das ist der Mutterschafinstinkt, lästerte Tinker, *kaum ist so ein kleiner Hammel verwaist, musst du ihn schon bemuttern …*

Belinda schmunzelte. Ihr kleines gutes Gewissen hatte sie mal wieder durchschaut.

»Sie haben hier ein Paradies geschaffen«, sagte sie mit Blick auf den Teich. »Fehlen nur noch ein paar pinke Flamingos.«

Er schmunzelte.

»Flamingos sind rosarot«, widersprach er, »tut mir leid, dass ich Ihnen das nicht bieten kann. Aber wie wäre es mit einem Sonnenuntergang? Glutrot statt pink?«

Kurz darauf lehnte Belinda an den roten Felsklippen und genoss, ihre Arme überkreuzt auf den warmen Stein gebettet und ihr Kinn darauf gestützt, das Farbenspiel am Horizont.

»Es ist wunderschön hier.«

»Dort, wo gerade die Sonne hinter den Klippen versinkt, liegt unter dem Horizont der Atlantik«, sagte Henning, und sein Atem blies in ihre Nackenhaare.

»Und schauen Sie, dort«, er legte ihr den rechten Arm über die Schulter, und sein ausgestreckter Zeigefinger wies die Richtung, in die sie blicken sollte, »dort drüben irgendwo liegt das Kap der Guten Hoffnung, nach dem mein Ururgroßvater unser Weingut benannt hat. *Hoopengeluk.*«

»Die Hoffnung und das Glück«, hauchte Belinda. »Was für ein schöner Name.«

»*Hoopengeluk* ist seit Generationen Familienbesitz«, begann Henning sichtlich bewegt zu erzählen und legte ihr dabei seine rechte Hand an der Stelle auf die Schulter, wo gerade noch sein Oberarm geruht hatte. Belinda blieb einfach stehen und genoss die Berührung.

»Der erste van Wynsberghe kam im 18. Jahrhundert als Angestellter der Niederländischen Ostindien-Kompanie ans Kap. Ein Vetter von ihm brachte später Weinreben aus Batavia hierher, und einer seiner Söhne, mein Ururgroßvater, gründete *Hoopengeluk.* Wir betreiben den Weinanbau seit damals in Familienhand. Und jetzt steht alles auf dem Spiel!«

»Aber warum?«, fragte Belinda und zwang sich, einfach stehen zu bleiben und ihm nicht in die Augen zu sehen, um die Magie der Berührung durch seine Hand nicht zunichtezumachen. »Es sieht doch alles so einladend und wundervoll aus.«

»Ja. Aber allein die Modernisierung des Herrenhauses und der Umbau der Tenne zum Restaurant haben unsere gesamten Reserven aufgebraucht. Dann kam diese Corona-Krise mit ihren Rekordeinbußen. Wir durften monatelang keinen Wein verkaufen und ihn wegen drohender Plünderungen nicht einmal zum Hafen transportieren. Es scheint fast, als gäbe es keine Hoffnung und kein Glück mehr auf *Hoopengeluk*. Wir stehen vor dem Ruin.« Seine Stimme klang matt, seine Worte hart.

»Sie setzen jetzt alles auf die Gala?«

»Ja.« Er schwieg betroffen. Seine Hand bewegte sich ganz leicht nach innen, und sie spürte das sanfte Massieren seiner Fingerkuppen auf der Haut ihres Halses.

»Mit Isabel an Ihrer Seite wird das sicher ein Erfolg«, sagte sie leise.

»Isabel?«, fragte er. »Ich habe das Gefühl, das Mädchen wirkt ein wenig hilflos, vielleicht sogar verängstigt. Aber wir brauchen sie in der Tat. Ich habe über eine Kochagentur eine Sterneköchin gebucht, aber ich glaube, sie ist mit dieser Aufgabe hier ein wenig überfordert. Ich habe deshalb mein besonderes Augenmerk auf Sie gelegt, Belinda.«

Aha, so nennt man das jetzt also, zischte Tinker boshaft.

»Ich bin sehr froh, dass Sie jetzt hier sind, Belinda«, fuhr er fort. »Als Köchin«, fügte er noch schnell an. Für Sekunden hatte sie geglaubt, in seiner Stimme einen Anflug von Zärtlichkeit wahrzunehmen, der mit einem Schlag gewichen war, als er jetzt die Hand von ihrer Schulter nahm und sachlich fragte: »Haben Sie die beiden Männer gesehen, die heute Mittag angekommen sind?«

Belinda nickte.

»Es sind die beiden wichtigsten Gäste auf der Gala. Mit ihnen steht oder fällt die Zukunft von *Hoopengeluk*. Carsten Schechinger ist ein deutscher Innenarchitekt, der in unseren ehemaligen Ställen ein Gästehaus einrichten will. Und Rohan du Vredenburg ist der südafrikanische Regionaldirektor der *Ten of the Best Hotels*, der bereit wäre, das Gut dann als Dependance in seine Kette zu integrieren. Wir müssen nur noch beweisen, dass unser kulinarisches Konzept mit einer Kombination aus südafrikanischer und regionaler deutscher Küche standesgemäß ist, sonst …« Henning brach ab und starrte hinaus in Richtung des Kaps.

»Sonst – was?«

»Werden wir an Dierk Hinrichsen verkaufen müssen. Dann entsteht hier ein zweites Sun City.«

Belinda, die bisher auf den Boden gestarrt hatte, hob langsam den Blick und sah über ihre Schulter hinüber in die Rebhänge, die im Licht der untergehenden Sonne sattgrün funkelten.

»Sie sind unsere Rettung, Belinda, ich spüre das.«

Du spürst was?, schimpfte Tinker. *Meinst du, DAS ist es, was eine Frau jetzt hören will?*

»Wenn es uns wirklich gelingt, *Ten of the Best Hotels* zu überzeugen, hat *Hoopengeluk* eine Chance«, betonte Henning. »Ich glaube, Belinda, dass Sie das schaffen können! Bitte unterstützen Sie Isi.«

»Ich werde mir größte Mühe geben«, sagte Belinda trocken, »und Isi unterstützen, wo ich nur kann. Für *Hoopengeluk*.«

»Nur für *Hoopengeluk*?«, fragte er leise.

»Ja«, hauchte sie, »als Köchin für *Hoopengeluk* …«

»Und ein bisschen … auch für mich …?«

»Als Köchin?«, wiederholte sie.

»Nein«, flüsterte er, »nicht nur als Köchin.«

Seine Hand war nach unten geglitten und suchte ihre Finger. Er spielte sanft mit ihnen und wagte nicht mehr als diesen Hauch von Zärtlichkeit. Belinda schloss die Augen und genoss diese Berührung. Ein Kribbeln der Haut an ihrer Handinnenfläche, ein mehr als vorsichtiges Ertasten, das sie zu gerne zuließ. Nach einer Minute, die ihr wie eine Ewigkeit erschien, wanderten seine Finger an ihrem Arm nach oben, beide Hände tasteten erneut nach ihren Schultern, suchten sich den Weg unter den Stoff ihres T-Shirts und streichelten sanft über die nackten Rundungen ihrer Oberarme.

»Auch als Frau.«

»Auch … als Frau?«, wiederholte sie und spürte gleichzeitig seine Lippen in ihrem Genick.

»Ja«, hauchte er, »… vor allem … als Frau«, und küsste zärtlich ihren Nacken. Belinda schloss die Augen und drehte sich
so langsam zu ihm um, dass seine Lippen tastend an ihrem
Ohr vorbei ihre Wange erreichten, ohne mit dem Küssen auf-
zuhören. Als sich ihre Nasen berührten und seine Lippen ihren
Mund entdeckten, überließ sie sich im Taumel einer unendlich
lange vermissten Zärtlichkeit dem züngelnden Spiel und genoss
einen nicht enden wollenden Kuss.

Ihre Gedanken streiften für eine Sekunde ihre erste Begegnung. Wie sehr hatte sich das überhebliche Muttersöhnchen,
als das er ihr auf den ersten Blick erschienen war, verwandelt!
War er wirklich derselbe Mann?

Für einen arroganten Affen hast du ihn gehalten, erinnerte sie Tinker, *und kaum seid ihr am Knutschen, steht er bei dir
unter Artenschutz?*

Seine Hände suchten sich ihren Weg über ihre nackte Haut,
während ihre Finger unter seinem Hemd langsam nach oben
wanderten und sich ganz leicht an seinen Brustwarzen eingru-
ben. Sie nahm deutlich wahr, wie sie sich aufrichteten, und hörte an seinem leisen Stöhnen, wie sehr ihm diese Berührung gefiel. Der erste Kuss endete, um sich in einem zweiten, einem
dritten und einem – sie hatte aufgehört zu zählen – fortzuset-
zen, sie atmete seinen Atem, sie roch seinen Duft, sie nahm
wahr, dass sie ihn begehrte. Belinda hatte sich mit dem Rücken an die roten Klippen gestellt und lehnte ihren Oberkörper wohlig zurück.

Sie spürte seine Finger auf ihrer nackten Haut, genoss die
Intensität seiner tastenden Hände, die zielstrebig ihre Brüste
erkundeten und sich dann ihren Weg nach unten bahnten. Sie
sog seinen herben Duft ein, als er sich an sie presste, während
sich ihre Körper in der immer heftiger werdenden Umarmung
ineinander verschlangen.

»Belinda, ich will dich!«

✶

Lass die Finger weg, ermahnte sie Tinker noch, kurz bevor sie einschlief.

798 Probleme begleiteten ihre Träume. 788 davon mit schlechten Gedanken, ein paar wirre, aber auch ein halbes Dutzend gute. Zu den Guten gehörte Henning. Und Isabel. Eine Sterneköchin ohne Staralüren.

»Isabel«, träumte sie.

»Isi…«

»…bel«

Belle, flüsterte Tinker.

Belinda schreckte aus dem Schlaf hoch. Sie hatte noch nie an Zufälle geglaubt …

Sein Chauffeur hatte für die Strecke von Bad Teinach nach Stuttgart den Weg durch den Schwarzwald über Calw gewählt. Er fluchte, weil die Verbindung jetzt schon zum dritten Mal abgerissen war. »Mit Südafrika zu telefonieren ist in diesen verfluchten Tälern ein Kunststück«, schimpfte er, als er die Stimme am anderen Ende endlich wieder hörte.

»Läuft alles nach Plan auf *Hoopengeluk*. Die zweite Köchin ist jetzt auch da. Ebenfalls eine Deutsche. Das passt wunderbar zu meiner Idee! Und der Alten habe ich gesteckt, welches Kraut unbedingt dazugehören muss. Die wird das auf ihre unnachahmliche Art regeln, glaub mir!«

»Genial«, sagte er, »und du glaubst, das mit deinem Spargel funktioniert?«

»Mit Sicherheit. Wobei Spargel ja nicht ganz der richtige Ausdruck ist. Es geht um eine ganz besondere Sorte.«

»Und welche Spargelsorte meinst du?«

»Convallaria.« Der andere lachte.

»Convallaria? Moment, das schreib ich mir auf.« Er klemmte sein iPhone zwischen Schulter und Ohr und notierte sich den Namen auf einem Zettel.

»Kennt in Südafrika kein Mensch«, sagte der andere jetzt. »Das heißt, am Ende wird der Verdacht auf diese deutschen Köchinnen fallen.«

»Wow! Da kommt uns keiner drauf! Und wann schlägst du hier auf?«

»Ich lande in zwei Tagen in Frankfurt und komme dann zum Kräutersammeln direkt in den Schwarzwald.«

»Auf Convallaria und die *Gala Chakalaka*!«

ISABEL

Isabel schlief sehr schlecht in dieser Nacht. Zu viele verwirrende Gedanken geisterten ihr durch den Kopf, und zum ersten Mal seit ihrer überstürzten Abreise nach Südafrika plagten sie Zweifel, ob sie all dem wirklich gewachsen war.

Am wenigsten stellte sie dabei ihre Kochkünste infrage, obwohl sie nicht die Sterneköchin war, für die man sie auf *Hoopengeluk* hielt. Die gestrenge und über allem stehende Gutsherrin und ihr Sohn schienen nichts von dem Rollentausch zu ahnen. Dies hatte sie sicher Richie zu verdanken, der wohl als Einziger in den Plan eingeweiht war, weil er die wahre Sterneköchin kannte.

»Ihm kannst du vertrauen.« Isabel hörte die Stimme Sabrinas von ihrer Mailbox im Geiste wieder und wieder, während sie sich schlaflos in ihrem Bett wälzte. Vertrauen – aber konnte sie das wirklich? Waren nicht die Ereignisse, die sich seit ihrer Ankunft in Südafrika zugetragen hatten, alles andere als geeignet, überhaupt jemandem zu vertrauen? Nicht nur, dass sie seit ihrer Ankunft am Flughafen ihr Handy vermisste, nein, man hatte ihr auch, als sie an der Hotelrezeption diesen Anruf von einer anonymen Nummer bekommen hatte, sehr deutlich zu verstehen gegeben, dass sie ihrem Auftrag, die Gala auszurichten, Folge leisten und sich ohne Aufsehen um einen reibungslosen Ablauf kümmern solle. Die Worte und Drohungen am anderen Ende der Leitung waren unmissverständlich gewesen und hatten keine Zweifel am Ernst der Lage aufkommen lassen. Von diesem Moment an war ihr klar gewesen, dass sie ihr Handy nicht einfach nur verloren hatte. Man wollte sicherstellen, dass sie nicht telefonierte, und hatte ihr deshalb das Handy abgenommen!

Heute hatte Isabel zum ersten Mal so etwas wie Hoffnung verspürt, als diese Belinda aufgetaucht war. Endlich eine Gleichgesinnte, hatte sie gedacht, doch woher kam sie? Wer war sie? Immerhin musste sie ja diesen Kochwettbewerb gewonnen haben. Was wusste sie über die Gala, über die Pläne, über die Gefahr? Wäre es klug, sie ins Vertrauen zu ziehen?

Wenn sie doch wenigstens eine Chance hätte, zu telefonieren! Nur einmal kurz Sabrina zu hören, ihr die Lage zu schildern und von ihr zu hören, was hier wirklich gespielt wurde. Was, wenn Sabrina in den Fingern dieser Typen war, die ihr am Flughafen das Handy gestohlen und sie eingeschüchtert hatten?

Isabel war kein ängstlicher Typ, eher salopp und lässig. Wäre sie sonst so überstürzt und sorglos nach Südafrika aufgebrochen, nur weil Sabrina sie darum gebeten hatte? Und doch hing über alldem wie ein Fallbeil an einem dünnen, porösen Seil die Angst.

Der Schrei eines Nachtvogels holte sie aus ihren düsteren Gedanken. Sie starrte durch das geöffnete, nur durch ein Moskitogitter geschützte Fenster in die Nacht hinaus und fühlte die Angst erneut in sich aufsteigen.

Und sie dachte an den Abend in Freudenstadt, zwei Tage vor dem Kochwettbewerb, als sie erneut versucht hatte, Sabrina anzurufen …

✳

Als Isabel an jenem Abend pünktlich im *Da Angelo* eintraf, hatte sie Sabrina immer noch nicht erreicht. Und, was sie am meisten wunderte, ihre Freundin war schon seit zwei Tagen nicht mehr online gewesen. Das war ungewöhnlich, denn auch wenn Sabrina schwer zu erreichen war, da sie ihr Handy in der Küche so gut wie nie bei sich trug, checkte sie doch regelmäßig ihre Nachrichten.

Isabel entschloss sich, die Zeit bis zum Eintreffen Ninas noch für eine kurze WhatsApp zu nützen. Sie tippte schnell: »Hi du, in zwei Tagen ist die Kochshow, ich wetze schon mal die Messer! Ruf dich vorher noch mal an.« Sie drückte auf »Senden«.

Sabrinas Handy schien immer noch ausgeschaltet zu sein. Bevor Isabel sich noch mehr Gedanken machen konnte, ging die Tür auf, und Nina kam völlig abgehetzt in das italienische Lokal.

Die beiden Freundinnen unterhielten mit ihrem Lachen das halbe Lokal. Nina erzählte ihr den neuesten Klatsch und Tratsch aus dem Kindergarten ihrer Tochter, und Isabel revanchierte sich im Gegenzug mit den jüngsten Neuigkeiten aus dem *Conradshof*.

»Wir sind jetzt trendig und hip!«

Sie berichtete ihrer Freundin stolz von der Umgestaltung der kleinen Stube, über der jetzt das Schild *Schwarzwald in style* hing und die immer mehr Gäste als Bistro nutzten oder kleine Feiern dort abhielten. »Ich glaube, ich habe es geschafft!«, sagte sie und erzählte der begeisterten Freundin weitere Details.

Die Umsetzung hatte in genau einer Woche Arbeit bestanden. Mithilfe ihres Netzwerks, ihrer handwerklichen Begabung und ihres Verständnisses von zeitgemäßer Einrichtung machte sie sich ans Werk und gestaltete die Stube in ihrem ganz eigenen, aber sehr formvollendeten Stil. Das düstere Ambiente der alten Bauernstube wich einer abgeschliffenen und weiß getünchten Holzvertäfelung. Dank eines schwedischen Einrichtungshauses war es auch keine größere Schwierigkeit gewesen, neue, moderne Sitzgelegenheiten zu finden. Sie entschied sich für einen Mix aus graubraunen, schweren Stühlen mit braunen Sitzpolstern und leichten, weißen Loungemöbeln, die sie noch hübsch mit Kunstfellimitaten aufpeppte.

Die alten, aber stilvollen Tische erhielten einfach nur fetzige Tischdecken in moderner Farbgebung. Die Jagdtrophäen ihres Großvaters hatte sie abgehängt und die Geweihe kurzerhand ihrer Sprühwut und Farbenfreude ausgesetzt. Schließlich hingen sie wieder in neuer, bunter Farbgestaltung an ihren Plätzen, und aus der in leuchtendem Pink bemalten, ehemals verstaubten und verrotteten Kuckucksuhr schrie der Kuckuck dank einer raffinierten App im digitalisierten Uhrwerk »Schwarzwald« statt »Kuckuck«.

Als sie der Familie voll Stolz und Freude den neu gestalteten Raum präsentierte, standen – bis auf ihre Mutter – alle gleichermaßen unter Schock, denn das dunkle Loch, wie sie es immer genannt hatte, war nicht wiederzuerkennen.

Isabel, die ursprünglich befürchtet hatte, diese Aktion nicht zu »überleben«, war selbstsicher genug, ihrem Vater und den Brüdern klarzumachen, dass nach erfolgter Umgestaltung nun die Bewährungsprobe ausstand und sie erst danach bereit sei, mit ihnen über Erfolg oder Misserfolg zu diskutieren. Schon zwei Stunden nach Restaurantöffnung saßen die ersten jüngeren Gäste in der gemütlichen Lounge, und Kommentare wie »cool!«, »geil!« und »wow!« gaben ihr recht. Isabel setzte ihr Konzept auch kulinarisch um, und so waren *Schwarzwaldburger mit Pflaumen-Ketchup und Rote-Beete-Mayonnaise* in leuchtendem Pink der Renner auf der speziellen Speisekarte des Bistros.

Nachdem eine kleine, aber sehr innovative und in kürzester Zeit mehr als erfolgreiche Boutique aus Neubulach die Räumlichkeit zur Premiere ihres neuen Schwarzwaldlabels buchte, wusste Isabel, dass sie es geschafft hatte. Als sie von der Boutique bei der Premierenfeier ein rabenschwarzes T-Shirt mit einem Totenkopf und Geweih und der Aufschrift *Rebellin* geschenkt bekam, war sie hellauf begeistert über dieses neue Schmuckstück in ihrem Schrank. Alles, was ausgefallen und neu war, hatte sie auf dem Schirm, und es durfte immer etwas schriller als bei anderen oder manchmal auch provokant sein. Pinkfarbene Textilturnschuhe oder Cowboy Boots zum Dirndl? Isabel war die Erste, die sich damit auf dem örtlichen Musikfest oder bei der Kirbe sehen ließ und bei den Älteren Kopfschütteln und bei den Jüngeren Neid und Anerkennung hervorrief. Ein Jahr später war es Trend geworden.

»Ich hoffe, dass meine Brüder und mein Vater auch meinen anderen Plänen einer Rundum-Verjüngung des Hotels zustimmen«, sagte sie schließlich und bestellte sich ein weiteres Glas *Mossone Merlot*. Ihr Traum vom *Conradshof – in style* schien in greifbare Nähe gerückt. Sie liebte das ehrwürdige Haus und die Menschen, die dort lebten und arbeiteten, und den schwarzen Wald mit seinen weißen Tannen, ihre Heimat. Und die Heimat von Auerhahn, Rothirsch, Kuckuck und – seit einigen Jahren – auch vom Wolf.

✳

Isabel war davon überzeugt, dass es nirgendwo dunklere Nächte gab als auf den abgelegenen Straßen des Schwarzwalds. Sie hatte beste Laune, und wäre sie nicht noch auf ihren Wagen angewiesen gewesen, hätte sie sich noch einen schönen Absacker im *Da Angelo* gegönnt.

Um sich das Gefühl zu geben, nicht allein durch die Nacht zu fahren, beschloss sie jetzt, ihre Mutter anzurufen, und fischte an einem geraden und übersichtlichen Straßenstück gekonnt ihr Handy aus der Handtasche. Als sie die Hülle zu greifen bekam, bemerkte sie sofort, dass es blinkte.

Nachdem sie geschickt mit einer Hand den Home-Button ihres iPhones gedrückt hatte, erschrak sie zunächst. Das komplette Display war voll mit Mitteilungen unterschiedlicher Art. Isabel entschied sich, an der einzigen geöffneten Tankstelle weit und breit kurz anzuhalten, um die Nachrichtenflut und die entgangenen Anrufe zu checken. Dabei stieß sie auf vier entgangene Anrufe von Sabrina, alle innerhalb von zehn Minuten, dann eine Sprachnachricht auf der Mailbox. Warum hatte Sabrina keine WhatsApp geschickt? Das tat sie sonst immer! Noch nie hatte sie ihr etwas auf die Mailbox gesprochen, das war seltsam.

Das iPhone war an ihre Freisprecheinrichtung gekoppelt, und Isabel fuhr weiter, während sie die Mailbox abhörte. Beim Anruf Sabrinas biss sie sich im Reflex auf die Lippen, als sie die Atemlosigkeit in der Stimme ihrer Freundin und im Hintergrund den Last-Call einer Flughafenansage wahrnahm. Bei den Worten »echt wichtig« und »KEIN Scherz!« verlangsamte sie ihre Fahrt, und als ihre Freundin sie aufforderte, sich »in die nächste Maschine« zu setzen und »für mich hierherzufliegen«, bremste sie und hielt auf einem schmalen Rasenstreifen am Fahrbahnrand. Ja, sie hatte richtig gehört, Sabrina sagte tatsächlich: »Du spielst hier MEINE Rolle!«

Isabel schluckte trocken, als sie »Gefahr«, »Sabotage« und »ein richtig großes Ding« hörte, und bemerkte, wie ihr Herz raste. Sie hörte die Nachricht zu Ende, schloss die Augen und lehnte sich zurück.

Was war das denn? Spielte sie hier das Bond-Girl im neuen 007? Aber das klang verdammt noch mal nicht nach einem schlechten Scherz. Sie wählte Sabrinas Nummer, aber dieser Versuch scheiterte wieder an der Ansage »The person you've called is temporarily not available«.

Isabel hörte die Botschaft noch weitere drei Mal ab. Es klang verrückt! »Ich will, dass DU die Gala kochst!«

Absolut verrückt! »Wenn eine das schafft, dann DU!«

»Sabrina spinnt! Die hat sie nicht mehr alle!«

Doch nein, dazu kannte sie Sabrina zu gut. »Bitte tu das für mich!« Was sie hier sagte, meinte sie ernst. Mehr als ernst! Noch ein allerletzter Versuch, die Freundin zu erreichen. Vergebens.

»Okay, Isabel, der Reihe nach!«, versuchte sie, Ordnung in ihre Gedanken zu bringen. »Du sollst also den Kochwettbewerb sausen lassen und direkt nach Südafrika fliegen?«

Warum ging Sabrina nicht ran? War sie schon auf dem Weg nach Deutschland? Darum wohl der »Rollentausch«. Was aber, wenn sie in Gefahr war? Und wer war dieser Richie, den sie als »guten Freund« erwähnt hatte? »Er kümmert sich um dich.« Leider war die Nachricht mitten im Satz abgebrochen, als Sabrina von sich und ihm gesprochen hatte.

Isabel tippte erneut, aber diesmal die Kurzwahl ihrer Mutter. Als sie die vertraute Stimme hörte, startete sie erleichtert ihren Wagen und fuhr weiter.

»Mama, ich bin in 15 Minuten zu Hause und könnte noch einen Schluck vertragen. Bleibst du noch auf? Bitte.«

Als sie auf den Parkplatz des *Conradshofs* einbog, sah sie, dass noch Licht in der Gaststube brannte. Auf ihre Mutter war Verlass.

✱

»Und du bist dir sicher? Einfach so? Ohne mehr darüber zu wissen?«

Isabel beobachtete ihre Mutter, die ihr nebenbei den zweiten Grauburgunder einschenkte und die Ruhe selbst zu sein schien. Sie hatten gemeinsam Sabrinas Nachricht angehört. Jede andere Mutter hätte versucht, ihrer Tochter dieses Vorhaben auszureden, nicht aber sie. Schon als junges Mädchen hatte Mama sie immer ernst genommen und die meisten ihrer oft verrückten Vorhaben unterstützt oder zumindest toleriert. In Isabel vereinigten sich die Charaktere ihrer Eltern, des eingefleischten Schwarzwälders und der weltoffenen Schweizerin.

Ihre Mutter hatte ihr immer vertraut, und genau dieses Vertrauen schätzte Isabel so sehr an ihr. Auch jetzt, in dieser ungewöhnlichen Situation. Sie hielt nachdenklich ihre Teilnahmekarte für den Kochwettbewerb auf der *Gourmet Voyage* in der Hand, deren meerblaues Band sie sich um den Hals gehängt hatte. »Nicht wegwerfen«, sagte eine innere Stimme.

»Das bin ich Sabrina wirklich schuldig«, antwortete Isabel jetzt. »Und nicht nur, weil ich mich endlich revanchieren kann ... für damals. Du weißt schon.«

Ja, ihre Mutter wusste in der Tat – und zwar als Einzige außer den beiden beteiligten Mädchen –, dass ihre Tochter ohne Sabrinas trickreiche Hilfe damals ihre Prüfung in der Kochausbildung nicht bestanden hätte.

»Es scheint in der Tat, als sei dieses Mal sie diejenige, die DICH braucht.«

Isabel reagierte auf die Feststellung ihrer Mutter mit einem stummen Nicken und leerte das Glas.

»Wie ich dich kenne, checkst du die Flüge noch heute Nacht und machst die Sache fix. Weißt du denn schon, wie du vom Flughafen zu diesem Weingut kommst?

»Keine Ahnung«

»Oder holt dich dort jemand ab? Dieser Richie vielleicht?«

»Keine Ahnung«

»Wissen die, dass du es bist, die für Sabrina einspringt, und dass sie nach Deutschland fliegt«?

»Keine Ahnung«

»Hm. Ganz ehrlich, Isabel, drei Mal ›keine Ahnung‹ ist vielleicht etwas viel, um einfach so überstürzt nach Südafrika zu fliegen, meinst du nicht?«

»Du hast wahrscheinlich recht, Mama. Trotzdem, ich bleibe dabei: Sabrina braucht mich jetzt, und ich werde fliegen!«

»Von nichts anderem bin ich ausgegangen, Isabel, daher gebe ich mir auch keine Mühe, dich davon abzuhalten.«

Isabel erkannte dieses ihr so wohlvertraute warme Lächeln und den Zeigefinger, den ihre Mutter immer dann erhob, wenn sie etwas ernst meinte.

»Du meldest dich mindestens einmal am Tag bei mir, sonst sitze ICH am nächsten Tag im Flugzeug nach Kapstadt. Und jetzt sag mir noch …«

»… ob ich die Flüge so nebenbei schon gecheckt habe?«, fragte Isabel und grinste. »Nein.« Sie machte eine Pause und betonte schließlich jedes Wort:

»Ich habe gerade gebucht! Um sechs Uhr fliegt die KLM ab Stuttgart über Amsterdam.«

»Schon morgen Abend um sechs?«

»Nein, Mama. Morgen früh! Ich geh jetzt packen, und in zwei Stunden fahre ich.«

»Nein!«, sagte ihre Mutter, und ihre Stimme hatte einen Ton, der keinen Widerspruch zuließ.

»Wie – nein?«, fragte Isabel. »Ich fahre! Basta!«

»Nein!«, widersprach ihre Mutter noch einmal, und ihre Stimme hatte an Schärfe zugelegt. Oh Gott, dachte Isabel, bitte keine Diskussion! Nicht JETZT!

»DU fährst nicht!«, bestimmte ihre Mutter, und Isabel übersah das Lächeln, das ihre Lippen dabei umspielte.

»Du hast schon zu viel getrunken«, fügte sie jetzt an.

»Nicht mehr als du!«, widersprach jetzt Isabel trotzig, obwohl sie wusste, dass ihre Mutter recht hatte.

»ICH fahre! Du packst – und trinkst am besten noch das letzte Glas zur Beruhigung!«

Auf ihre Mutter war einfach Verlass! Die beiden Frauen sahen sich einen Augenblick wortlos an. Dann stand Isabel auf, nahm das halb volle Weinglas, verließ grinsend die Gaststube, blieb kurz stehen und streckte noch einmal den Kopf durch die Tür. »Danke, Mama.«

»Vielleicht steckt ja auch nur ein Mann dahinter«, meinte ihre Mutter noch humorvoll, um ihrer Tochter etwas Leichtigkeit zu vermitteln. »Sabrina hat doch diesen Richie erwähnt.«

»Ja, das hat sie. Aber wegen eines Mannes würde sie nicht ein so wichtiges Jobprojekt an den Nagel hängen. Alle anderen, aber nicht Sabrina, da steckt etwas anderes dahinter. Ganz sicher.«

Ihre Mutter zwinkerte ihr zu. »Los jetzt! Es wäre dumm, ausgerechnet heute deinen Flieger zu verpassen!«

»Mama, du bist einfach die Beste!«

✳

Wie auch schon in den vergangenen Nächten auf *Hoopengeluk* hatte Isabel an ihre Mutter gedacht, und es bereitete ihr Sorgen, sie nicht erreichen zu können. Sie rang mit sich, Belinda um ihr Handy zu bitten, doch das Risiko, dabei beobachtet zu werden, schreckte sie ab, und sie verschob den Gedanken endgültig auf später, als Karen van Wynsberghe zu ihnen in die Küche kam.

»Ich sehe, my Vrouens, Sie sind dabei, sich mit den Möglichkeiten unserer Küche anzufreunden«, sagte Karen zu Belinda. »Wir können da sicher nicht mit dem *Ouplaas* mithalten, aber Sie sind ja Profis und kommen damit zurecht.«

Na klar, antwortete Tinker – *mit einer halben Flasche Ketchup kriegen wir alles lecker*, und Belinda war froh, dass nur sie es hören konnte. Inzwischen war sie mit den Inhalten eines Arzneikühlschranks mehr vertraut als mit denen eines Gastrokühltischs.

»Ihre Küche ist genial, das hatte ich auf einem Weingut nicht so erwartet«, versuchte Belinda ehrlich zu sein, merkte aber sofort an Karens vorwurfsvollem Blick, dass die Hausherrin ein anderes Feedback erwartet hatte.

»Bitte? Wir haben alles nach bestem Wissen auf den neuesten Stand gebracht«, erklärte sie brüskiert, »kein Geringerer als Mattys Wild, der Food & Beverage Manager des *Ouplaas*, ist uns mit Rat und Tat zur Seite gestanden. Sie müssen ihn ja aus dem Hotel kennen?«, wandte sie sich jetzt Isabel zu und zeigte Belinda bewusst die kalte Schulter.

Isabels »Ja … schon …« kam Belinda sehr zögernd und unsicher vor. »Wir haben erst gestern noch wegen einiger Zutaten für die Gala gesprochen«, fügte Isabel schließlich an.

»Ach?«, sagte Karen mit zweifelndem Unterton. »Ich glaube, mitbekommen zu haben, dass er vor ein paar Tagen Meneer Hinrichsen nach Deutschland gefolgt ist.«

Belinda erkannte ein kurzes Erschrecken in Isabels Gesicht.

»Wir … ääh … haben telefoniert«, versuchte Isabel, die Situation zu retten. Das Stocken in ihrer Stimme erhärtete Belindas Wahrnehmung.

Karen runzelte die Stirn. »Ich dachte, Ihr Handy …«, begann sie, doch Isabel fiel ihr rasch, fast hektisch ins Wort, was Belinda irritiert zur Kenntnis nahm: »Ich wurde im *Ouplaas* an der Rezeption mit ihm verbunden.«

»Sie waren noch mal im *Ouplaas*? Ihr Platz ist jetzt auf *Hoopengeluk*! Mein Sohn hat eine Sterneköchin exklusiv gebucht!«

Belinda, die das untrügliche Gefühl hatte, dass das Gespräch für Isabel einen unangenehmen Verlauf annehmen würde, grätschte geschickt mit einer Frage dazwischen. »Dieser Hinrichsen, von dem Sie grade sprachen, ist das nicht ein Manager der WLH?«

Karen sah verwundert zu Belinda. »Dierk Hinrichsen ist General Manager der *World Luxury Hotels*«, belehrte sie Karen herablassend. »Sie dürften ihn wohl kaum kennen!«

So, jetzt bist du an der Reihe!, forderte Tinker.

»Oh doch. Ich hatte mal bei einem Kongress im Kempinski in Slowenien das Vergnügen.«

Karen schwieg.

Keine Antwort ist auch eine Antwort.

»Du kennst das *Kempinski Palace* in Portorož?«, fragte dafür Isabel erfreut.

»Klar! War eine schöne Zeit, als ich noch mit einer Ausbildung in der Hotelbranche geliebäugelt habe. Bin seither immer wieder gerne dort. Die slowenischen Trüffel sind eine Spezialität des Hauses!« Belinda geriet schwärmerisch ins Plaudern. »Was nur ganz Wenige wissen, die haben dort ein sehr hohes Trüffelaufkommen, und sie sind ein ganz wichtiger Bestandteil der lokalen Küche. Ich durfte dem Küchenchef mal über die Schulter schauen und war beeindruckt, wie vielfältig Trüffel verwendet werden kann.«

In Portorož hatte sie den Trüffelduft intensiv wahrgenommen, aber auch auf dem kleinen Markt in Koper und natürlich im *Kempinski Palace,* wo sie auf der schönen Restaurantterrasse des *Fleur de Sel* zum ersten Mal frischen Schwarzen Trüffel gegessen hatte. Fortan gehörte Trüffelpasta zu den begehrten Spezialitäten im Weinlokal ihrer Eltern in Rottenburg.

»Ja, das Kempinski in Portorož ist kulinarisch ganz weit vorne«, ergänzte Isabel.

»Na, dann wären wir ja beim Thema, my Vrouens«, schaltete sich Karen mit versöhnlichem Ton ein. »Sie kennen das kulinarische Motto unserer Gala und dass es darum geht, die Gourmets unter unseren Gästen von der Kombination Ihrer regionalen schwäbischen mit unserer südafrikanischen Küche zu überzeugen«, fragte Karen. »Eine Idee meines Sohnes.«

Dann zeig uns mal den Spätzleschaber in deinem südafrikanischen World Luxury Tempel, blaffte Tinker.

»Wir haben gerade schon die Speisekammer inspiziert«, erklärte Isabel, »ein paar Zutaten für die typisch schwäbische Küche fehlen noch, aber die bringen wir bei.«

Sicher züchtet dein Vögelliebhaber Rhii-tschiiieh auch Alblinsen und Filderkraut, bemerkte Tinker spitz.

»Für Chakalaka ist ja schon mal alles da«, bemerkte Belinda, die das Gewürzregal und den Vorrat an frischem Gemüse inspizierte. »Frischen Ingwer und Chilischoten vermisse ich«, meinte sie schließlich.

»Sie wissen, was zu einem vernünftigen Chakalaka gehört«, freute sich Karen.

»Früher hätte mir Chakalaka gar nichts gesagt«, gab Belinda zu, »aber seit der Fußball-WM in Südafrika kennt man das Aroma ja auch bei uns als Gewürzmischung. Dass es auch ein eigenständiges Gericht ist, habe ich aber erst jetzt gelernt.«

»Ja, in Südafrika ist es allerdings mehr als nur ein Gemüse-Relish«, klärte Karen sie auf. »Wenn wir hier ein Nationalgericht hätten, dann wäre es Chakalaka. In jedem Township wird es gekocht, es gibt zig Varianten, aber scharf ist es immer.«

»Gibt es einen Grund, dass Ihre Gala so heißt?«

»Ja. Mein Sohn hat aus unserer Merlottraube eine Cuvée mit einem geringen Anteil Cabernet entwickelt, die unter anderem bei den Sommelier Wine Awards eine Goldmedaille erhalten hat und zu den besten Weinen Südafrikas zählt: *Karen Merlot Chakalaka*.«

»Wird denn Chakalaka bei der Gala eine zentrale Rolle spielen?«

Belinda überging damit geschickt eine weitere unangebrachte Bemerkung Isabels. »Dann müsste ich mich nämlich noch ein bisschen eingrooven.«

»Sie können gerne damit würzen«, antwortete Karen, »aber da viele Gäste aus Deutschland zur Gala erwartet werden, sollten Sie sich mit der feurigen Schärfe eher etwas zurückhalten.«

»Und falls es doch zu scharf ist, können wir das Feuer, wie die Zulu es glaube ich machen, mit Ugali entschärfen«, brachte sich nun auch Isabel in die kulinarischen Überlegungen ein.

»Da scheinen Sie ein bisschen was zu verwechseln, Mevrou Isabel«, widersprach Karen kopfschüttelnd. »Ugali ist ein ostafrikanischer Maisbrei. Die vergorene Dickmilch, mit der man im Chakalaka das Feuer löscht, nennen die Zulu Amasi.«

»Ach du meine Güte, das habe ich tatsächlich durcheinandergebracht«, gab Isabel lachend zu, doch Belinda konnte sich des Gedankens nicht erwehren, dass die Sterneköchin beides nicht wirklich kannte.

»Jetzt aber zu Ihrem Anteil an der Gala, my Vrouens«, meinte Karen und beendete damit das Thema. »Welche Gedanken haben Sie sich denn gemacht, Belinda? Bei unserer ersten Begegnung sprachen wir von *Mondsakken*.«

Die Angesprochene sah überrascht auf. Belinda hatte erwartet, dass die Sterneköchin zuerst gefragt würde, doch offensichtlich war Isabel im Moment gerade in der Achtung der Gutsbesitzerin eine Stufe gesunken.

Aufgepasst, warnte Tinker, *die spielt euch gegeneinander aus!*

»Ja, natürlich Maultaschen. Wie von Ihrem Sohn gewünscht«, bestätigte Belinda. »Ich habe mir in der Tat Gedanken gemacht. Darf ich Ihnen etwas zeigen?«

Sie fischte ihr iPhone aus der Tasche und rief die Bildergalerie auf.

»Hier«, sagte sie und deutete auf eines der Fotos. »Das war meine Siegermaultasche bei dem Kochwettbewerb, der mich hierhergebracht hat.«

»Sehr schön«, lobte Karen, und ihre Stimme drückte ehrliche Bewunderung aus, um sogleich wieder einzuschränken: »Diese unterschiedlich gebratenen Teigschiffchen sehen zumindest auf dem Bild sehr gelungen aus.«

»Ich habe es ›Maultaschen-Mosaik‹ genannt und nur mit einem Rote-Beete-Nest und Röstzwiebeln garniert«, erzählte Belinda stolz.

»Und es sind keine gewöhnlichen Maultaschen, stimmts?«, ergänzte Isabel.

»Nicht ganz«, gab Belinda zu. »Ich habe sie nach traditionellem Familienrezept mit Kalbfleischbrät gemacht und das Aroma durch geröstete Zwiebeln verfeinert.«

»Würden Sie es mir denn anvertrauen?«, fragte Karen und Belinda nickte lachend.

»Ja, ich werde mal meine Oma fragen. Für die Gala hätte ich allerdings auch noch eine andere Idee, um noch einmal auf das Thema Trüffel zurückzukommen. Was halten Sie und du«, sie sah abwechselnd Karen und Isabel an, »von ›Getrüffelten Strauß-Maultaschen‹?«

»Getrüffelte ... Strauß ...?« Karen strahlte.

»Ja. Mit Straußenbrustwürfeln und Schwarzem Trüffel aus Südafrika.«

»Genial«, schwärmte Karen, »wir haben tatsächlich Trüffel am Kap.«

Belinda packte noch ihren Trumpf aus: »Als Krönung füllen wir die Maultaschen mit einem kleinen zarten Stück Straußenbruststeak.«

»Genau so machen wir das, my Vrouens«, stimmte Karen begeistert zu. »Mir wäre nur wichtig, dass wir auch auf den wunderbaren Bärlauch als Geschmackskomponente zurückgreifen.«

«Gibt es denn Bärlauch in Südafrika?«, fragte Belinda.

»Bei uns im Schwarzwald wächst er um diese Jahreszeit in rauen Mengen«, warf Isabel ein.

»Ich habe das bereits organisiert«, sagte Karen. »Ich habe Meneer Wild gebeten, uns Bärlauch aus Deutschland mitzubringen. Er wird rechtzeitig auf *Hoopengeluk* zurück sein.«

Fragt doch gleich Straußenflüsterer Rhii-tschiiieh, bruttelte Tinker, *der kann euch sicher einen ganzen Bärlauch-Strauß besorgen!*

Karen nickte ihren Köchinnen zu und zog sich aus der Küche zurück.

Belinda hatte Isabels nachdenkliche Gesichtszüge bemerkt und fragte: »Ist alles in Ordnung? Karen sagte irgendetwas von deinem Handy?«

Isabel schüttelte den Kopf. »Ich finde es nur gerade nicht«, sagte sie ausweichend und wandte sich ab.

Sie dachte an Karens Bemerkung über Wilds derzeitigen Aufenthaltsort und fragte sich, ob Sabrina nicht wissen sollte, dass der F&B Manager ihres Hotels in Südafrika sich ebenfalls gerade in Deutschland aufhielt. Doch wie sollte sie es ihr sagen?

✱

Als sie am späten Vormittag die Küche verließen, fasste Belinda Isabel sanft bei den Schultern, drehte sie zu sich und blickte ihr direkt in die Augen.

»Isi«, begann Belinda, »ich bin neu auf *Hoopengeluk,* und wir kennen uns sicher noch nicht besonders gut. Trotzdem habe ich das Gefühl, dass dich irgendetwas bedrückt.« Sie machte eine Pause, um Isabels Reaktion abzuwarten. »Wenn ich dir irgendwie helfen kann, lass es mich einfach wissen, okay?«

Isabel nickte und holte tief Luft. »Ich mache mir Sorgen um eine Freundin. Ich müsste sie dringend erreichen, aber ich habe Sabrinas Handynummer nicht. Schon seit ich hier bin, zermartere ich mir den Kopf, wie ich an ihre Nummer kommen könnte.«

»Du hast sie nicht abgespeichert?«

»Nein«, kam es zögernd, »also … Ich müsste vielleicht endlich mal mein Handy finden.« Ihr Lachen klang gekünstelt.

»Und du kennst sie nicht auswendig?«

»Ich und Zahlen! Eine Katastrophe! Ich vergesse schon dauernd Geburtstage. Namen kann ich mir merken, die weiß ich nach Jahren noch. Aber Telefonnummern? Never!«

»Und es gibt niemand, den du anrufen und fragen könntest? Ihre Familie?«

Isabel schüttelte den Kopf. »Sie lebt allein.«

»Wie heißt sie denn? Vielleicht finden wir ihre Eltern oder Verwandte in Deutschland, die dir weiterhelfen können? Ich könnte ja mal recherchieren«, schlug Belinda vor.

»Ich bin schon froh, dass ich das jetzt mal loswerden konnte«, meinte Isabel und wechselte das Thema: »Jetzt los, wir müssen uns mal so langsam um das Fleisch für die Gala kümmern«, meinte sie. »Ich zeig dir, wo das Kühlhaus ist.«

Belinda folgte der Köchin langsam hinaus und über den Hof. Sie war sich sicher, noch längst nicht alles von ihr erfahren zu haben. Der Gedanke, der sie schon an ihrem ersten Abend auf *Hoopengeluk* beschäftigt hatte, kam ihr wieder in den Sinn.

Belle …

✱

»Wie lange lebst du jetzt schon in Südafrika, Isi?«, fragte Belinda, als sie nach dem Frühstück aus der Küche in die Sonne traten.

Isabel zögerte einen Augenblick und schien nachzurechnen. »Seit etwas über zwei Jahren.«

»Und du warst nicht daheim, in all der Zeit?«

»Nein. Warum fragst du?«

»Ach, nur so. Ich würde es nicht so lange aushalten, ohne mal nach Hause zu fliegen, glaube ich.«

»Man gewöhnt sich an alles«, antwortete Isabel und starrte auf den Boden.

»Und du vermisst nichts? Deine Freunde? Die Umgebung? Musik?«

»Doch schon«, antwortete Isi zögernd. »Zu Hause in unserem Hotel im Schwarzwald läuft immer Musik.«

»Was hörst du am liebsten? Lass mich raten … Schlager, stimmt's?«

Isabel sah Belinda überrascht an. »Wie kommst du denn darauf?«

Belinda grinste.

»Du hast da heute Morgen beim Frühstück was verloren. Du bist ein Fan von dem Gabalier.« Belinda hielt ein kleines Stück dünnen, bedruckten Kartons in der Hand und reichte es Isabel.

»Hier, das Ticket lag grade unter deinem Stuhl. Habs beim Aufräumen gefunden und eingesteckt.« Sie lachte. »Ich denke mal, wer eine Konzertkarte von Andreas Gabalier in Südafrika mit sich herumträgt, muss schon ein Fan sein.«

»Ja«, gab Isi zu und riss ihr die Konzertkarte fast etwas zu hektisch aus der Hand. »Danke. Das ist echt eine wertvolle Erinnerung für mich. Sonst hebe ich so was nicht auf.«

Es entging Belinda nicht, dass Isis Blick das Ticket nervös abscannte, bevor sie es in ihrer Hosentasche verschwinden ließ.

»Und jetzt?«, wechselte Belinda das Thema. »Arbeiten wir weiter an der Gala?«

»Ja«, antwortete Isabel. »Es steht furchtbar viel auf dem Spiel. Ich bin manchmal unsicher, ob mir die Verantwortung dafür nicht eine Nummer zu groß ist.«

Isabel hatte einerseits Vertrauen zu der jungen Köchin gefasst, doch seit sie ihr das verräterische Ticket zugesteckt hatte, fühlte sie sich ertappt. Hatte Belinda das Datum entdeckt? Ahnte sie, dass sie erst seit wenigen Tagen in Südafrika war? Wie viel konnte sie Belinda anvertrauen?

»Wir sind doch jetzt zu zweit«, sagte Belinda und lachte. »Ich bin bei dieser Kochshow zwar nur für irgendeine verhinderte Teilnehmerin eingesprungen. Eine verrückte Geschichte. Aber was soll's! Jetzt bin ich da, und wir zwei rocken das Ding!«

»Diese verhinderte Teilnehmerin«, hakte Isabel nach, »kennst du sie?«

»Nein, überhaupt nicht. Wüsste selber gerne, wem ich den Traumurlaub am Kap zu verdanken habe. Eine gewisse Belle.«

Im selben Augenblick entdeckte Isabel Bushman drüben bei den Fahrzeugen und signalisierte Belinda mit einem Blick, dass sie beobachtet wurden.

»Ein komischer Typ«, flüsterte Isabel. »Ich trau dem nicht. Und manchmal weiß ich nicht, wem ich hier überhaupt trauen kann.«

»Vielleicht versuchst du's mal mit mir?«, schlug Belinda vor.

»Ich fürchte, ich habe dich da schon genug hineingezogen mit meinen Bedenken wegen der Gala«, gab Isabel zurück. Belinda ergriff ihre Hände und streichelte sie vorsichtig.

»Gar nichts hast du«, versuchte sie zu beruhigen, »niemand wird von mir etwas erfahren!«

Sie schwiegen zwei Minuten, und Isabel atmete durch.

»Lass uns eine Runde über das Weingut fahren«, schlug sie schließlich vor. »Dann sind wir wenigstens ungestört.«

Ein Geräusch hinter ihnen ließ die beiden Frauen herumfahren.

»Sie sollten ihm wirklich nicht allzu sehr vertrauen, my
Vrouens!«

Adriaan Doorn, der in die Jahre gekommene Verwalter
des Weinguts, war aus dem Gebäude getreten und hatte die
Tür laut zufallen lassen. Er deutete auf Bushman und raunte mit ernster, zum Flüstern abgesenkter Stimme: »Man erzählt sich bei den Zulu, seine Vorfahren hätten Köchinnen
verspeist.«

Isabel erschauderte, doch Belinda ließ sich nicht irritieren
und entgegnete schlagfertig: »Wenn er an der Tradition seiner Ahnen festhält, hoffe ich, dass wir ihm nicht sauer auf-
stoßen.«

✳

»Bushman sagt, wir sollen den hier nehmen.« Isabel stand an
der linken Beifahrertür eines weißen Pick-ups.

»Soll ich fahren?«, fragte Belinda und näherte sich dem Wagen von rechts.

»Oh Mann«, seufzte Isabel und ihr Lachen misslang, da sie
sich für einen Sekundenbruchteil erneut ertappt fühlte, »da
schlägt immer wieder die Europäerin in mir durch! Ich werde
mich nie an den Linksverkehr gewöhnen.«

Ihr Blick verriet Unsicherheit, doch Belinda unterdrückte
ein argwöhnisches Stirnrunzeln und spielte den Fauxpas herunter: »Ich verwechsle zu Hause auch dauernd die Lichtschal-
ter, so was kommt vor.«

Sie tauschten die Seiten, stiegen ein, und Isabel startete den
Wagen.

Maphikelela Bhekizifundiswa Mfanafuthi beobachtete die
beiden Frauen, wie sie am Ende des Herrenhauses auf den Weg
in die Weinberge abbogen.

»Isi. Willst du nicht offen zu mir sein?«, fragte Belinda nach
einer Weile.

»Ich weiß nicht, was du meinst«, blockte Isabel ab.

»Dann will ich es dir sagen«, kündigte Belinda mit ernster Stimme an und legte ihr eine Hand auf den nackten Unterarm.

»Man kann als Gast oder Tourist schon mal vergessen, dass man in einen Rechtslenker steigt, aber doch nicht, wenn man schon zwei Jahre im Land lebt.«

Isabel nahm den Fuß vom Gas und ließ den Wagen auf der unbefestigten Piste ausrollen, bis er zum Stehen kam.

»Willst du damit irgendetwas sagen?«, fragte sie vorwurfsvoll.

Belinda schluckte und atmete tief ein. »Du musst mir nichts erzählen und bist mir auch keine Erklärung schuldig. Aber ich bin nicht dumm, Isi.«

Isabels Kieferknochen mahlten, und sie biss sich nervös auf die Unterlippe.

»Du warst vor gut einer Woche noch im Gabalier-Konzert in Stuttgart. Seit ich das Ticket bei dir gefunden habe, glaube ich nicht mehr, dass du seit zwei Jahren ununterbrochen in Südafrika bist.«

Belinda ließ ihr Zeit zu reagieren, doch als sie schwieg, fuhr sie fort: »Ich glaube auch nicht, dass du die Sterneköchin bist, für die sie dich hier halten. Du hast keinen Ton zu Chakalaka gesagt, als Karen das Thema angeschnitten hat, und dann auch noch ostafrikanisches Ugali und südafrikanisches Amasi verwechselt. Als Chef de Cuisine in einem Boutique Hotel in Kapstadt hättest du das wissen müssen.«

»Ich kann mir die vielen Ausdrücke nicht merken. Außerdem ist das Zulu und kein Afrikaans.«

»Aber auch in Afrikaans wusstest du weder, was Mund noch was Tasche heißt«, sagte Belinda sanft und sah die Köchin eindringlich an. »Du kannst mir vertrauen, Isi! Welche Rolle spielst du?«

Isabel schloss die Augen und schüttelte den Kopf.

»Ich kann nicht«, hauchte sie. »Ich kann nicht …«

»Dann sag ich dir, was ich glaube. Oder besser: was ich weiß.«

Belinda holte Luft und erzählte.

»Bei diesem Kochwettbewerb, der mich letztendlich hierhergebracht hat, war auch eine Köchin namens BELLE angemeldet, die aber nicht erschienen ist.«

Isabel starrte zu Boden.

»Nennen dich denn alle deine Freunde Isi?«

Isabel schwieg, und Belinda fragte mit sanfter, fast zärtlicher Stimme: »Wäre es für dich okay, wenn ich dich auch BELLE nenne – Belle?«

Sie bemerkte am Gesichtsausdruck Isabels, dass sie ins Schwarze getroffen hatte.

»DU bist diese Belle. Und deine Freundin Sabrina ist die wahre Sterneköchin. Man muss nur ihren Vornamen und ›Sternekoch‹ eingeben, dann hat man seitenweise Infos: ›Sabrina Brendle – Sylt – INTERGASTRA – Freiburg – Trendköchin des Jahres in Kapstadt‹. Richtig?«

Isabel presste ihre Lippen aufeinander,

»Warum hast du mir das verschwiegen, Belle? Wovor hast du Angst?«

»Versprichst du mir, dass du es niemandem verrätst?« Isabel holte tief Luft und schloss für einen Augenblick die Augen. »Ja, du hast recht. Ich bin diese Belle und war beim Wettbewerb auf der *Gourmet Voyage* angemeldet. Am Tag zuvor erreichte mich eine Nachricht Sabrinas. Sie bat mich eindringlich, so schnell wie möglich nach Kapstadt zu fliegen, um hier für sie einzuspringen.«

»Und warum?«

»Das genau weiß ich noch nicht. Ich bin Hals über Kopf aufgebrochen, und wir haben uns am Handy ständig verpasst. Sabrina war zu der Zeit auf dem Rückflug nach Deutschland. Sie hat wohl den Verdacht, dass die Gala ruiniert werden soll.«

»Ruiniert?«

»Ja. Sie glaubte, eine Spur gefunden zu haben, die nach Deutschland führt. Ich soll hier nur die Stellung halten.«

»Dann machen wir das jetzt zu zweit«, schlug Belinda vor.

Stellung halten?, unkte Tinker, *du bist doch sonst eher für das Gegenteil …*

Belinda ignorierte Tinkers schelmischen Gedanken. »Ab sofort bist du nicht mehr allein. Vier Augen sehen mehr als zwei!«

Isabel nickte. »Und vier Ohren hören mehr …«

✶

Isabel folgte zu Fuß dem Pfad nach Süden zu der kleinen Aussichtsplattform, von der aus man bei guter Witterung in der Ferne den Atlantik leuchten sah. Schon von Weitem hatte sie bemerkt, dass sie nicht allein war, und erkannte einen der beiden »wichtigen« Gäste, von denen Belinda ihr erzählt hatte. Da sie beiden bisher nicht begegnet war, wusste sie nicht, ob sie es mit Rohan du Vredenburg, dem südafrikanischen Regionaldirektor der *Ten of the Best Hotels*, oder dem deutschen Innenarchitekten Carsten Schechinger zu tun hatte.

Schon die ersten Worte, mit denen sie salopp begrüßt wurde, ließen jedoch keinen Zweifel, denn sie waren auf Deutsch.

»Sie müssen Isabel Conrad sein, eine der beiden wunderbaren Köchinnen, von denen Henning van Wynsberghe so schwärmt«, sagte der nicht sehr große, aber dennoch gut gebaute Mittdreißiger und streckte ihr die Hand entgegen. »Carsten Schechinger. Ich habe gehört, Sie beide kommen auch aus Deutschland?«

»Ich bin im Schwarzwald zu Hause«, antwortete Isabel.

»Wie schön, ich habe viele Jahre in Freiburg gelebt.«

Rasch ergaben sich Gesprächsthemen, und Isabel erfuhr, dass Carsten sich auf Hoteldesign spezialisiert hatte.

»Dieser kapholländische Stil ist für einen Innenarchitekten der Hammer«, schwärmte er, »es wäre ein Traum, hier zu arbeiten.«

»Wovon hängt das ab?«, fragte Isabel und versuchte, die Neugier in ihrer Stimme zu unterdrücken.

»Zunächst einmal vom Erfolg dieser Gala. Aber nachdem Sie dafür mitverantwortlich sind, mache ich mir hier überhaupt keine Sorgen«, fügte er noch schmeichelnd hinzu. »Wenn es

Henning gelingt, *Ten of the Best Hotels* zu überzeugen, habe ich den Job. So einfach ist das.«

»Klingt spannend«, meinte Isabel. »Und was würde das für *Hoopengeluk* bedeuten?«

»Rohan du Vredenburgs Plan ist es, *Hoopengeluk* als Weingut zu erhalten und es durch ein stylisches Restaurant mit kleinem Hotel speziell für deutsche Kundschaft aufzuwerten. Um die Skeptiker in seiner Kette zu überzeugen, hatte er die Idee mit dieser Gala, als Testlauf sozusagen.«

»Und wenn der Testlauf schiefgeht …«

»… steigt *Ten of the Best Hotels* aus. Da das Weingut ohne Investoren nicht zu retten ist, hätte dann die Konkurrenz freie Bahn.«

Isabel nickte und ließ eine kleine Pause entstehen, ehe sie fragte: »Und diese Konkurrenz hat andere Pläne?«

»Unter uns gesagt, ja«, meinte Carsten und senkte seine Stimme zu einem Flüstern. »Ein gewisser Hinrichsen, dem jetzt schon Teile des umliegenden Landes gehören, will ein gigantisches Hotelprojekt mit Freizeitpark, Showtempel und Casino hier aufziehen.«

»Las Vegas am Kap? Das wäre ja schrecklich!«

»Henning von Wynsberghe ist auch dagegen, aber er hätte keine andere Wahl. Sie sehen, Isabel, wenn ich Sie so nennen darf, es hängt einiges von Ihren Kochkünsten ab.«

»Belinda und ich werden uns größte Mühe geben:«

»Davon bin ich überzeugt. Wenn ich Sie dabei irgendwie unterstützen kann, lassen Sie es mich bitte wissen?«

Sie setzte ein verschmitztes Lächeln auf. »Vielleicht nicht hier«, sagte sie, »aber ich hätte da eine andere Idee. Ich könnte den fachmännischen Rat eines Hoteldesigners ganz gut gebrauchen. Bei mir daheim, im Hotel meiner Eltern im Schwarzwald.«

»Klingt interessant«, meinte er und lächelte nun auch. »Aber wie wäre es, wenn dieser Rat weniger fachmännisch als vielmehr … sagen wir mal … persönlich wäre?«

»Persönlich von Ihnen?«

Er nickte.

»Das klingt nach einem wunderbaren Plan.«

Maphikelela Bhekizifundiswa Mfanafuthi saß vor seiner kleinen Wohnhütte, die etwas erhöht auf dem Gelände lag. Es war
sein Stückchen Wildnis, das er sich hier oben geschaffen hatte,
die Feuerstelle, in der er sich Buschbrot buk und Kudufleisch
briet. Er hatte von dort einen Blick über das Gelände hinter dem
Herrenhaus und den Fuhrpark und beobachtete, wie Isabel an
der Seite dieses jungen Deutschen von der Aussichtsplattform
zurückkam.

Sie erinnerte ihn an die weiße Frau, die er in das Camp im
Busch gebracht hatte. »Hoffentlich gerätst du nicht in denselben Schlamassel wie diese Sabrina«, dachte er, und seine Gedanken wanderten zurück.

SABRINA

Sechs Tage zuvor

So hatte sie sich eine Nacht in einem Safaricamp nicht vorgestellt. Die eng geschnürten Fesseln an ihren Handgelenken
schmerzten, und ihre Beine waren so eng aneinandergebun-
den, dass sie nur winzige Schritte machen konnte. Verzweifelt
sah Sabrina sich in ihrem Gefängnis um.

Die kleine, spartanisch eingerichtete Hütte bot gerade einmal Platz für eine schmale Pritsche und einen Klappstuhl, auf
dem eine verstaubte Petroleumlampe stand. Es gab kein Waschbecken, geschweige denn einen Wasserhahn. Für die Notdurft
stand ein rostiger Eimer in einer Ecke.

Stabile Gitterstäbe vor den unverglasten Fenstern verhin-
derten eine Flucht. Das aus Strohmatten geflochtene Dach war
in unerreichbarer Höhe, die Wände waren feucht und kalt, obwohl es draußen über dreißig Grad hatte, wie sie schätzte. Sie
hatte keine Ahnung, wo genau sie sich befand, außer dass es irgendwo im Nirgendwo, mitten in der Wildnis sein musste, ge-
schätzt eine Autostunde von Kapstadt entfernt.

Dieser seltsame, schwabbelige Typ, der sich Bushman
nannte, obwohl er wie ein Sumoringer aussah, hatte sie wie
ein Paket verschnürt im Laderaum eines Lieferwagens hierhergebracht.

Er hatte kein Wort gesprochen. Einmal hatte er kurz angehalten, sie hatte Stimmen gehört, es jedoch nicht gewagt,
durch Klopfgeräusche oder Schreien auf sich aufmerksam zu
machen.

Schließlich hatte die Fahrt hier geendet. Sie hatte nur ein
paar Akazien erkannt, als er sie vom Wagen zur Hütte geschoben hatte, war über sandigen grauen Boden gegangen, sah Rei-
fenspuren, irgendwo ein Zelt unter einem der Bäume, ein in den
Sandboden gescharrtes Glutloch und einen großen schwarzen
Wasserkessel über der Feuerstelle.

Immer wieder kamen ihr die Wortfetzen in den Sinn, die sie im Hinterhof des *Ouplaas* aufgeschnappt hatte. Worte, die – so viel war ihr längst klar geworden – nicht für ihre Ohren bestimmt gewesen waren. Warum sonst säße sie jetzt hier?

Jetzt starrte Sabrina aus dem vergitterten Fenster auf einen Blecheimer, der als Buschdusche von einem Baum hing und leer im Wind schaukelte, und suchte entschlossen nach einem Weg, von hier zu entkommen. Es war vielleicht die einzige Chance, ihr Leben zu retten, denn sie schloss nicht aus, dass man kurzen Prozess mit ihr machen würde. Zu groß wäre das Risiko, dass sie einen kriminellen Plan auffliegen lassen könnte, und hier im Busch würde kein Mensch ihr Verschwinden bemerken.

Wie hatte Richie zu ihr gesagt, als sie auf der Straußenfarm die Überreste eines Warzenschweins gefunden hatten: »Es verschwindet nichts leichter im Busch als eine Leiche.« Und er hatte gelacht. »Wenn wir morgen wiederkommen, ist von dem Keiler nichts mehr da. Aufgeräumt. Entsorgt.«

»Und wenn es ein Mensch wäre?«, hatte sie gefragt.

»Die Schuhe vielleicht. Wenn sie nicht die Paviane wegschleppen. Es gab mal eine Touristin in Botswana, die ging nachts im Okavango baden. Am Morgen hat man noch ihr T-Shirt und die Badeschlappen am Ufer gefunden.«

»Wer weiß, was sie von dir noch übrig lassen«, dachte sie jetzt in ihrem einsamen Verlies, »oder was dieser Bushman mit deinen Klamotten macht, nachdem er dich den wilden Tieren vorgeworfen hat.«

Wer aber, fragte sie sich gleichzeitig, steckte dahinter? Sie versuchte verzweifelt, dieser Stimme ein Gesicht zuzuordnen. War es jemand, den sie aus dem Hotel kannte? Wer konnte ein Interesse daran haben, der Gala auf *Hoopengeluk* zu schaden?

Das Unbehagen und die allmählich aufsteigende Angst, die sie seit dem Überfall im Hinterhof des Hotels in sich spürte, verwandelten sich, je mehr sie über ihr Schicksal und ihren

Leichtsinn nachdachte, in Wut und Entschlossenheit. Sie musste hier raus! Und zwar schnell!

Doch selbst wenn ihr die Flucht gelang, was dann? Zurück nach Deutschland, zumal sie den Verdacht hatte, zumindest in dem Typen am Telefon einen Deutschen erkannt zu haben. Und welche Rolle spielte der Schwarzwald?

Weg mit dieser blöden Angst und einen Plan geschmiedet, sagte sie sich.

Alles, was sie brauchte, lag in ihrem Appartement im *Ouplaas Cape Town Boutique Hotel*.

Zuerst musste es ihr irgendwie gelingen, ihre Fesseln loszuwerden. Wenn sie es schaffte, aus dieser Hütte zu entfliehen, würde sie den Rest auch noch hinbekommen. Doch die Tür zu ihrem Verlies war verriegelt, und dieser suspekte, unbeholfene Bushman war spurlos verschwunden.

»Hier kommt keiner rein, weder Pavian noch Mamba«, hatte er knapp erklärt.

»Und keiner hinaus«, hatte sie seinen Satz in Gedanken vollendet.

Er war auf das vergitterte offene Fenster zugetreten und hatte die Lamellen an der Innenseite heruntergelassen.

»Ich lass dich jetzt hier drin allein«, hatte der Schwammige noch angekündigt, bevor er gegangen war. »Wenn was ist, schrei! Außer mir hört dich keiner!«

Nachdem der schwere Riegel in die Öse fuhr, hatte sie gewusst, dass sie eine Gefangene war.

»Kommen Sie sofort zurück«, hatte Sabrina ihm noch aufmüpfig hinterhergerufen, doch er hatte nicht reagiert. Wortkarg, ja verschwiegen hatte er sich gezeigt. Keine fünf Sätze hatte sie von ihm zu hören bekommen, als er sie in die Hütte gesperrt hatte. Es fiel ihr schwer, einzuschätzen, wie gefährlich er ihr tatsächlich werden konnte.

»Ich muss mal!«, rief Sabrina jetzt, nur um herauszufinden, ob sich der Kerl noch in der Gegend herumtrieb. Sie war sich nicht sicher, ob sie einen abfahrenden Wagen gehört hatte. Die Dämmerung senkte sich rasch über das Camp, und es war ihr unwohl bei dem Gedanken, in der Nacht hier draußen allein zu sein. »Warum musstest du das Telefonat belauschen und dich dabei auch noch erwischen lassen?«

Es ging um *Hoopengeluk*, daran gab es keine Zweifel, doch sie hatte keine Beweise, kannte die Zusammenhänge nicht. Was immer hier nicht stimmte, es galt, zuerst die Hintergründe aufzudecken, bevor sie handeln und vielleicht noch etwas in die richtige Richtung biegen konnte. Aber hierfür musste sie zunächst einmal von hier wegkommen.

Plötzlich rührte sich draußen etwas. Sie sah die Bewegung trotz der hereinbrechenden Dunkelheit zwischen den Büschen, die die Sicht zum Feuerplatz versperrten, dann tauchte Bushman auf. Er trug einen flachen Napf, aus dem ein Löffel zu ragen schien, kam auf ihr Gefängnis zu und schob den Riegel auf.

»Ich muss mal!«, wiederholte sie in fast schon aufsässigem Ton und deutete mit einem Ausdruck von Ekel im Gesicht auf den Eimer in der Ecke.

Er stocherte mit dem Löffel in dem Napf und roch daran.

»Bohnen mit Speck«, kündigte er an.

Schon wollte sie ihm frech erwidern, er könne seinen Fraß selbst essen, doch sie erkannte ihre Chance und gab sich folgsam. Sie verdrehte den Kopf und deutete auf die hinter ihrem Rücken gefesselten Hände. Bushman nickte, stellte den Napf ab und löste die Fesseln an ihren Handgelenken.

»Danke«, sagte sie in unterwürfigem Tonfall und rieb sich die wunden Hautstellen.

»Ich muss dich nachher wieder binden«, sagte er, verließ den Raum, und sie hörte erneut den Riegel. Sabrina hatte keinen Hunger. Sie dachte an die Gala und das wunderbare Menü, das sie nach den Vorstellungen des Auftraggebers mit einer Begegnung von südafrikanischer und schwäbischer Küche gestalten würde. Das sollte nun auf dem Spiel stehen?

»Wenn ich euch in die Finger bekomme, könnt ihr was erleben! Ihr habt die Rechnung ohne mich gemacht!«, polterte sie wütend.

Sabrina atmete tief ein und schloss ihre Augen. Es musste doch einen Weg geben, um mit diesem Bushman fertigzuwerden! Da sie jedoch körperlich nicht viel gegen ihn ausrichten konnte, weil er bei seiner unförmigen Gestalt sicherlich mindestens das Doppelte ihres eigenen Gewichts auf die Waage brachte, war eine besondere Strategie erforderlich.

Sie hatte in ihrem ganzen Leben das meiste mit Köpfchen und Mut erreicht. Schon als Kind war sie mehr unter raufenden Jungs gewesen, als mit gleichaltrigen Mädchen Puppenhaare zu kämmen. Auf dem Schulhof konnte sie sich bei Konflikten durchaus wehren, was ihr großen Respekt bei anderen verschaffte. Schon damals wurde Sabrina dafür bewundert, wie sie auftrat und ihren Willen durchsetzte. Sie hatte früh gelernt, dass es die halbe Miete war, keine Angst zu zeigen, hatte immer Mut bewiesen und an sich selbst geglaubt.

Trotzdem war Sabrina ein Mädchen geblieben. Ein überaus hübsches, was nicht nur sie selbst mit Stolz und Freude zur Kenntnis nahm. Sie war beliebt, weil sie trotz ihres ausgeprägten Selbstbewusstseins gutes Benehmen hatte, intelligent und – was sie als noch viel wichtiger empfand – sehr humorvoll war.

Trotz ihres Einserabiturs hatte sie keine Sekunde an den Gedanken eines Studiums verschwendet. Sie wollte die Welt kennenlernen, mit Menschen zusammenkommen, das Leben genießen. Ihre Eltern schlugen die Hände über den Köpfen zusammen, als sie ihnen eröffnete, eine Ausbildung in der Hotelbranche zu beginnen. Nach einem halben Jahr Berufsschule und im *Conradshof* im Nordschwarzwald hatte Sabrina bemerkt, dass bei all der Vielfalt ihre Leidenschaft eindeutig der Küche gehörte.

Zwei Jahre später zeichnete sie der Prüfungsausschuss des Deutschen Hotel- und Gaststättenverbandes unter 41 angetretenen Mitstreitern als »beste Köchin des Jahrgangs« aus, und Kenner der Szene sagten ihr eine große Kochkarriere voraus.

Sabrina war clever genug zu wissen, dass sie hierfür noch Praxiserfahrung sammeln und vor allem ins Ausland musste. Sie bekam eine Stelle als Chef Tournant in der Küche einer internationalen Hotelkette auf Sylt und legte nach weiteren zwei Ausbildungsjahren die Prüfung zum Küchenmeister ab. Auf der *INTERGASTRA* belegte sie bei der *Culinary Trophy* den ersten Platz und bewarb sich erfolgreich als Küchenchefin in einem Hotel in ihrer Schwarzwälder Heimat. Doch Sabrina wollte die internationale Küche kennenlernen und nahm die Herausforderung an, in einem Boutique-Hotel in Kapstadt als Chef de Cuisine zu kochen. Ihr F&B-Manager bedauerte ihren Entschluss umso mehr, als Sabrinas Kochkunst kurz vor ihrer Abreise mit einem Stern des Guide Michelin ausgezeichnet worden war.

Viele ihrer Kollegen und Freunde in Deutschland beneideten sie um ihren neuen Job im *Ouplaas Cape Town Boutique Hotel*, bewunderten zugleich den Weg, wie sie ihn gegangen war, und – nicht zuletzt – ihren Mut, die geebneten Wege im Schwarzwald zu verlassen und ihr Glück in Südafrika zu versuchen.

Das Geräusch des Riegels riss Sabrina aus ihren Gedanken, und sie war zurück in ihrem Buschverlies. Bushman hatte eine Taschenlampe bei sich, leuchtete kopfschüttelnd in den Eimer und fesselte erneut ihre Handgelenke.

»Sie sollten heute Nacht nicht fliehen«, warnte er sie.

Sie schluckte und starrte ihn an. Konnte er Gedanken lesen?

»Wie meinen Sie das?«, fragte sie.

»Da draußen«, kam es trocken, »gibt's Hyänen.«

»Und wie bist du entkommen?«, fragte Richie und sein Finger streichelte über ihren Nacken, »mit den Waffen einer Frau?«

»Nein«, antwortete Sabrina und knurrte sanft. »Dieser Bushman ist zu dumm, um seine Fesseln zu kontrollieren. Ich hab ihm die Hände so hingehalten, dass die Gelenke an der schmalen Seite aneinanderlagen, schau, so!«

Sie hielt die Hände flach nebeneinander, dass nur die Zeigefinger sich berührten. »Wenn du so gefesselt bist und dann die Handflächen aneinanderlegst, ist die Schlinge so weit, dass du locker rauskommst. Bushman hat das auf keinem Auge geblickt.«

Es war für Sabrina kein großes Problem gewesen, durch das offene Gitterfenster mit Hilfe des Löffels den Riegel zurückzuschieben und die Tür aufzubekommen. Bushman war samt seinem Wagen noch in der Nacht verschwunden, und sie hatte in einem Versteck die Morgendämmerung abgewartet. Die Vernunft und der Respekt vor den Hyänen waren größer gewesen als ihre Entschlossenheit, sich so schnell wie möglich abzusetzen.

Für den Rest ihrer Flucht war ihr das Glück zu Hilfe gekommen. Sie hatte sich nach dem Stand der aufgehenden Sonne orientiert und war der unbefestigten Piste nach Süden gefolgt. Am Gate zum Park, wo auch Bushman angehalten hatte und die Guides ihre Safarifahrzeuge und Kunden registrieren mussten, beobachtete sie das Kommen und Gehen der oft wild zusammengewürfelten Touristengruppen, die aus den Nissanbussen stiegen und zu den Toilettenbaracken eilten.

Die Fahrer warteten desinteressiert und gelangweilt bei ihren Fahrzeugen und fuhren, nachdem die Gäste wieder zugestiegen waren, entweder zur Safari in den Park oder durch das Gate hinaus zurück zur Lodge.

Sabrina mischte sich unter die Touristen, beobachtete eine Gruppe von sechs Frauen, die aus demselben Kleinbus eines Konvois gestiegen waren, sich aber offensichtlich nicht wirklich kannten. Sie schloss sich der gackernden und lachenden Hühnerschar an, wartete, bis der Fahrer den Motor startete, stieg als Letzte ein und »bemerkte«, nachdem er das Gate passiert hatte, mit großem schauspielerischem Talent ihren Irrtum, im falschen Bus zu sitzen.

»No problem«, brummte der bärtige Fahrer, »you'll get them at the Three Lions Lodge.«

Sabrina lehnte sich entspannt zurück und wusste, dass sie gewonnen hatte. Die Drei-Löwen-Lodge lag nur wenige Kilometer von Richies Straußenfarm entfernt, bei einem ihrer ersten Dates hatte er sie zum Essen dorthin eingeladen.

»Es hat mich einen Augenaufschlag gekostet, und er hat mich noch die paar Kilometer hierhergefahren. Oben, wo die Piste zu *Hoopengeluk* abbiegt, bin ich dann ausgestiegen. So einfach war das«, schloss sie die Schilderung ihrer Erlebnisse ab.

»Ich bin so froh, dass dir nichts passiert ist«, hauchte Richie und knabberte an ihrem Ohrläppchen. »Und was hast du jetzt vor?«, wollte er wissen.

Es galt, ihren Verfolgern zu entkommen, die ihr Verschwinden sicher längst bemerkt hatten, und zu versuchen, den Widersachern von Henning van Wynsberghe auf die Spur zu kommen. Der Unterschlupf bei Richie war das einzige Versteck, das ihr auf die Schnelle eingefallen war, und er der einzige Mensch, dem sie vertraute. Sabrina hatte sich Mühe gegeben, ihm die ungewöhnlichen Umstände und ihren Verdacht auf Grund der aufgeschnappten Wortfetzen so plausibel wie möglich zu erklären.

Sein »Und was hast du jetzt vor?« klang in ihren Ohren eher nebensächlich, ja desinteressiert. Er schien den Ernst ihrer Situation nicht verstanden zu haben.

»Ich muss weg von hier. Sobald Bushman mein Verschwinden bemerkt, werden sie mich jagen.«

Er schüttelte den Kopf. »Und du bist sicher, dass du dir das nicht nur einbildest? Vielleicht ist das alles ja nur ganz harmlos?«

»Das glaube ich eben nicht«, widersprach sie. »Warum hätten sie mich denn sonst in den Busch verschleppt?«

Richie schwieg.

»Ich werde es herausfinden.« Sie machte eine Pause und ließ dann die Katze aus dem Sack: »Darum fliege ich zurück nach Deutschland.«

Richie starrte sie an. »Bist du verrückt?«, rief er, »und dein Auftrag auf *Hoopengeluk*?«

Sie schwieg einen Augenblick und fragte dann, gespielt vorwurfsvoll: »Ich werde das Gefühl nicht los: Die Gala ist dir wohl wichtiger als ich?«

Richie schwieg, und Sabrina fuhr nach einer kurzen Pause fort: »Ich habe mir tatsächlich Gedanken wegen der Gala gemacht. Fest steht, dass ich raus bin. Wenn ich etwas für *Hoo-pengeluk* tun kann, dann von Deutschland aus, von dort droht Gefahr. Übrigens bist du der Einzige, dem ich das anvertraue. Hilfst du mir?«

»Aber nur, wenn du dich nicht in Gefahr begibst. Was genau hast du vor?«, fragte Richie und sah sie neugierig und mit großen Augen an.

»Ich pass auf mich auf, versprochen«, flüsterte sie.

»Wenn ich dir helfen soll, möchte ich, dass du mich teilhaben lässt. Keine Alleingänge mehr, Sabrina! Und das meine ich ernst!«

Sie nickte und sah ihn durchdringend an.

»Fahr bitte nach Kapstadt ins Hotel und hole aus meinem Appartement meinen Pass, die Kreditkarten und mein Handy. Ich hab Gott sei Dank nichts davon bei mir, wenn ich in der Küche bin, und somit auch nicht, als ich im Hinterhof war. Die hätten mir alles abgenommen.«

»Und du glaubst nicht, dass sie deine Sachen aus dem Staff-Appartement geholt haben?«

»Aus dem Tresor? Wohl kaum. Hätte ja nichts gebracht. Wenn ich mein Handy nicht habe, wozu brauchen sie es? Ich geb dir den Code. Wie du in mein Appartement reinkommst, ist dein Problem«, grinste sie. Schließlich wurde sie noch einmal ernst.

»Man will durch einen Anschlag auf die Gala *Hoopengeluk* ruinieren, Richie, da bin ich mir sicher. Irgendein Schwein will sich das Weingut unter den Nagel reißen. Das werden wir nicht zulassen. Ich möchte, dass du mir hilfst, die Gala zu retten und damit *Hoopengeluk* zu beschützen. Hoffnung und Glück, das darf niemand zerstören!«

Richie nickte und fragte schließlich: »Und wie soll das bitte gehen, wenn du nicht kochst und stattdessen nach Deutschland fliegst?«

»Ich bin nicht die einzige Köchin auf dieser Welt«, erklärte sie. »Und genau das ist mein Plan, bei dem du mir helfen sollst. Du kennst Henning und auch die maßgeblichen Leute im *Ouplaas*. Traust du es dir zu, den Verantwortlichen eine andere Köchin zu ›servieren‹ oder besser gesagt: schmackhaft zu machen?«

»Du meinst, sie für die Gala einzuschleusen?«

»Ja, genau. Es ist eine gute Freundin von mir, wir kennen uns schon ewig. Ich weiß, dass sie das Ding genauso rockt wie ich. Ich werde sie anrufen, sobald ich mein Handy habe. Ich habe einen Teil meiner Ausbildung im Hotel ihrer Eltern im Schwarzwald gemacht, und sie ist verrückt genug, sich darauf einzulassen.«

Richie folgte ihren Worten aufmerksam.

»Das müsste machbar sein. Wenn das Mädel mitspielt, schleuse ich sie ein. So schnell zaubert man hier keine Gala-köchin aus dem Hut. Immerhin sitzt uns ja auch die Zeit im Genick.«

»Sie heißt Isabel«, verriet Sabrina jetzt. Dann zögerte sie und fügte schließlich noch hinzu: »Und ich möchte, dass du dich um sie kümmerst, Richie.«

Er nickte erneut, und Sabrina spürte, wie sehr sie ihm vertraute. Ihr Gefühl hatte sie noch nie betrogen.

»Versprich mir, dass du sie beschützt, genau so, wie du mich beschützen würdest.«

✳

Wenige Stunden später stieg Sabrina am Cape Town International Airport aus Richies Wagen und erblickte ihr Spiegelbild in der großen Glasfront vor Terminal 1.

»Oh Gott«, seufzte sie, »wie Jane, frisch aus Tarzans Armen!«

Sie betrachtete die verschmutzte Hose und ihre zerrissene Bluse und schüttelte den Kopf. Sabrina hasste unpassende Outfits.

»Sag einfach, du hast Urlaub im Urwald gemacht«, feixte Richie, der ebenfalls ausgestiegen war. »Tut mir leid, dass ich dir keine Klamotten mitgebracht hab, aber damit wäre ich wirklich aufgefallen. Es war schwierig genug, unbemerkt in dein Appartement zu kommen. Die haben natürlich damit gerechnet, dass du deine Sachen brauchst, und dein Schlüssel hing nicht an der Rezeption.«

»Und wie bist du trotzdem unbemerkt hineingekommen?«

»Eine gewisse Erfahrung«, zog er sie auf und wurde im selben Moment auch schon wieder ernst. »Sabrina, wenn du dein Ticket hast, sag mir bitte, welchen Flug du nimmst, ich möchte wissen, dass du gut ankommst.«

Sie sah ihn an und ließ sich noch einmal von ihm in seine starken Arme ziehen. Sie genoss seine Nähe und sog den Duft seines Aftershaves ein, als ob sie es in ihrem Inneren konservieren wollte. Dann küssten sie sich lange und intensiv, und es fiel ihr schwer, sich aus seiner Umarmung zu befreien. Als er in seinen Wagen stieg und noch einmal zu ihr aufblickte, hatte er den gleichen Gesichtsausdruck wie damals an ihrem ersten Abend an der Bar im *Ouplaas*.

»Und pass bitte auf dich auf!«, sagte er jetzt noch.

»Du auch. Und kümmere dich um Isabel.«

Sie trat noch einmal an die noch offen stehende Wagentür, beugte sich zu ihm hinunter und sagte mit gewisser Ernsthaftigkeit in der Stimme: »Richie, und bitte: Nur kümmern …«

Sie versuchte, den Worten mit einem süffisanten und warmen Lächeln ihre Schärfe zu nehmen, warf ihm noch einen Kuss zu und ließ die Wagentür mit einem leichten Schwung ins Schloss fallen. Ohne sich noch einmal umzudrehen, verschwand Sabrina im Abflugterminal des Cape Town International Airport.

✳

Sie war oft genug aus ihrer neuen südafrikanischen Heimat nach Hause geflogen, um den Ticketcounter der SWISS auf Anhieb zu finden. Sie hatte beschlossen, nicht direkt nach Deutschland zu fliegen, sondern den Umweg über die Schweiz zu machen. Spuren zu verwischen war sicher keine schlechte Idee, allzu groß konnte ihr Vorsprung nicht sein. Tatsächlich hatte sie Glück und bekam sogar noch ein Ticket in der Businessclass auf der nächsten Maschine nach Zürich.

Der Check-in ohne großes Reisegepäck ging schnell vonstatten, und sie atmete auf, als sie ihre Bordkarte in ihren Reisepass steckte. Ihr Blick ging zur Uhr, die in großen digitalen Lettern verkündete, dass sie noch Zeit hatte, um sich einen Gin Tonic zu gönnen, dachte sie, als sie die Airport Bar entdeckte. Dieser Cocktail, den sie schon auf ihrer ersten Safari vor gefühlt zwanzig Jahren kennengelernt und wegen der ihm nachgesagten Wirkung als Malariaprophylaxe als täglichen Sundowner getrunken hatte, wäre ein würdiger Abschluss für ihre gelungene Flucht.

Sie steuerte zielstrebig auf die mahagonifarbene Theke mit ihren dunklen Drehsitzen aus Holz zu, als sie in der hinteren Ecke der Bar einen Mann entdeckte, der allein wegen seiner Körperfülle auffiel. Es war zu düster, und nur der fahle Schein einer Deckenlampe huschte hin und wieder über sein Gesicht, das ihr irgendwie bekannt erschien.

»Du siehst Gespenster«, dachte sie, und es wurde ihr bewusst, wie sehr sie sich immer noch verfolgt wähnte. Der Schrecken des Überfalls und der Gefangenschaft im Busch saßen ihr immer noch im Genick. Der Dicke sprach angeregt mit einem schlanken, jüngeren Mann in Jeans und legerem Hemd, der ihr den Rücken zudrehte. Wer war der Dicke? Woher kannte sie ihn? Oder bildete sie sich das nur ein?

»Jetzt vermutest du schon hinter jedem Mann einen Verfolger«, sagte sie leise zu sich selbst und ertappte sich dabei, wie sie ihre Umgebung nach verdächtigen Gestalten abscannte, wobei sie nicht einmal wusste, wonach oder nach wem sie denn suchte.

»Du machst dich selbst verrückt mit deinem Verfolgungswahn«, sinnierte sie. »Dabei bist du hier im Flughafen sicherer als irgendwo sonst in Kapstadt. Hier kennt dich niemand«, dachte sie gerade, als der Korpulente sich plötzlich in ihre Richtung drehte und sein Blick sie streifte.

Das Unbehagen in ihr wuchs, und sie beschloss, dem Gin zu entsagen und den sicheren Bereich der Gates aufzusuchen. Der Dicke wandte seinen Blick wieder ab, und sie mischte sich in einen Pulk heimreisender Touristen, um möglichst unbemerkt den Abflugbereich zu erreichen.

Nach der Sicherheitskontrolle atmete sie auf. Niemand würde sie jetzt an einem Gin Tonic hindern, beschloss sie und steuerte zielstrebig auf die Premier-Lounge zu, die ihr mit dem Businessclass-Ticket offen stand. Vor einer Boutique blieb sie abrupt stehen. Eine Lounge in Sicht, ein Businessclass-Ticket in der Tasche, ein Gin Tonic in der Pipeline – alles perfekt. »Aber nicht in diesem Aufzug! Jetzt sorgst du erst mal für ein angemessenes Äußeres!«

Die fleckige Jeans, die verstaubten Schuhe und die zerschlissene Bluse, die sie in der Küche getragen und bei ihrem unfreiwilligen Ausflug in den Busch ruiniert hatte, mussten weg! Womöglich würde man ihr sonst noch den Zutritt in die Businessclass verwehren.

Die Boutique, die direkt neben der Lounge lag, bot ein reichhaltiges Angebot, und die Verkäuferin staunte nicht schlecht, als Sabrina auf dem Weg zur Kasse noch an jedem Regal etwas anderes herauszog und schließlich alles auf den Tresen legte. Mit drei gefüllten Taschen verließ sie den kleinen Laden und ließ eine kopfschüttelnde Mitarbeiterin zurück, die glücklich schien, weil sie ihr Tagessoll schon erfüllt hatte. Sabrina trug jetzt ein eng anliegendes, blaues Hugo-Boss-Kleid und hochhackige Pumps. Perfekt gestylt für einen Flug in der Businessclass der *EDELWEISS*.

Sie spürte, wie sie wieder die Blicke der männlichen Passagiere auf sich zog, und wusste, dass ihre Verwandlung vom Buschliesschen in die Businesslady noch einen Schönheitsfehler hatte. Ein Blick zur Uhr, ein Lächeln huschte über ihr Gesicht, und ihre Hand fuhr in das kleine Täschchen, das sie in einer der vielen Nächte auf der Straußenfarm bei Richie gelassen und jetzt mitgenommen hatte. »Bingo!«, dachte sie, als sie den Schminkbeutel ertastete, für das Notwendigste war gesorgt.

Sie steuerte die Premier-Lounge an, duschte ausgiebig, brachte ihre Haare in Ordnung und widmete sich dem Inhalt des Schminktäschchens, einschließlich Nagellack. Jetzt freute sie sich auf einen kühlen Gin Tonic aus einem sauberen Glas.

Doch zuvor musste sie noch versuchen, Isabel zu erreichen. Als das Freizeichen kam, atmete sie erleichtert auf, doch dann enttäuschte sie die automatisierte Stimme der Mailbox. Es dauerte drei weitere erfolglose Versuche, ehe sie sich unter dem Zeitdruck des näher kommenden Abflugs entschied, ihr ganz gegen ihre Gewohnheiten eine Nachricht zu hinterlassen.

»Hallo, Belle. Sabrina hier. Du, pass auf, was ich dir sage, ist echt wichtig und KEIN Scherz!«

Sabrina wiederholte die letzten beiden Worte noch einmal und fuhr atemlos fort: »Hier geht's grad richtig ab, und ich sitze in einer Stunde im Flugzeug auf dem Weg nach Deutschland. Und ums gleich zu sagen, du setzt dich bitte in die nächste Maschine und fliegst für mich hierher. Vergiss alles, was wir geplant hatten!«

Sabrina holte kurz Luft und spulte die Infos, die ihr notwendig waren, weiter ab: »Du brauchst diesen Kochwettbewerb nicht mehr, um hier als meine deutsche Assistenzköchin zu landen. Du bist in dieser Sekunde als Chefköchin engagiert! Ja, genau, du hast richtig gehört: Du spielst hier MEINE Rolle!«

Sie schätzte einen Moment das Risiko ab, dass Unbefugte die Mailbox abhören könnten, und setzte dann alles auf eine Karte: »Belle, bitte hör genau zu: Die Gala ist in Gefahr. Irgendeine Sabotage, ich glaube sogar ein richtig großes Ding, mehr weiß ich noch nicht. Aber ich werde das in Deutschland herausfinden. Übermorgen erwarten sie die Köchin auf *Hoopengeluk*, und diese Köchin bist du! Richie – ich hab dir mal von ihm erzählt, er ist ein guter Freund – kümmert sich um dich, ihm kannst du vertrauen.«

Sie hatte Isabel nie von ihrer Beziehung zu Richie erzählt, was seine Rolle jetzt vielleicht etwas komplizierter machte. Sabrina ignorierte den Gedanken und fuhr fort: »Ich will, dass DU die Gala kochst, bitte tu das für mich! Wenn eine das schafft, dann du! Gib mir eine Info, welchen Flug du nimmst, und ich erkläre dir danach alles Weitere. Ach, und Belle, Richie und ich, wir sind …«

Eine schrille Tonfolge am anderen Ende der Leitung signalisierte Sabrina, dass die Mailbox voll war. Sie würde es später noch einmal versuchen. Sabrina war sich sicher, dass Isabel schon in einem Flieger nach Kapstadt sitzen würde, bevor ihrer in Zürich landete, oder zumindest im nächsten, in dem sie einen Platz bekam.

Verrückt und chaotisch genug war Isabel schon immer gewesen. Sabrina erinnerte sich gerne an Isabels Blackout kurz vor Abschluss ihrer Ausbildung, als sie der Freundin mit einem spontan aus dem Ärmel geschüttelten Menü-Rezept die praktische Prüfung gerettet hatte.

»Das zahl ich dir noch heim!«, hatte Isabel gescherzt, »dass ich wegen dir in der Familientraditionsküche statt im Imbiss gelandet bin«, und beide hatten herzhaft gelacht. Seitdem waren die beiden unzertrennlich gewesen und hatten ihre Freundschaft aufrechterhalten, nachdem Sabrina nach Sylt gegangen und Isabel das Haus ihrer Eltern übernommen hatte.

Na ja, dachte Sabrina jetzt, dieses Heimzahlen konnte sie jetzt wahrmachen, wenn sie auf *Hoopengeluk* den Kochlöffel schwang. Sie steckte ihr Handy in die Tasche und widmete sich endgültig dem ersehnten Gin Tonic. Sie bemerkte, wie ihr der Alkohol sofort in den Kopf stieg.

»Du solltest was essen, statt gleich den zweiten hinterherzukippen«, sagte sie sich. Neben ihr – sie hatte sein Kommen nicht bemerkt – stand plötzlich der in lässige Jeans Gekleidete, der sich vor wenigen Minuten in der Bar mit diesem Dicken unterhalten hatte. Sie erkannte ihn nur an seiner Statur und seinen Klamotten, doch für Sabrina bestand kein Zweifel.

Er war groß und sportlich, die Sonnenbrille trug er lässig in den Haaren, und an seinem weißen Hemd hatte er die oberen Knöpfe erst gar nicht zugemacht. Er war jene Spezies

Mann, von dem Sabrina immer behauptete, ihr größtes Problem sei, dass sie um ihr gutes Aussehen wussten und allein schon deshalb arrogant und somit unsympathisch sein mussten. Alle schönen Männer waren arrogant – und vergeben, das war ihre Erfahrung.

Sabrina schlürfte den zweiten Gin Tonic und ignorierte den Alkohol, der sie heiter und mutig machte. Gestern noch die Nacht im Verlies mitten im Nirgendwo der Buschwildnis mit fahlem Wasser, lauwarmen, vertrockneten Speckbohnen, und jetzt die feine Airport-Lounge mit einem perfekt gekühlten Gin Tonic und einem ansehnlichen Schnittchen in lässiger Jeans und Sonnenbrille im Haar. Sie kicherte leise und redete aus Spaß mit sich selber.

»Wo auch immer dieses Schnittchen gleich hinfliegt, hier und jetzt stellt er eine angemessene Kulisse dar«, sinnierte sie. Sie ließ ihren Übermut zu und vergaß für einen Augenblick, dass es Richie gab und warum sie überhaupt hier saß.

»Sabrina«, sagte sie zu sich selbst, »dein Leben ist schön und spannend. Und gefährlich. Nimm dich lieber in Acht!«

Die Stimme der Hostess riss sie aus ihren Gedanken, und sie wusste im ersten Moment nicht, ob die Ansage ihr oder dem gut aussehenden Schmuckstück in der Lounge galt. »Die Herrschaften, Ihr Abflugsteig hat sich geändert, Sie fliegen jetzt von A7.«

»Meine Güte, wenn DER auch nach Zürich fliegt?«, schoss es Sabrina durch den Kopf, und plötzlich war sie wieder hellwach.

»Vielleicht solltest du lieber darüber nachdenken, wie du in Deutschland weiterkommst, um das Weingut zu retten, anstatt hier Tagträumen nachzuhängen«, ermahnte sie sich schließlich. Es gab definitiv Wichtigeres zu tun, als an fremden Schnittchen zu naschen. Und doch erschien es ihr mehr als okay, einfach dieses Gefühl, einer sicher nicht ungefährlichen Situation entkommen zu sein, zu genießen.

»Du und dein Glück«, dachte sie und beschloss, es nicht über Gebühr zu strapazieren. Trotzdem lachte sie übermütig in sich hinein, denn immerhin wartete ja auch Richie auf sie. Sabrina genoss diese Liaison, bei der sie sich in letzter Zeit häufiger fragte, ob es nicht schon eine echte Beziehung war. Ihre Gedanken flogen nach *Volstruis Willow* …

✳

Sie saßen damals gemütlich am Feuer, und er hatte eine sündhaft teure Merlot-Cuvée aus dem Keller geholt. Sie kannte diesen prämierten Wein, da er auch im Gourmetrestaurant des *Ouplaas* auf der Karte stand, und wusste, dass es ein hochwertiges, in südafrikanischen Eichenfässern gereiftes Meisterstück des Jungwinzers von *Hoopengeluk* war.

Sie genoss die knisternde Stimmung am Feuer und Richies charmante Art hier draußen in dieser gezähmten Wildnis, und ihr wurde bewusst, dass sie – außer zwei One-Night-Stands – noch keine Nacht mit einem Mann verbracht hatte, seit sie in dieses Land gekommen war.

Sie starrten minutenlang schweigend in die Flammen und lauschten den Stimmen der südafrikanischen Nacht. Das zweite Glas, das er ihr einschenkte, gab er ihr gar nicht erst zurück, sondern streckte ihr stattdessen seine rechte Hand entgegen und half ihr beim Aufstehen von dem Holzklotz, auf dem sie am Feuer gesessen hatten. Sie wehrte sich nicht, als sie direkt in seinen Armen landete und seine Lippen ihre berührten. Und über ihnen wölbte sich das Kreuz des Südens am schwarzen Firmament, und die Szenerie tauchte ihre Körper in ein sanftes Licht, in dem »Stern auf Stern aus der Milchstraße« zu fallen schien. So hatte es der südafrikanische Autor Laurens van der Post in einem Roman beschrieben, der zu Sabrinas Lieblingsbüchern gehörte.

Richie lächelte sie an und hauchte zwischen zwei Küssen: »Bleibst du heute Nacht bei mir?«

Sie war versucht, »natürlich tu ich das« zu antworten, doch wusste sie, dass das nicht ganz die richtige Antwort gewesen wäre. Schon als sie mit ihm vor wenigen Stunden die Bar im *Ouplaas* verlassen hatte, war ihr klar gewesen, dass sie die Farm erst am nächsten Morgen wieder verlassen würde, und so flüsterte sie nur: »Willst du das denn?«

Gleichzeitig ertappte sie sich mal wieder bei der Frage, ob Männer tatsächlich im Ernst glaubten, dass eine Frau in einer Nacht nach drei Drinks an der Bar mit einem Mann nach Hause gehen würde, um sich später ins Taxi zu setzen und unverrichteter Dinge wieder zurückzufahren? Manchmal erschien ihr das Leben doch reichlich kompliziert.

Sabrina schmunzelte bei dem Gedanken an jene erste Nacht mit Richie, in der sie kein Auge zugemacht hatten, und spürte auch jetzt, über ein Jahr später, immer noch ein leichtes Kribbeln in sich. Sie hatten damals keine Zeit damit verschwendet, zu schlafen oder sich zu unterhalten, im Gegenteil, er schien unersättlich zu sein, und die Tatsache, dass sie keinen Ring an seinem Finger entdeckt hatte und er sie mit zu sich nach Hause genommen hatte, ließ sie hoffen, dass es tatsächlich keine Frau in seinem Leben gab. Ebenso wenig wie einen Mann in ihrem.

Es gelang Richie, sie auf andere Gedanken zu bringen und dazu, auch mal die Küche und das *Ouplaas* selbst zu verlassen, wo sich ihr Leben in Südafrika bislang fast ausschließlich abgespielt hatte. Ihre Verbindung behielten sie für sich, das ging im Hotel keinen etwas an, hatten sie entschieden. Es war ihr kleines Geheimnis geworden. Sabrina stand an manchen Tagen 16 Stunden in der Küche, und die Treffen mit Richie waren eine wohltuende Abwechslung in ihrem Alltag.

Wenigstens einmal in der Woche holte er sie abends ab, meist war es schon spät, doch er fand immer ein gutes Restaurant in Kapstadt, das noch offen hatte. Richie war äußerst großzügig, und es schien ihm wirklich viel an ihr zu liegen. Ihre wenigen gemeinsamen Abende endeten jedes Mal bei ihm auf der Farm und in seinem Bett, doch er hatte sie noch nie gebeten, aus ihrem kleinen Appartement im *Ouplaas* auszuziehen und zu ihm zu kommen. Er war kein Typ, der andere an seinen Gedanken teilhaben ließ, und erzählte wenig von sich selbst.

Sabrina genoss diese Zeit mit ihm und sehnte sich in den einsamen Nächten in ihrem Appartement nach seinen Verwöhnideen. Und doch fragte sie sich jetzt, als ihr Abflug nach Europa näher rückte, ob er auf sie warten würde.

✳

Ihr Flug wurde aufgerufen, und Sabrina verließ die Premier Lounge. Der Schnittchentyp hatte die Lounge verlassen, nachdem er offensichtlich einen Anruf auf seinem Handy bekommen hatte. Auf dem Weg zum Gate spürte sie den Alkohol und war froh, Businessclass zu fliegen und so mit den Ersten in die Maschine zu kommen.

Sie sehnte sich nach etwas Schlaf und ganz viel Ruhe und Unaufgeregtheit. Bisher hatte das Adrenalin sie wach gehalten, doch je näher sie dem Abflug kam, desto mehr machten sich Müdigkeit und der Wunsch in ihr breit, sich einfach nur fallen lassen zu können.

Noch ein letzter Gin Tonic, und sie würde schlafen bis kurz vor der Landung in Zürich, dessen war sie sich sicher. Sabrina bemerkte, wie sich die Maschine in Bewegung setzte, und griff rasch nach ihrem Handy.

»WK721«, schrieb sie, »bitte pass auf Isabel auf. Melde mich wieder, glg«, versendete die Nachricht und packte ihr iPhone schnell in ihre Handtasche, bevor sie Gefahr lief, von den streng dreinblickenden Flugbegleiterinnen mit ihren perfekt rot geschminkten Lippen zurechtgewiesen zu werden.

Der Sitz neben ihrem Fensterplatz blieb leer, und sie platzierte ihre Einkäufe aus der Flughafen-Boutique darunter. Sabrina spürte, wie die Beschleunigung der Maschine sie in ihren Sitz drückte. Sie blickte aus dem Fenster, wo in wenigen Sekunden dieses wunderbare Südafrika unter ihr zurückbleiben würde. Und damit auch Richie.

Hoffentlich konnte er Isabel beschützen und nahm das nicht auf die leichte Schulter. Doch Isabel war tough und gewohnt, auf sich allein gestellt zu sein, und sie würde sie auch noch entsprechend instruieren. Sabrina merkte, wie die Anspannung in ihr immer mehr nachließ und sie ihre Gedanken jetzt weniger auf Richie lenkte als auf das, was in den Stunden nach ihrer Landung in Zürich passieren sollte.

Sie hatte sich entschieden, ihren Eltern im Südschwarzwald ihre überstürzte Rückkehr in die Heimat zu verschweigen. Sie würden sich unnötig Sorgen machen und unangenehme Fragen stellen, und das war das Letzte, was Sabrina jetzt brauchen konnte. Ihre Vorstellung war es, mit dem, was sie erlauscht hatte, unerkannt Nachforschungen anzustellen, im Schwarzwald auf Spuren zu stoßen und auf schnellstem Weg wieder nach Kapstadt und zu Richie zurückzukehren.

In ihrem Kopf vermischten sich, auch unter der Wirkung des Gin Tonic, Akazien und Schwarzwaldtannen, schließlich wurden ihre Augen schwer, fielen zu, und sie schlief ein.

Sie wusste nicht, wie lange sie während des ruhigen Flugs wirklich geschlafen hatte, als sie in der abgedunkelten Kabine der Businessclass aufwachte, weil sie fror. Sie entschied sich, trotz anhaltender Müdigkeit zur Toilette zu gehen, um dann die restliche Flugzeit entspannt zu genießen. Aufregung würde es in den nächsten Tagen zur Genüge geben.

Schwankend legte sie die wenigen Meter bis zu dem Bereich zurück, in dem die Flugbegleiterinnen sich aufhielten, doch wirklich wach wurde sie nicht. In der Toilette wagte sie den Blick in den Spiegel. Der befürchtete Schreck, mindestens so fertig auszusehen, wie sie sich fühlte, hielt sich in Grenzen. Wie sie es immer tat, schnitt sie ihrem Spiegelbild ein paar Grimassen, klopfte sich mit den flachen Händen auf die Wangen und sagte schließlich zu der Frau, die sie müde, aber nicht verbraucht anschaute: »Dafür, dass du noch vor ein paar Stunden im Busch in irgendeinem Dreckloch Hyänenfutter warst, siehst du gar nicht so schlecht aus!«

Sie erinnerte sich an das hübsche Designertäschchen, das sie nach dem Einsteigen auf ihrem Sitz gefunden hatte, und wusste von ihrem letzten Businessclassflug, dass sich darin eine Zahnbürste, ein Kamm und noch andere nützliche Dinge finden würden, die bei ihrer überstürzten Abreise nicht im Reisegepäck waren. Sie beschloss, ihre Müdigkeit zu ignorieren, sich das Täschchen zu holen, um etwas Ordnung und Sauberkeit in ihr Gesicht, zwischen die Zähne und in die Haare zu bekommen.

Gedankenverloren steuerte sie wieder auf ihren Platz zu und war mit einem Schlag hellwach: Träumte sie, oder hatte sich wirklich das gut aussehende Schnittchen aus der Premier-Lounge auf den freien Platz neben ihr gesetzt? Taumelnd trat sie näher und starrte auf die beiden gefüllten Gläser in seiner Hand. Er grinste sie an und streckte ihr eine Hand mit einem klaren Cocktail entgegen.

»Nachdem Sie den kompletten Getränkeservice verschlafen haben, dachte ich, Sie haben vielleicht Durst?«, begrüßte er sie lächelnd.

»Oh Gott«, durchfuhr es sie, »er muss hier irgendwo gesessen und dich beobachtet haben.«

»Und Sie mögen Gin Tonic«, behauptete er. Also hatte er sie in der Lounge keinesfalls übersehen! Sie versuchte noch irgendwie, unauffällig mit ihren Händen Ordnung in ihre Haare zu bringen, und stammelte dabei: »Gin Tonic zum Frühstück?«

»Warum Frühstück?«, fragte er. »Wir sind erst seit zwei Stunden in der Luft. Ein bisschen Zeit bis zum Frühstück haben wir noch.«

»Na bravo«, dachte Sabrina und versuchte ein Lächeln.

✳

Sie beschloss, ihre Unsicherheit mit keckem Auftreten zu überspielen.

»Wenn Sie mir bitte kurz das Täschchen aus der Sitzlehne reichen könnten, würde ich mich noch schnell Gin-Tonic-tauglich machen.«

»Der Rest des Fluges könnte unter diesen Umständen recht angenehm werden«, dachte sie, als sie wieder in der Toilette stand, und erinnerte sich noch einmal an die missliche Lage, in der sie noch vor nicht einmal einem Tag gewesen war.

»Verrückt«, dachte sie und merkte gleichzeitig, dass sie weit davon entfernt war, sich wirklich sicher zu fühlen. Hatten sie ihr Verschwinden bemerkt? Bestimmt! Und schon wieder spürte sie dieses mulmige Gefühl, das sie bereits vor ihrem Abflug hatte, und sie beschloss, vorerst niemandem davon zu erzählen. Auch nicht diesem Mr. Right. Sie würde nicht einmal ihren richtigen Namen nennen, beschloss sie. Sie würde vorsichtig sein.

Als sie mit den wenigen Hilfsmitteln das Beste aus ihrem Äußeren gemacht hatte, wichen die düsteren Gedanken, und sie war fast froh über die Ablenkung, die offensichtlich während des Fluges auf sie wartete.

»Mr Right.« Sabrina konnte sich ein Schmunzeln nicht verkneifen, formte ihre Lippen zu einem Kuss und sagte zu der Frau im Spiegel: »Na, dann lass uns mal schauen, was und wer sich hinter Mr Right verbirgt.«

Er machte ihr Platz, und sie rutschte auf ihren Sitz am Fenster. Er übergab ihr grinsend den Gin Tonic mit einem etwas ironischen »Ihr Frühstück …«

»Danke«, versuchte sie so lässig wie möglich zu antworten.

»Auf einen guten Flug und eine sichere Landung, Sabrina.«

Sie war froh, dass sie noch nicht getrunken hatte. »Mist, wo hat der Typ meinen Namen her?«, schoss es ihr durch den Kopf, und todsicher hätte sie sich genau in diesem Moment verschluckt.

»Woher wissen Sie, wie ich heiße?«

Er nahm den Schreck in ihrer Stimme wahr und fragte, sichtlich verunsichert: »Sorry, hab ich irgendwas falsch gemacht? Ist Ihr Name ein Geheimnis?«

»Nein, natürlich nicht«, bemühte sie sich, ihre Unsicherheit zu verbergen, »überhaupt nicht. Nur, wir haben uns doch noch gar nicht vorgestellt.«

Er machte eine Kopfbewegung in Richtung Sitztasche, in der ihre Bordkarte steckte. Groß und breit war darauf zu lesen: BRENDLE/SABRINA MRS.

»Ich bin Tom Seidler.«

»Sabrina, freut mich. Ich habe Sie bereits am Flughafen in der Lounge gesehen«

Sie nahmen einen großen Schluck aus ihren Gläsern. Sabrina kam der Moment, um Luft zu holen, ganz gelegen.

»Jetzt nur keinen Fehler machen«, ermahnte sie sich streng und bemerkte, dass auch die Gin Tonics aus der Lounge sich noch nicht in Luft aufgelöst hatten. »Weniger reden, mehr denken.«

»Fliegen Sie nach Hause oder in die Ferien?«, unterbrach er ihre Gedanken.

»Wie man es nimmt.«

»Sie leben in Südafrika?«

»Wie man es nimmt. Und Sie?« Immer den Ball zurückspielen und Gegenfragen stellen, hatte ihr einmal jemand gesagt.

»Wie man es nimmt«, antwortete er und konnte sich dabei ein Grinsen nicht verkneifen. Mit »wie man es nimmt« hatte es sich nun ausgespielt!

»Nächste Taktik: Du stellst jetzt die Fragen!«, befahl sie sich.

»Sie sind Schweizer? Oder Deutscher? Arbeiten Sie in Südafrika? Oder wenn nicht, haben Sie einen hoffentlich wunderschönen Urlaub hinter sich?«

»Ein bisschen viele Fragen auf einmal. Aber gut, ich bin Deutscher und arbeite abwechselnd in Südafrika und in Deutschland. Derzeit bin ich allerdings mehr in Südafrika als in der Heimat. Und Sie?«

»Ich fliege nach Hause.«

»Besuchen Sie Ihre Familie?«

»Eher nicht.«

»Warum nicht?«

»Mist«, dachte Sabrina, »warum eigentlich nicht?« Sie sann auf einen Grund.

»Mein Flug nach Europa kam etwas überraschend.«

»Ich hoffe, nicht aus negativen …«

»Wie man es nimmt.« Sabrina bemühte sich um einen ernsten Ton in der Stimme und hoffte, ihn dadurch von weiteren Fragen abzuhalten. Sein Stirnrunzeln und sein fragender Blick signalisierten ihr, dass er sich mit ihrer Antwort eher nicht zufrieden geben würde. Sie musste nachlegen. »Beziehungsstress. Sehr unschön«, fiel sie ihm mit einer Notlüge ins Wort.

»So etwas ist immer unschön. Offensichtlich war es aber ziemlich heftig, oder ihr Aufbruch sehr überstürzt, wenn sie am Flughafen erst einmal ihre komplette Garderobe ersetzen mussten?«

Sein verschmitzter Blick ging in Richtung ihrer Einkaufstaschen, die durch ihre Aufschrift deutlich ihre Herkunft preisgaben.

»Ach die?« Sie überlegte kurz. So langsam wurden die Ausreden knapp. »Ich habe mir einfach ein paar neue Sachen gegönnt. Frustshopping nennt man so was. Bei Frauen hilft das.«

Er lächelte verständnisvoll. Schon hoffte sie, ein anderes Thema anschneiden zu können, als er noch nachlegte: »Mit den Gin Tonics und dem neuen Kleid sieht man Ihnen gar nicht an, dass sie so unschöne Momente hinter sich haben. Es steht Ihnen gut, Sabrina.«

Treffer! Die Situation begann ihr zu entgleiten.

»Woher wissen Sie, dass das Kleid neu ist?«

Sie hatte das untrügliche Gefühl, dass das Kartenhaus ihrer Erklärungen in sich zusammenzufallen drohte und es langsam eng wurde für sie und die Geschichte, die sie ihm aufbinden wollte.

»Deshalb«, sagte er nur, im selben Moment griff seine Hand nach ihrem Nacken, und sie registrierte, dass er nur das Etikett zwischen den Fingern hielt.

»Oh nein, das Preisschild!«, durchfuhr es sie. Sie hatte vergessen, es herauszuschneiden. Wie peinlich! Seine Finger fuhren zurück.

»Wollen Sie darüber reden oder lieber nicht?«

»Über das … Etikett?«

»Nein. Über die unschönen Momente.«

Sie schüttelte den Kopf. »Lieber nicht.«

Tom schien verstanden zu haben, und er wechselte das Thema.

»Gut, muss auch nicht sein. Aber verraten Sie mir, was Sie vorhaben, wenn wir in Zürich ankommen?«

Jetzt wusste Sabrina, dass ihr die Ideen für eine erfundene Geschichte ausgingen.

»Ehrlich gesagt, weiß ich das auch noch nicht so recht. Ich wollte einfach mal in Richtung …« Sie bekam gerade noch rechtzeitig die Kurve. »Ich habe mir wirklich noch keine Gedanken darüber gemacht.«

Sie wandte sich ab, schaute zum Bordfenster hinaus und verbarg so, dass sie nervös auf der Unterlippe kaute. »Verdammt, wo hast du dich da bloß hineinmanövriert?« Eine andere Taktik musste her, ihre Geschichte vom Beziehungsstress führte in eine Einbahnstraße. Sie musste die Rolle wechseln, und zwar jetzt! Die Opferrolle!

Ahnungslos kam ihr Tom entgegen: »Sie Arme!«, sagte er. »Sie scheinen ja wirklich völlig planlos losgeflogen zu sein.«

Er stieß mit seinem Glas gegen ihres, »manchmal hilft's«, und sah sie einfach nur an. »Auf die Zufälle«, ermunterte er sie. Er machte eine Pause, und sein Blick wanderte zu seinem halb vollen Glas.

»Vielleicht klingt das jetzt ein wenig seltsam«, sinnierte er, »nachdem wir gerade mal eine halbe Stunde hier nebeneinandersitzen … Wenn Sie wirklich noch nichts vorhaben, ich habe auch noch etwas Zeit, bevor es für mich weitergeht. Wenn Sie also nicht allein sein wollen …?«

Sabrina horchte auf und überlegte. Noch hatte sie in der Tat keinen Plan. Sie wusste nicht einmal, wonach sie im Schwarzwald suchen und wo sie mit der Spurensuche beginnen sollte. Sie beschloss, diesen Zufall einfach als glücklichen Umstand zu betrachten und die Chance zu ergreifen. »Wohin müssen Sie denn? Geschäftliche Termine?«

»Ja. Ich sollte ursprünglich gleich mit meinem Boss ab Zürich weiterreisen. Jetzt fliegt er aber erst morgen, und dann nach Frankfurt. Wir treffen uns übermorgen dort. Ich habe das erst kurz vor unserem, besser gesagt meinem Abflug von ihm erfahren.«

»Dann muss der Typ in der Airport Bar wohl sein Boss gewesen sein«, erinnerte sie sich. Sie grinste.

»Heißt das, Ihr Boss hat Sie mehr oder weniger versetzt, und ich springe jetzt für ihn ein?«

Nun grinste Tom ebenfalls. »Na ja, das ist, glaube ich, in der Praxis keine so gute Idee. Er ist ein ständig unter Strom stehender Geschäftsmann, wahrscheinlich stirbt er irgendwann an einem Herzinfarkt. Aber Sie könnten mich zumindest ab Zürich noch ein Stückchen begleiten. Hätten Sie Lust?«

»Nach Frankfurt?«

»Nein. Ich hole nach der Landung meine Maschine und habe zunächst einmal Donaueschingen als nächste Etappe im Sinn.«

Zwei Gedanken durchkreuzten sich in ihrem Kopf: Maschine und Donaueschingen. Das läge ja auf dem Weg in den Schwarzwald. Bingo! Aber Maschine? Hm …

»Ein Motorrad?«, fragte sie, und ihre Stimme signalisierte Ablehnung. Er lachte.

»Nein, so ähnlich. Ein bisschen größer und etwas schneller.«

Sabrina sah ihn fragend an.

»Ein Flugzeug.«

Sabrina verstand und begriff doch nicht. »Sie sind …«

»Pilot. Genau.« Noch einmal wiederholte Tom seine Frage: »Hätten Sie Lust, mich zu begleiten?«

Das leichte Nicken, mit dem sie ihm ihre Zustimmung signalisierte, nahm sie selbst kaum wahr.

✶

Während Sabrina neben Tom in Kloten am Gepäckband stand, versuchte sie, ihre wirren Gedanken zu ordnen. »Bisschen viel, das alles. Selbst für dich«, dachte sie und zählte eins und eins zusammen. Sie waren in Zürich gelandet. Er war kurzfristig allein geflogen statt mit seinem Boss. Jetzt flog er weiter nach Donaueschingen. Mit ihr. In den Schwarzwald wollte sie auch, zunächst ohne zu wissen, wie. Somit hatte sich dieses Problem in der Tat schon einmal gelöst.

Sie wurde aus ihren Gedanken gerissen, als ein Handy klingelte. Tom griff in seine Hosentasche und holte sein Smartphone heraus. Was sie mitbekam, klang geschäftsmäßig.

»Ja. Bin in Kloten. Planmäßig. Morgen Mittag. Okay, ich lasse mir einen Slot geben und werde pünktlich in Frankfurt sein. Ich gebe Ihnen meine Parkposition durch, und wir sehen uns dort.«

In Sabrinas Kopf drehte sich alles. War es die Erkenntnis, dass sie, keine 24 Stunden, nachdem sie sich aus ihrer Gefangenschaft befreit hatte, an der Seite eines attraktiven Piloten schon fast vergaß, warum sie eigentlich aus Südafrika geflohen war? Oder war es die aufkommende Müdigkeit? Oder die Wirkung des Gins? Oder alles zusammen …? Tausend Gedanken schwirrten in ihrem Kopf.

War es richtig, mit diesem Tom mitzugehen? Ein wildfremder Mann, den sie gerade einmal für die Dauer eines Langstreckenflugs kannte? Gut, er war sympathisch, zuvorkommend, ja fast besorgt, und er faszinierte sie auf seine Art. Und sie? Hatte weder einen Plan noch ein wirkliches Ziel.

Zunächst musste sie versuchen, Isabel zu erreichen. Oder besser zuerst Richie? Sie hatte während des ganzen Flugs nicht mehr an ihn gedacht. Wahrscheinlich war er schon in Sorge.

Sie folgte Tom, der inzwischen seinen Koffer hatte, in den Ankunftsbereich.

»Nachdem Sie kein Gepäck haben, hoffe ich, dass Sie wenigstens einen gültigen Reisepass besitzen, sonst wird es auch für mich schwierig, Sie mitzunehmen«, scherzte er. Sabrina hielt ihm ihr Dokument unter die Nase.

Eine knappe Stunde später fand sie sich im Cockpit einer silbern leuchtenden Cessna wieder. Sabrina konnte noch immer nicht glauben, was ihr da passiert war. Sie hatten Toms Maschine über kurze und unbürokratische Wege im Labyrinth von

Kloten erreicht, und er hatte ihr beim Einsteigen geholfen. Bewundernd hatte sie im Kopfsprechgeschirr den Funksprüchen gelauscht, die er gekonnt und in blitzsauberem Englisch abgesetzt und von denen sie nicht einmal die Hälfte verstanden hatte. Danach hatte er, sich vergewissernd, ob Sabrina nicht doch noch im letzten Augenblick einen Rückzieher machen würde, zu ihr geblickt, den Daumen in die Höhe gestreckt. Sabrina hatte prompt reagiert, ihren Daumen ebenfalls nach oben gehalten und als Antwort ein klares, fast überschwänglich klingendes »Ready for Take-off« in das Mikrofon unter ihrem Kinn abgesetzt.

Jetzt hatte sie vom Platz des Co-Piloten aus Toms Profil im Blick; unter seiner Sonnenbrille erkannte sie die kleinen Fältchen, und dummerweise grinste sie genau in dem Moment, als er zu ihr herübersah.

»Sehen Sie, Sabrina, nun bin ich meinem Boss fast dankbar, dass er erst heute fliegt. Ich freue mich wirklich, dass Sie mitgekommen sind«, hörte sie seine Stimme verfremdet im Kopfhörer. Danach widmete er sich wieder den vielen Bedienelementen und Anzeigen, und Sabrina checkte ein weiteres Mal ihr Handy. Schon mehrmals hatte sie inzwischen versucht, Isabel zu erreichen, war jedoch ständig nur auf ihre Mailbox gestoßen. Sie versuchte, ihre Beunruhigung zu unterdrücken. Höchstwahrscheinlich war Isabel schon unterwegs nach Südafrika, so wie sie ihre Freundin kannte.

»Machen Sie bitte noch das Handy aus?«, forderte Tom sie lächelnd und in einem höflich bittenden Ton auf.

Sie musste die Sache mit Isabel jetzt ohnehin ihrem Gang überlassen. Ihre Freundin würde sich zuverlässig bei ihr melden. Sie steckte ihr iPhone weg. Die Wärme im sonnenbeschienenen Cockpit und die Sicherheit, die sie in sich zu fühlen begann, ließen sie einen Moment lang den wahren Grund ihrer Reise vergessen. Sie ließ sich fallen und genoss das gleichmäßige Höhergleiten der Cessna, während ihr Blick abwechselnd hinausging, um die Weite der Landschaft unter sich zu genießen, und hinüber zu Tom. Nach einem dieser Blicke spürte

sie die leichte Berührung von Toms Hand auf ihrem Oberschenkel.

»Wir haben unsere Reiseflughöhe erreicht«, hörte sie die
Stimme des Piloten in ihrem Kopfhörer. »In der Schweiz gibt
es über 3000 Meter Höhe nur noch das ›Du‹. Ist das okay, Sabrina?«

»Klar, gerne«, antwortete sie.

Sabrina konnte das Gefühl nicht einschätzen, das sich langsam in ihr breitmachte. War es die Tatsache, wie Tom mit ihr
umging, dass er sie faszinierte, wie selbstverständlich er sie
mitgenommen hatte? Mehr als in den Stunden zuvor war sie
jetzt in der Lage, über einen konkreten Plan nachzudenken,
um auf die Spur dieser Typen zu kommen, die es auf *Hoopengeluk* abgesehen hatten. In knapp einer Woche würde die Gala
auf dem Weingut stattfinden. Zunächst musste sie Richie erreichen. Vielleicht wusste er ja etwas Neues? Doch auch das
musste warten. Während des Flugs konnte sie nicht telefonieren, und später würde sie warten müssen, bis sie ungestört mit
ihm reden konnte.

Während sie darüber nachdachte, wurde ihr bewusst, wie
weit entfernt Richie war. Und wie nah Tom. Ihre Blicke hatten
sich immer wieder getroffen.

»Wir verlassen schon wieder unsere Reiseflughöhe«, meinte er jetzt.

Sanft setzte Tom die Cessna auf der Landebahn des kleinen Flughafens in Donaueschingen auf. Vor dem Hangar parkte er die Maschine und half Sabrina erneut, dieses Mal beim
Aussteigen.

»Willkommen in Donaueschingen, Ms Brendle, bitte folgen Sie mir!«

Das Spiel fing an, Sabrina Spaß zu machen; sie schnapp-
te ihre Tasche und ihre Einkäufe aus dem Flughafen in Kapstadt, die sie immer noch in den verräterischen Airporttaschen
mit sich herumtrug, und folgte ihm zu Fuß einmal quer über
die Landebahn zum Hintereingang des Concorde-Hotels am
Flugplatz.

»Hallo, Peter«, grüßte Tom einen groß gewachsenen Mann in blauer Arbeitshose und weißem T-Shirt. »Der Hausmeister«, sagte er, »ein netter Kerl.«

Tom nahm an der Rezeption einen Umschlag in Empfang, und Sabrina gönnte sich an der angrenzenden Bar einen südafrikanischen Sauvignon Blanc.

»Dein Mietwagen steht direkt vor dem Eingang«, hörte sie Peter sagen, und kurz darauf ließ Tom sie direkt in einen unter dem Vordach geparkten weißen Jeep Compass einsteigen.

»Daran könnte ich mich gewöhnen«, scherzte sie.

»Es kann losgehen! Ab nach Menzenschwand«, hörte sie ihn sagen, während er sein Gepäck im Kofferraum verstaute.

»Wohin bitte?«, fragte sie.

»Menzenschwand. Eine knappe Stunde durch den Schwarzwald. Ganz urig, sehr gemütlich. Wo wir doch beide Zeit haben. Einverstanden?«

»Zeit«, dachte sie, »hast du nicht wirklich. Aber auch keinen Plan.« Nachdenken konnte sie überall. Und dieses Menzenschwand lag zumindest im Schwarzwald.

Sabrina schaltete ihr iPhone ein und erkannte am Blinken, dass sie eine Nachricht auf der Mailbox erhalten hatte. Von Isabel! Sie musste während des kurzen Flugs nach Donaueschingen angerufen haben. Schon hatte sie das Handy am Ohr, als Tom neben ihr Platz nahm und sie abwartend ansah.

»Können wir?«, fragte er, und sie legte das Handy zurück in ihren Schoß. Noch wollte sie kein Risiko eingehen, dass er etwas mitbekam. Sie hoffte auf eine schnelle Gelegenheit, unbeobachtet und in Ruhe telefonieren zu können.

Eine knappe Stunde später, nach kurvenreicher Fahrt vorbei an Titisee und Schluchsee und mit traumhaftem Blick zum Feldberg, parkte Tom auf einem Schotterplatz gegenüber eines urig aussehenden Schwarzwaldhofs. *Gasthaus Hirschen* verkündeten die weißen Buchstaben unter dem mächtigen Walmdach.

»Wir sind da«, verkündete Tom. »Allerdings weiß ich nicht, ob es hier Gin Tonic gibt. Wäre ein guter Wein zur Not auch in Ordnung?«

✶

»Hallo, Sabrina, hier ist Isabel. Ich hab versucht, dich zu erreichen. Ich bin inzwischen in Amsterdam und warte auf meinen Anschluss nach Kapstadt. Ich fliege mit KL597 um 10.15 Uhr weiter. Der Flug war bisher perfekt, das Umsteigen reibungslos, der Flugbegleiter hätte dir auch gefallen. Du glaubst nicht, welche fragenden Gesichter ich zu Hause hinterlassen habe, aber egal, das habe ich an Bord mit zwei frisch gezapften Heineken runtergespült. Holt mich jemand am Flughafen ab? Dieser Richie vielleicht? Ich lande um 22.40 Uhr. Wo muss ich hin? Melde dich doch bitte dringend bei mir.«

Sabrina starrte auf ihr iPhone, während sie die Nachricht noch ein zweites Mal anhörte. Ihr Blick fiel dabei auf die kleine digitale Zeitanzeige. 12.47. Isabel saß bereits in der Maschine nach Kapstadt! Sie würde sie erst wieder erreichen können, nachdem sie gelandet war. Irgendwie war sie beruhigt, nachdem sie jetzt wusste, dass Isabel tatsächlich auf dem Weg war, und dennoch schlug ihr Herz heftig.

Richie … Sie musste versuchen, ihn zu erreichen, und erschrak gleichzeitig bei dem Gedanken. Was, wenn er sie fragte, wo sie war, und wissen wollte, warum und mit wem? Sie entschied sich, ihm zunächst nur eine WhatsApp mit einem Foto von Isabel zu schicken, damit er wusste, wie sie aussah, wenn er sie am Flughafen abholte. Das war unter den gebotenen Umständen die sinnvollere Variante. Bis zur Landung Isabels in Kapstadt hatte sie noch genügend Zeit. Und solange Richie nicht versuchte, sie zu erreichen, oder sich dafür interessierte, ob sie gut gelandet war, musste sie auch nichts preisgeben.

Sie folgte Tom, der inzwischen im Inneren des *Hirschen* verschwunden war, und betrat eine kleine lobbyartige Halle, die sofort einen heimeligen und gemütlichen Eindruck auf sie machte. Um den gekachelten Kamin herum leuchteten Ölbilder mit hochwertig in Szene gesetzten Schwarzwaldmotiven von den Wänden, und ein kleiner Springbrunnen plätscherte beruhigend vor sich hin. Dem Eingang gegenüber lag hinter einem schmalen Tresen in einer kleinen Aussparung an der Wand die Rezeption.

»Wie süß«, dachte Sabina, »mal etwas anderes«, und sie versuchte sich zu erinnern, wann sie zuletzt ein Hotel oder ein Restaurant dieser Art besucht hatte. Es musste eine Ewigkeit her sein, aber es gefiel ihr. Tom war nicht zu sehen, aber hinter dem Tresen öffnete sich eine Tür, und der grau melierte, in weißer Kochjacke mit eleganter doppelter Knopfleiste gekleidete Wirt begrüßte sie herzlich.

»Grüß Gott, junge Frau, willkommen im *Hirschen*. Ich bin der Gottfried. Sie müssen zu Tom gehören.«

»Wie man es nimmt«, antwortete Sabrina und stellte sich ebenfalls vor. Immerhin schien Tom hier kein Unbekannter zu sein. »Ja, ich bin mit ihm hier. Wo ist er?«

»Er bringt seine Sachen auf Ihr Zimmer.«

»Er bringt was?«, war sie schon versucht zu sagen, doch sie biss sich auf die Zunge. Klar, dass er vorhatte, hierzubleiben. Sein Termin in Frankfurt war ja erst am nächsten Tag.

»Ganz so ist es nicht«, lachte Sabrina. »Ich denke, es ist sein Zimmer.«

Gottfried ließ sich nicht beirren. »Wie dem auch sei, auf alle Fälle ist es schön, dass er auch endlich mal in weiblicher Begleitung bei uns auftaucht. Ich hatte mir schon Gedanken um ihn gemacht, dachte, ob er nicht vielleicht sogar …«

»Schwul ist?«, vollendete Sabrina den Satz und lachte. War das nicht eine gute Chance, etwas mehr über Tom zu erfahren, dachte sie und fragte: »Sie meinen, er ist sonst in Herrenbegleitung hier?«

»Na ja, das würde mich ja nicht stören. Aber wenn er mal da ist, dann hat er immer diesen schrägen, übergewichtigen Vogel mit dabei«, kam die unverblümte und ehrliche Antwort. Meinte er damit am Ende den Typen, mit dem sie Tom am Flughafen in der Airport Bar gesehen hatte?

»Der ist wohl nicht Ihr Fall?«, lockte Sabrina.

»Der? Nein. Ein total seltsamer Typ und kein Benehmen! Und immer was zu meckern. Ganz furchtbar, kann ich Ihnen sagen. Als ob er etwas Besseres wäre. Na gut, das ist er ja auch, irgendwie. Der glaubt wahrscheinlich, dass jedes Hotel so eine Schickimickibude ist, wie seine komischen Designerhotels in Kapstadt oder wo auch immer.«

Noch bevor ihr Gegenüber sich um eine Grimasse bemühte und mit sarkastischer Stimme und rollenden Augen »Boutique-Hotels« nachschob, war ihr klar geworden, von wem die Rede war. Dierk Hinrichsen. IHR oberster Boss!

Sabrina trat nervös von einem Bein aufs andere, bemüht, nicht laut zu sagen, was sie dachte. Sie hatte nach dem Schrecken die Fassung recht schnell wiedergefunden und ging davon aus, dass man ihr nichts angemerkt hatte.

Plötzlich stand Tom vor ihr, griff hilfsbereit und selbstverständlich nach ihren Taschen. Sie folgte ihm im hinteren Teil der kleinen Lobby durch eine Tür und fand sich mit ihm in einem gemütlichen Hotelzimmer wieder. Bevor sie in die Verlegenheit kam, ihn darauf anzusprechen, wie er sich das mit dem Zimmer vorgestellt hatte, setzte sie sich wie selbstverständlich auf das breite Bett und ließ sich mit ausgestreckten Armen nach hinten auf die Matratze fallen.

»Wenn ich jetzt hier liegen bleibe, kannst du wahrscheinlich alleine essen.«

»Was hältst du davon, wenn du dich ausruhst und ich dir eine Tasse Kaffee bringe? Ich habe noch ein paar Telefonate zu führen.«

Sabrina war bewusst, dass sie unbedingt noch Richie die WhatsApp mit dem Foto von Isabel schicken musste. Sie würde die kurze Abwesenheit von Tom dazu nutzen und danach in der Tat ihrer aufkommenden Müdigkeit nachgeben. Entsprechend halbherzig klang ihr Einwand: »Aber das hier ist dein Zimmer, wie …«

»Kaffee, oder lieber doch ein Glas Wein?«, unterbrach er sie sanft. »Mein Freund Gottfried hat einen gut sortierten Weinkeller.«

Sein Lächeln signalisierte ihr, dass er nicht gewillt war, auf irgendwelche Einwände einzugehen.

»Kaffee bitte. Danke, das ist wirklich sehr lieb von dir!«, erwiderte Sabrina.

Tom verschwand, und Sabrina fischte rasch das Handy aus ihrer Handtasche und tippte: »Hallo, Richie, bin gut gelandet. Isabel ist auf dem Weg nach Kapstadt. KL597. Ankunft heute 22.40. Anbei noch ein Bild von ihr. Holst du sie ab? Vielen Dank, dass du dich kümmerst, glg.«

Keine zwei Minuten, nachdem sie die WhatsApp versendet hatte, traf die Antwort ein: »Natürlich, geht klar. Mach dir keine Sorgen. Wo bist du? Hast du eine Spur? Bitte halte mich auf dem Laufenden. R.«

Sabrina hatte gerade die Zeilen gelesen, als die Tür aufging und Tom mit einer dampfenden Kaffeetasse und einem Glas Wasser wieder im Zimmer stand. Er setzte sich auf den Rand des Bettes und stellte das Tablett auf dem Nachttisch neben ihr ab.

»Mach es dir gemütlich. Ich gehe etwas raus an die Luft. Telefonieren kann ich auch draußen, dann hast du hier drin etwas Ruhe.«

Er verließ das Zimmer rückwärts, winkte und zwinkerte Sabrina noch zu, bevor er die Türe hinter sich zuzog.

Sabrina griff nach ihrer Tasse und genoss ihren warmen Kaffee. Die Schuhe hatte sie ausgezogen, und sie setzte sich im Schneidersitz auf das Bett. Sollte sie Tom weiter verschweigen, wer sie wirklich war? Oder ihm erzählen, weshalb sie wirklich aus Kapstadt aufgebrochen war? War es wirklich Zufall, dass sie ausgerechnet ihn auf dem Flug kennengelernt hatte? Sie gestand sich ein, dass sie es sich wünschte. Aber dass sie jetzt, keine 16 Stunden nach ihrem Abflug und ihrer überstürzten Flucht aus Südafrika, mit ihm in einem abgelegenen Hotel mitten im Schwarzwald und dann noch auf seinem Zimmer gelandet war, konnte das auch ein Zufall sein?

Was sollte sie nun tun? Was war richtig, was falsch?

Noch hatte sie keine Ahnung, wo sie überhaupt ansetzen sollte, und Tom war der Einzige, dessen Spur zu ihrem gemeinsamen Boss führte. Würde sie sich durch ihn nicht in weitere Schwierigkeiten bringen? Welche Rolle spielte er?

Er schien ihr zu vertrauen, sonst hätte er sie nicht mit all seinen Sachen hier unbeaufsichtigt zurückgelassen. Neben seinem kleinen Koffer auch seinen Geldbeutel und eine Tasche, die nach Notebook aussah. Was aber, wenn er genau dieses Vertrauen nur vorspielte, um ihres zu erlangen? Während die Gedanken noch in ihrem Kopf rotierten, überfiel sie die Müdigkeit, und sie schlief ein.

✴

Sabrina wusste nicht, wie lange sie wirklich geschlafen hatte. Als sie die Augen aufschlug, lag sie unter einer Decke, und Tom saß auf dem Rand des Bettes. Er musste sie zugedeckt haben.

»Guten Morgen. Ich hoffe, du bist ein wenig ausgeruht und hast vor allem jetzt einen gesunden Hunger.«

»Wie spät ist es?«, fragte sie, völlig benebelt.

»Du hast fast drei Stunden tief und fest geschlafen. Ich war zweimal hier im Zimmer und habe nach dir geschaut. Ich habe dich zugedeckt, aber ich wollte dich nicht wecken. Ich hoffe, das ist okay für dich.«

»Ja, natürlich. Danke.« Sabrina hatte jedes Zeitgefühl verloren und tastete nach ihrem Handy neben sich. Es lag noch immer dort, wo sie es abgelegt hatte, bevor sie eingeschlafen war.

»Magst du noch in die Dusche? Vielleicht zum Wachwerden?«, witzelte er.

Langsam, Stück für Stück kehrte ihre Wahrnehmung zurück, ihre Gedanken begannen, sich zu sortieren, und sie sah wieder klar. Mit der Frage Toms wurde ihr die nächste Peinlichkeit bewusst. Frische Klamotten! Wie gut, dass in der kleinen Tasche, die sie bei Richie deponiert und mitgenommen hatte, eine Jeans und ein einigermaßen ansehnliches Oberteil waren und sie sich zudem in der Airportboutique eingedeckt hatte. So konnte sie es sich ersparen, tagelang in denselben Klamotten herumzulaufen und wie Aschenputtel zu wirken.

Ganz selbstverständlich ging sie auf seinen Vorschlag ein, nahm ihre Tasche, ließ ihr Handy unbemerkt hineinfallen und verschwand im Bad. Die Dusche weckte ihre Lebensgeister, und sie genoss den frischen Duft der hoteleigenen Lotion. Leider mussten ihre Haare auf Spülung und Kur verzichten und ihre Beine eine Rasur verschmerzen, wie sie beim Einseifen feststellte. Als sie sich abgetrocknet hatte, lauschte sie kurz an der Tür.

Tom musste das Zimmer schon verlassen haben. Sie stieg rasch in ihre engen Jeans, hüpfte beim Zumachen des Reißverschlusses in die Luft und beobachtete sich dabei im Spiegel. Sie musste immer wieder über sich selbst lachen, hatte sie doch einmal gelesen, alle Frauen würden das so machen. Ihre halblangen, dunklen Haare waren pflegeleicht, eine kurze Frisiereinheit beim Trocknen genügte, und sie konzentrierte sich auf ein dezentes und frisches Make-up mit dem, was ihr zur Verfügung stand.

Sabrina war mit dem Ergebnis zufrieden, streifte ihr weißes Oberteil über und betrachtete ihr Spiegelbild. So konnte sie Tom gegenübertreten. Sie freute sich auf das Abendessen, auf die lange vermisste, heimische Küche. Und, so viel gestand sie sich ein, auch auf Toms Gesellschaft.

Wäre es nicht trotzdem klug, Richie über das Zusammentreffen mit Tom zu informieren? Aber was sollte sie ihm sagen? »Ich stehe gerade in seinem Hotelzimmer, war gerade in seiner Dusche, und wo ich heute Nacht schlafe, weiß ich noch nicht.«?

Sie warf noch einen kurzen Blick auf ihr iPhone und hoffte insgeheim, keine weitere Nachricht von Richie zu finden. Doch sie hatte sich zu früh gefreut. »Kannst du mir sagen, wo genau du bist? Hast du endlich eine Spur?«, waren die einzigen Worte der knappen WhatsApp. Kein »Wie geht es dir?«, kein »Kann ich dir irgendwie helfen?«, und – was sie am meisten erwartet hätte – kein »Ich vermisse dich!«.

Sie entschied sich, ihm erst später zu antworten.

Als sie das Restaurant betrat, wartete Tom bei Gottfried an der Theke auf sie. Er streckte beide Arme nach ihr aus und zog sie an sich.

»Wir beide trinken jetzt erst einmal einen Schnaps miteinander!«

»Unseren ersten Schnaps«, erwiderte Sabrina lachend.

»Und hoffentlich nicht der letzte … wenn es nach mir geht«, ergänzte Tom. »Ein ›Himbi‹, das ist hier Tradition. Mit gefrorener Himbeere im Glas.«

»Und wenn die drin bleibt, zahlst du den Nächsten!«, erklärte Gottfried und war formlos zum »Du« übergegangen.

»Bringst du uns zwei?«, forderte Tom.

»Drei«, verbesserte Gottfried humorvoll, »oder trinkst du keinen?«

»Mach schon! Und danach kannst du wieder an deinen Platz in der Küche!«

»Ungern. Ich finde, WIR beide sollten jetzt Platz nehmen, und die nette junge Dame könnte für uns kochen.«

Tom, der Sabrina noch immer im Arm hielt, tat so, als überlegte er, und fragte: »Kannst du kochen?«

Sabrina hatte sich für *Schweinelendchen im Schwarzwälder Schinkenmantel auf Käsespätzle nach Hirschenwirts Art* entschieden, und Tom ließ sich sein Pfeffersteak schmecken.

»Ich esse hier immer Steak, eine gute Abwechslung zum Straußensteak in Südafrika.«

»Magst du das auch?«, wollte Sabrina wissen und bereute die Frage auch schon wieder, lief sie doch Gefahr, das Gespräch zu sehr in Richtung Südafrika zu lenken und Rede und Antwort stehen zu müssen.

»Ich liebe Straußensteak. Bei meinem Boss gibt es das beste Straußensteak, das ich je gegessen habe. Nächstes Mal, in Kapstadt, nehme ich dich mit!«

Der gemeinsame Boss! Sabrina versuchte, ihre wahren Gedanken hinter einem aufgesetzten Grinsen zu verstecken, und hoffte, dass Tom nicht in der Lage war, das »Nein, nein, nein … bitte nicht!« in ihrem Gesicht abzulesen.

Sie beschloss, vorsichtig zu sein. »Du solltest nichts mehr trinken«, ermahnte sie sich.

Tom schien ihre Gedanken zu ahnen und griff zu der Flasche Weißburgunder, den sie auf Gottfrieds Empfehlung bestellt hatten. Schon wollte er Sabrinas Glas nachfüllen, als sie ihm mit einer dezenten Handbewegung signalisierte, dass sie genug hatte.

»Musst du noch fahren?«, fragte Tom witzelnd.

Sabrina fühlte sich ertappt und entschied sich daher für Schlagfertigkeit und Deutlichkeit. Beides beherrschte sie perfekt.

»Nein. Aber wenn ich hier schon mit einem wildfremden Mann festsitze, den ich grade mal 24 Stunden kenne, muss ich nicht auch noch sturzbetrunken sein, wenn er mir nachher selbstlos und hilfsbereit seine zweite Betthälfte anbietet, weil ich ja ganz vergessen habe, dass ich hier heute gar nicht mehr allein wegkomme.«

Tom lachte laut auf.

»Darf ich daraus schließen, Sabrina, dass du auch im Besitz deiner geistigen Kräfte und ohne Einfluss von Alkohol hier mit mir übernachten würdest?« Er griff nach ihrer Hand. »Ich weiß, das ist ungewöhnlich und wirklich eine total verrückte Geschichte. Manchmal denke ich sogar, es kann kein Zufall sein, dass wir uns über den Weg gelaufen sind.«

Sabrina presste die Lippen aufeinander. Würde er so über einen Zufall reden, wenn er sie ganz bewusst ausspioniert und gezielt angesprochen hätte? Hätte er sie witzelnd gefragt, ob sie kochen könne, wenn er in Wirklichkeit wusste, wer sie war? Sabrina glaubte, so etwas wie Erleichterung spüren zu dürfen, und legte ihre Hand auf seine.

»Die Geschichte ist wirklich verrückt, Tom, und ich wünschte, wir wären uns unter anderen Umständen begegnet.«

»Du meinst, nicht gerade dann, wenn du auf der Flucht bist?«

Hatte er Flucht gesagt? Sabrina wurde einmal mehr eiskalt auf den Boden der Tatsachen katapultiert und spürte, wie ihr Herz hämmerte. Kannte Tom also doch den wahren Hintergrund ihrer Reise? Verdammt! Wie hatte sie sich nur so unbekümmert in Sicherheit wiegen können! Was, wenn er sie nur hierhergelockt hatte, um sie ausschalten zu können? Gefügig machen mit seinem männlichen Charme? Ruhigstellen mit Himbi und Weißburgunder?

Da war sie wieder, diese Angst! Doch der Zorn, der in ihr aufkeimte, war noch viel größer. Der Zorn über ihre eigene Naivität und die Tatsache, dass sie jeden Funken von Vernunft in den Wind schlug und Fakten außer Acht ließ, nur weil dieser Mann sie offensichtlich so in seinen Bann zog.

»Der Typ, dessentwegen du fluchtartig aus Kapstadt aufgebrochen bist, muss ein Idiot gewesen sein«, bemerkte Tom jetzt und streichelte noch immer ihre Hand. In Sabrina drehte sich alles.

DAS also meinte er mit »Flucht«? Sie atmete erleichtert auf. Hatte sie doch noch eine Chance, unerkannt zu bleiben, wenigstens bis zum nächsten Morgen. Und dann? Wo sollte sie ansetzen? Was konnte sie ausrichten?

Die Achterbahnfahrt schien kein Ende nehmen zu wollen. Sabrina schwankte zwischen Mut und Panik und einem Anflug von Verzweiflung.

Schon jetzt war sie zu keinem klaren Gedanken mehr in der Lage. Sie saß einem Mann gegenüber, der – das gestand sie sich ein – einen so großen Reiz auf sie ausübte, dass sie mehr als unvorsichtig geworden war. Seine Art, wie er sich um sie kümmerte, tat ihr gut. Sie hatte begonnen, es zu genießen. Und sie wollte es.

Sie wollte ihn.

In der Gaststube waren sie inzwischen die einzigen Gäste, Gottfried hatte sich längst auf Französisch verabschiedet. In ihren Gläsern fand sich nicht mehr als ein letzter Schluck Wein. Tom erhob sein Glas, um noch einmal mit ihr anzustoßen.

»Gehen wir«?

✳

Tom benötigte einen Augenblick, um die Zimmertür, die sich hier noch mit einem einfachen Schlüssel öffnen ließ, aufzuschließen. Er tat das bewusst langsam und genoss es, ihr die Tür aufzuhalten. Sabrina ging an ihm vorbei, als sie von hinten am Handgelenk festgehalten und am Weitergehen gehindert wurde. Ohne ein Wort zu sagen, drückte er die Tür ins Schloss, und die Finsternis des Raums umfing sie.

Sabrina erschrak, ihr Herz klopfte wild, sie drehte sich zu ihm um und fauchte ihn an: »Was willst du von mir?«

Ohne zu ahnen, wie sie das wirklich meinte, interpretierte Tom ihre Frage als leidenschaftliche Kampfansage und stellte sie im Dunkeln mit dem Rücken an die Wand. Sie spürte, wie er inzwischen ihre beiden Handgelenke umgriffen hatte, während sein Körper sich an ihren Oberkörper presste und er ihr den Weg versperrte. Bevor sie etwas sagen oder sich gar wehren konnte, drückte er seine Lippen auf ihren Mund.

»Was ich von dir will?«, raunte er leidenschaftlich. »Dich küssen!«

Sabrina atmete erleichtert auf und erwiderte seinen Kuss mit der gleichen Intensität. Spätestens jetzt war sie nicht mehr bereit, darüber nachzudenken, warum und durch welche Umstände sie hierhergekommen war.

Er ließ ihre Handgelenke los und nahm ihr Gesicht zwischen seine Hände. Seine Art, sie zu küssen, brach auch noch den letzten Willen in ihr, sich zu wehren. Seine Hände wanderten langsam über ihren Hals abwärts. Er ließ seine Finger über ihren Ausschnitt unter den Stoff ihres Pullis gleiten, und sie spürte, wie ihre Brustwarzen sich aufrichteten. Doch noch ehe seine Hände ihre Brüste erreichten, hatte er ihr den Pulli über den Kopf gezogen und neben ihr auf den Boden fallen lassen. Geschickt öffnete er den Verschluss in ihrem Rücken, und sie stand mit nacktem Oberkörper in ihren engen Jeans vor ihm.

Sie fühlte, wie seine Lippen dem Weg seiner Hände folgten, bis sie zu ihrem Ziel gefunden hatten und abwechselnd die Knospen ihrer Brüste umschlossen. Sie sog die Luft ein und stöhnte auf, als er seine Zunge ins Spiel brachte.

»Ich will mit dir schlafen«, hauchte er. Ihre Hände fuhren in Richtung seiner Gesäßtaschen, doch sie war über den Bund seiner Hose nach innen geglitten und ertastete seine nackte Haut. Während sie sich leidenschaftlich küssten, suchten ihre Finger einen Weg und machten sich an seiner Gürtelschnalle zu schaffen.

Sie ließ den Kopf ins Genick fallen und wölbte ihm ihre Brüste voll Hingabe entgegen. Auch er hatte sich zu ihrer Mitte getastet, während sie betont langsam den Gürtel aus der Schlaufe seiner Jeans zog und den Reißverschluss öffnete. Mit einer verspielten Bewegung warf sie ihm den Gürtel um den Hals, ergriff ihn von beiden Seiten und zog sein Gesicht zu sich heran. Sein Kuss durchströmte sie warm, seine Jeans glitt an ihren Schenkeln zu Boden, und sie ließ es zu, dass er sich mit sanftem Druck an sie presste.

»Mehr«, hauchte sie, umschlang seine Hüfte mit ihrem rechten Bein und versuchte, auf dem linken stehend, in einer klammernden Umarmung an ihn gedrängt, sich im Gleichgewicht zu halten. Er stieg aus der Jeans, hob Sabrina hoch, erreichte mit zwei Schritten die Mitte des Raums und ließ sich, ohne von ihr abzulassen, auf das Bett fallen.

Ihre innere Stimme, die sie den ganzen Abend immer wieder auf den Boden der Tatsachen zurückgeholt und gewarnt hatte, verstummte endgültig, und sie gab sich hemmungslos seiner ungestümen Leidenschaft hin.

✱

Sabrina fuhr hoch.

Das Bett neben ihr war leer!

Ihre Müdigkeit war mit einem Schlag vorüber, und sie scannte mit raschem Blick das Zimmer. Ihre Klamotten lagen geordnet über einem Stuhl und nicht mehr wild verstreut im Zimmer.

Die Erinnerungen an die vergangene Nacht kehrten zurück. Bilder von hemmungsloser Begierde, Nacktheit, einer unglaublichen Wärme und Zärtlichkeit tauchten in ihr auf. Irgendwann war sie in seinen Armen, die sie beschützend festgehalten hatten, eingeschlafen.

Das Öffnen der Tür riss sie aus ihren Gedanken. Tom stand mit zwei Tassen Kaffee im Zimmer. Einen kurzen Moment lang war sie versucht, ihren unverhüllten Oberkörper zu bedecken, doch Tom lächelte sie verschmitzt an und machte weder Anstalten, diskret wegzuschauen, noch auf sie zuzugehen.

»Guten Morgen, schöne Frau. An diesen Anblick könnte ich mich durchaus gewöhnen«, begrüßte er sie genießerisch.

Sie versuchte einmal mehr ihre Unsicherheit zu überspielen und erwiderte lachend: »Wenn eine der beiden Tassen für mich ist, lasse ich dich noch eine Weile den Anblick genießen. Guten Morgen.«

Er setzte sich zu ihr aufs Bett, küsste sie sanft und hauchte ein neues »Guten Morgen«. Sie stellte fest, dass sein Kuss so gar nichts von der Leidenschaft der vergangenen Nacht hatte. Irritiert sah sie ihn an und nahm ihm eine Kaffeetasse ab. Hatte er bekommen, was er wollte? Würde er ihr jetzt erklären, dass die gemeinsame Nacht ein Ausrutscher gewesen war? Bei diesem Gedanken spürte sie einen Stich.

In der Nacht waren Männer immer mutig, das kannte sie schon. Sobald die Sonne aber aufgegangen war, konnten sie kleinlaut und feige werden, fingen an, fürsorglich zu kuscheln, und meinten, mit so dämlichen Aussagen wie »Lass uns gute Freunde bleiben!« eine Heldentat zu vollbringen. Sollte er auch zu dieser Spezies gehören, bekäme sie auf der Stelle einen Schreikrampf! Doch Tom zog es vor, mit seiner freien Hand zärtlich ihren Hals und den Ansatz ihrer nackten Brüste entlangzustreichen, und Sabrina nahm erleichtert wahr, wie ihr Herz erneut klopfte.

»Woher weißt du denn, dass ich es liebe, meinen ersten Kaffee im Bett zu trinken«?

Er setzte eine nachdenkliche Miene auf und meinte nur: »Vielleicht hat mir das jemand verraten?«

Sabrina zog skeptisch die Augenbrauen hoch, was für sie aber keineswegs gespielt war. »Warum bist du denn schon aufgestanden«?

»Wenn ich fliegen muss, bin ich immer so früh wach. Eine Marotte von mir. Ich muss noch in Donaueschingen meine Startgenehmigung für die Mittagszeit einholen. In der Zeit könntest du dich hübsch machen fürs Frühstück.«

»Bin ich so nicht hübsch genug?«, neckte sie ihn und richtete grinsend den Blick auf ihre unverhüllten Brüste.

»Ich denke, Gottfried hätte seine Freude, dich so zu sehen«, konterte er lachend.

Ihre Finger fanden sich, sein Blick glitt über die nackte Haut ihres entblößten Oberkörpers.

»Ich würde am liebsten mit dir hierbleiben, Sabrina. Ich habe unsere Nacht unendlich genossen.«

Später, unter der Dusche stehend, wurde ihr bewusst, dass die gemeinsame Zeit mit Tom bald zu Ende gehen würde, was bedeutete, dass sie ihren ursprünglichen Plan wieder aufnehmen musste und ihre Gedanken in Kapstadt sein würden. Bei der Gala, bei ihrem Verdacht und … bei Richie.

Dieser Gedanke bereitete ihr Unbehagen. Sie hatte nicht ein einziges Mal mehr an ihn gedacht. Und Tom? Würde er aus ihrem Leben verschwinden, wie er gekommen war? Würde es bei einem abenteuerlichen Intermezzo bleiben?

Sabrina verdrängte diese Gedanken und machte sich rasch fertig. Tom verstaute gerade seinen Laptop, als sie aus dem Bad kam.

»Das ging aber schnell. Kann ich jetzt noch kurz ins Bad?«

Sie nickte, während sie sich zu ihm auf das Bett setzte und in ihrem Schminktäschchen kramte, um zumindest noch ein wenig Make-up aufzulegen. Tom küsste sie und hörte dabei die Glocke der nahen Kirche zehn Mal schlagen.

»Wer schläft hier bis zehn?«, lachte er.

Kurz darauf sah sie Tom vom Zimmer aus durch den schmalen Türspalt in der Dusche stehen. Er hatte einen tollen Körper, das war ihr schon in der Nacht aufgefallen. Das leise Vibrieren eines Handys lenkte ihren Blick auf Toms aufleuchtendes Smartphone neben seiner Laptoptasche. Er musste eine Nachricht empfangen haben.

Sie lauschte auf das Geräusch der Dusche und machte im Affekt eines immer noch in ihrem Unterbewusstsein schwelenden Misstrauens zwei Schritte zur Seite, warf einen Blick auf das Display und erstarrte.

»Treffpunkt wie abgemacht. Der Störfaktor saß übrigens auf derselben Maschine wie du. Du hast sie nicht zufällig erwischt?«

»Oh Gott!« Sabrina verschlug es den Atem. »Also doch!« Was sie seit Gottfrieds Bemerkung nur geahnt hatte, wurde zur Wirklichkeit. Und zur Bedrohung! Das durfte alles nicht wahr sein!

»Hinrichsens Pilot hat dich zufällig angemacht? Sabrina, wie doof bist du eigentlich?«

Der Dicke, von dem Gottfried gesprochen hatte! Ihr Gefühl in der Airport Bar kurz vor ihrem Abflug in Kapstadt hatte sie nicht getrogen: das Gefühl, ihn schon einmal gesehen zu haben. Wenn auch nur aus der Ferne.

Die Schrift im Display erlosch, gleichzeitig ebbte das Duschgeräusch ab. Sie entfernte sich rasch von ihrer verräterischen Position und merkte, wie ihr Herz raste, doch es war eine ganz andere Frequenz als noch vor wenigen Minuten auf dem Bett.

»Verdammt!«, dachte sie. »Ich bin diesen Schweinen direkt in die Falle gegangen und auf ihren Lockvogel hereingefallen!« Wie immer in Momenten, die für sie heftig oder bedrohlich waren, behielten bei ihr Vernunft und Kampfgeist die Oberhand.

»Du musst funktionieren«, sagte sie zu sich selbst. »Da kommst du sonst nicht raus! Der Busch hat gereicht, dieses Mal musst DU schneller sein!«

Sabrina starrte auf das dunkle Smartphone. Sie kannte das Modell. Wenn sie Glück hatte, konnte sie es per Schnellzugriff entsperren. Sie lauschte und nahm erleichtert wahr, dass die Dusche erneut lief. Im selben Moment hatte sie das Handy in der Hand und drückte mit zitterndem Finger den Homebutton, um das Display zu aktivieren. Sie überflog die Whats-App noch einmal und las den Namen des Absenders. Der letzte Beweis!

Dierk Hinrichsen! General Manager der World Luxury Hotels. Ihr Boss! Er hatte sich während ihrer Zeit in Kapstadt nie im Hotel sehen lassen. Er – so viel wusste man von ihm – verbrachte seine Zeit lieber damit, bei gesellschaftlichen Veranstaltungen Kontakte zur Oberschicht zu pflegen. Seine Hotels ließ er von international erfahrenen Direktoren führen, die er gut bezahlte, damit sie ihm den Rücken freihielten.

Und sie war »Chef de Cuisine« in einem seiner Hotels. In dessen Hinterhof man sie überwältigt hatte. Sie wischte, ohne zu überlegen, nach links und bekam die Option »entfernen« angezeigt. »Nachricht gelöscht.«

Rasch und in höchstem Maße konzentriert brachte sie das iPhone wieder in den Urzustand und ließ sich paralysiert auf das Bett sinken. Was jetzt? Abhauen? Sie zögerte. Noch war Tom im Bad. Nein! Damit würde sie sich verraten. Es war zwar riskant, aber sie musste sein Spiel mitspielen und hoffen, dass ihr hier und jetzt nicht das Gleiche blühte wie drei Tage zuvor im Busch. Sie hatte Mühe, einen klaren Gedanken zu fassen.

Würde es ihr gelingen, Tom so lange abzulenken, bis er mit seiner Maschine abhob? Dann wäre sie zumindest vor ihm in Sicherheit und könnte erst mal untertauchen. Was aber, wenn er bis dahin noch ganz andere Pläne mit ihr hatte? Die wildesten Szenarien spukten ihr durch den Kopf.

Wie skrupellos war er? Der gemeinsame Flug, das Essen in Menzenschwand, die gemeinsame Nacht – alles akribisch geplant! Dieser Typ war ganz gezielt vorgegangen und niederträchtig genug gewesen, sie mit einer leidenschaftlichen Nacht gefügig zu machen.

Die Erkenntnis war mehr als schockierend, und sie musste sich eingestehen, dass sie Tom entgegen ihrer sonstigen Gewohnheiten sehr nah an sich herangelassen hatte. Sich ihm nicht nur nackt, sondern auch von ihrer ganz ungeschminkten Seite zu zeigen, auf dem besten Weg, sich fallen zu lassen, sich ihm anzuvertrauen! Sich sogar in ihn zu verlieben?

Oder war sie das bereits? Verliebt in einen Falschspieler? Vielleicht sogar in einen Verbrecher? Ihr Magen schnürte sich zusammen. In ihr vermischten sich Fassungslosigkeit, Angst und Zorn. Letzterer sorgte dafür, dass der Kampfgeist die Oberhand behielt.

Tom kam aus dem Badezimmer. »Frühstück?«

Sie nickte und lächelte verkrampft, mit festem Griff hielt sie ihre Handtasche wie einen Schutzschild an sich gedrückt und stand auf, um ihm zu folgen. Sie durfte sich jetzt keinen Fehler erlauben.

Das war ihre einzige Chance.

✳

Eine knappe Stunde später saß sie in der kleinen Halle und wartete auf Tom. Das Frühstück war ihr wie ein Albtraum erschienen, aber sie hatte funktioniert, ihm erklärt, dass sie nie frühstückte, und hatte statt des Kaffees einen beruhigenden Tee getrunken. Ihre Einsilbigkeit hatte sie mit einem gespielt traurigen Lächeln auf den bevorstehenden Abschied geschoben.

Es war ihr klar geworden, dass die heiße Spur, nach der sie bisher so lange vergebens gesucht hatte, neben ihr saß, ja in der Nacht neben ihr gelegen hatte. Toms Einladung, ihn auf seinem Weiterflug zu begleiten, hatte sie ausgeschlagen und ihm glaubhaft vorgespielt, dass sie Zeit für sich brauchte.

Was, wenn er gleich gar nicht mit ihr bis Donaueschingen fuhr? Die Einsamkeit des Schwarzwalds hier in diesem Tal bot ganz andere Möglichkeiten. Sie erschauderte bei dem düsteren Gedanken und sah im selben Moment Gottfried hinter seiner kleinen Rezeption auftauchen.

Sie nutzte die Chance, um ihm die Frage zu stellen, die sie seit ihrem ersten Gespräch bewegte: »Dieser Dicke, von dem du mir erzählt hast, kannst du mir den noch etwas näher beschreiben? Weißt du, wie er heißt?«

Gottfried schüttelte den Kopf. »Ich hab mir seinen Namen nicht gemerkt. Aber wart mal! Doch, da fällt mir was ein. Dieses dauernde Fingerknacken.«

Sabrina erstarrte. Die Geräusche im Hinterhof! War bis gerade noch immer ein Irrtum, ein Zufall möglich gewesen, so schien jetzt der letzte Zweifel erloschen. Dierk Hinrichsen musste der Mann sein, den sie suchte!

»Mädle, arg glücklich siehst du aber nicht aus. Ist irgendwas?«, fragte Gottfried prompt.

Sie schüttelte den Kopf.

»Sicher?« Gottfried ließ sich nicht beirren, noch mal nachzuhaken. »Irgendwas wegen Tom«?

»Ja … nein … Bitte, ich möchte nicht darüber reden, sorry. Ich bin einfach nicht gut drauf.« Sie konnte das Zittern in ihrer Stimme nicht vermeiden.

»Okay, akzeptiert. Nur ein Rat von mir: Gib ihm eine Chance, er ist wirklich ein klasse Typ.«

»Toll! Klasse Typ! Dein Kumpel ist ein Falschspieler und ein Heuchler dazu«, dachte sie, doch sie sagte stattdessen kurz angebunden und ohne einen fast patzigen Unterton zu vertuschen: »Danke, sehr fürsorglich.«

Gottfried verschwand achselzuckend wieder in der Küche. »Und an deiner Menschenkenntnis solltest du dringend arbeiten!«, zischte sie ihm unhörbar hinterher.

»Alles okay? Können wir?« Tom stand, beladen mit seinem kompletten Gepäck, vor ihr, und Sabrina gelang es erstaunlich gut, umgehend ein wehmütiges Lächeln aufzulegen.

»Hast du dich schon von Gottfried verabschiedet?«

»Ja, er war vorher hier. Wir haben noch nett geplaudert und über gestern gelacht. Aber ich glaube, er musste dringend weg.«

Sie hatte nicht bemerkt, dass dem Hirschenwirt hinter der nur angelehnten Küchentür weder ihre umgehend veränderte

Stimmung noch ihre Ausflüchte entgingen. Er schüttelte den Kopf und war sich mehr als sicher, dass hier irgendetwas nicht stimmen konnte.

Die Fahrt zurück nach Donaueschingen verlief unspektakulär. Kein Abbiegen in einen Seitenpfad in der abgelegenen Schwarzwaldregion, nichts Verdächtiges an Toms Verhalten. Das Wiedersehen schien ihm am Herzen zu liegen, und Sabrina registrierte mit einem mulmigen Gefühl die Dreistigkeit, mit der er mehrmals seine Hand auf ihren Oberschenkel legte.

»Ich melde mich, versprochen«, hörte sie sich sagen, während seine streichelnden Finger ihr eine unangenehme Gänsehaut verursachten.

»Sabrina, sehen wir uns wieder?«

Sie spürte den Zorn in ihren Gedanken: »Ja, aber nicht so, wie du denkst! Ich werde dir schon zeigen, WEN du versucht hast, um den Finger zu wickeln, und dass du am Ende MIR auf den Leim gegangen bist, und nicht umgekehrt, du Arsch!« Die Hoffnung keimte in ihr, dass ER sie unbewusst zum Kopf derjenigen führen konnte, die es auf *Hoopengeluk* abgesehen hatten.

»Natürlich werden wir das«, sagte sie. Sie würde darüber nachdenken, wenn sie heute an ihrem Ziel war. Der *Conradshof*. Isabels Heimat.

Sabrina lenkte den weißen Jeep Compass geschickt über die Schwarzwaldstraßen und hatte mit jedem Kilometer mehr das Gefühl, durchatmen zu können. Sie war erleichtert, endlich allein zu sein, und dachte an die aufgesetzte Abschiedsszene vor wenigen Minuten. Vor dem kleinen Flughafenhotel hatte Tom den Motor ausgemacht und sich zu ihr herübergebeugt, um sie zu küssen.

»Küss ihn, als ob du ihn nicht gehen lassen willst«, hatte sie sich befohlen. »Jetzt gilt's! Und dann soll er sich verpissen!«

Sie hatte den Kuss, der ihr unter anderen Umständen den Atem geraubt hätte, mit größtem schauspielerischem Talent gemeistert. Dabei hatte sie bewusst die Augen offen gelassen und fast damit gerechnet, dass irgendwelche Komplizen von ihm auftauchen und sie aus dem Auto zerren würden.

Tom hatte ihr den Autoschlüssel in die Hand gedrückt und ihr kurz die Modalitäten des Vermieters erklärt: »Entweder du gibst den Wagen irgendwo ab, wenn du ihn nicht mehr brauchst, oder – noch besser – ich gebe dir Bescheid, sobald ich zurück bin, und du holst mich damit wieder ab? Ich muss … leider, Sabrina.«

Sie hatte beschlossen, sein Angebot anzunehmen, und ihre Abneigung gegen Abschiednehmen vorgeschoben, um ihm möglichst schnell und unbeschadet zu entkommen.

»Können wir uns bitte hier verabschieden?«, hatte sie theatralisch gejammert und noch ein weiteres, flehendes »Bitte« hinzugefügt. Schließlich ein letzter, gefühlt endloser Kuss und ein paar in sein Ohr geflüsterte Floskeln wie »Pass bitte auf dich auf« … »Danke für die schöne Zeit« … »Es war wunderschön.«

Bevor sie voneinander abgelassen hatten, hielt er ihr Gesicht in seinen Händen, schaute sie an, und seine Worte »Bitte melde dich« waren ihr täuschend echt vorgekommen.

»Versprochen!«, hatte sie nur gesagt, war beim Wagen zurückgeblieben, bis sie sicher war, dass er seine Cessna erreicht hatte. Er hatte sich noch einmal umgedreht, ihr einen Flugkuss zugeworfen und gelächelt.

»Und jetzt bitte, bitte nur noch weg von hier! Schnell!«

Sie hatte mit ein paar Handgriffen ihr Handy mit der Freisprecheinrichtung gekoppelt und die Nummer des *Conradshofs* gewählt. Niemand würde sie dort vermuten. Auch nicht Tom.

Dachte sie.

✶

»Hattest du einen guten Flug?«, fragte er.

Der andere nickte. »Und du? Etwas von dieser Köchin gehört?«

»Nein. Hatte die Hoffnung, dass Tom sie vielleicht erwischt. Aber er hat nicht mal auf meine WhatsApp reagiert. Er kommt mit der Cessna nach Frankfurt und fliegt uns nach Stuttgart.«

»Und von dort geht's in den Schwarzwald. Kräuter suchen.«

»Woher kennst du dich da so gut aus?«

»Weil ich im Schwarzwald aufgewachsen bin.«

»Den Bärlauch bekommst du übrigens in Zavelstein. Das habe ich schon geregelt. Und deinen ›Spargel‹ …?« Er kicherte, und es klang wie das geifernde Lachen einer Hexe.

»Den steche ich selbst, keine Sorge!«

TOM

Isabels kleines Hotel im Nordschwarzwald und die Stätte ihrer ersten Ausbildung als junge Köchin erschien Sabrina die einzige passende Zuflucht.

Der kleine Ort auf dem Hochplateau zwischen Murg- und Nagoldtal lag abgeschieden genug, um sich in Sicherheit zu fühlen, und die offiziellen Betriebsferien des kleinen Hotels machten es für Sabrina zu einer willkommenen Oase der Einsamkeit.

»Bleib, solange du magst«, hatte Carla, Isabels Mutter, ihr angeboten, »du kennst dich ja aus. Die Zimmer sind alle leer, du hast freie Auswahl.« Sabrina wusste, dass die Zimmer in den drei Stockwerken keine Nummern hatten, sondern nach Bäumen, Vögeln und anderen Bewohnern des Schwarzwalds benannt waren, und hatte sich für »Hase« im abgelegenen dritten Stock entschieden, direkt an der Treppe – aus reiner Vorsicht.

Sie hatte Carla den Grund ihres Aufenthaltes in Deutschland nur vage geschildert, um sie nicht in zusätzliche Sorge um ihre Tochter zu versetzen. Isabel hatte sich weder bei ihr noch bei ihrer Mutter gemeldet, außer nach ihrer Landung vom Flughafen aus.

»Seither habe ich nichts mehr von ihr gehört, und das, obwohl ich ihr gedroht habe, persönlich in Kapstadt aufzutauchen«, versuchte Carla zu scherzen, doch in ihrer Stimme schwang Besorgnis mit.

Sabrina versuchte, dem Ernst noch eine heitere Note zu verschaffen, und wunderte sich selbst über die Ruhe, die ihre Worte ausstrahlten: »Zunächst ist sie ja mal gut angekommen, dafür habe ich persönlich noch vor meiner Abreise gesorgt. Und wir kennen sie doch beide – wahrscheinlich sitzt sie gerade irgendwo zwischen den Reben und genießt ein Glas Wein. Oder sie klappert in der Küche schon mit den Töpfen.«

Isabels Mutter schien dadurch etwas beruhigt zu sein, im Gegensatz zu Sabrina, der die Situation immer weniger gefiel.

✳

Belinda saß in der Abendsonne vor ihrer Unterkunft, als sie Isabel auf einem der Wege entdeckte.

»Spaziergang?«, rief sie und winkte ihr zu. »Was dagegen, wenn ich dich begleite, Belle?«

Sie kamen an einer entwurzelten Eiche vorbei, deren Stamm wie eine Bank einladend am Weg lag. Die letzten Strahlen der untergehenden Sonne ließen das Holz mattrot leuchten. Belinda setzte sich, und Isabel nahm schweigend neben ihr Platz.

»Hast du dein Handy gefunden?«, fragte Belinda locker und merkte an Isabels Blick, dass ihr die Frage unangenehm war.

»Nein. Es ist verschwunden, seit ich in Südafrika bin«, gestand sie schließlich. Belinda horchte auf.

»Ich kann nicht mal meine Mutter anrufen, die macht sich bestimmt die größten Sorgen.«

»Du kannst mit meinem iPhone telefonieren. Magst du gleich?«

Isabel nickte dankbar.

✳

Das digitale »Schwarzwald« des pinkfarbigen Kuckucks tönte elf Mal. Je mehr Zeit verstrich, desto unruhiger wurde Sabrina, nicht nur, weil sie sich Sorgen um ihre Freundin machte, sondern weil sie faktisch keinen Millimeter weiterkam.

Die Gala kam näher, und die Zeit saß ihr immer mehr im Nacken. Obwohl ihr nicht wirklich danach war, rief sie schließlich Richie an. Da er von Tom bisher nichts mitbekommen hatte, würde sie nicht in die Verlegenheit kommen, ihm irgendwelche Lügen auftischen zu müssen. Sie würde Menzenschwand aussparen, und Tom war ihr nie »passiert«.

Und doch plagten sie Zweifel. Richie kannte Hinrichsen als Abnehmer seiner Straußenfilets. Was, wenn er auch seinen Piloten Tom kannte? Was, wenn sie miteinander redeten? Über sie?

Es war ihr außerdem bewusst, dass sie ihn betrogen hatte. Eiskalt. Untreu und undankbar war sie gewesen, dabei hatte er ihr nicht nur bei ihrer Flucht aus Kapstadt geholfen, sondern sich auch bereit erklärt, Isabel einen reibungslosen Start zu ermöglichen und den anderen Beteiligten ihr plötzliches Auftauchen auf *Hoopengeluk* plausibel zu erklären.

Richie schien äußerst erfreut über ihren Anruf, und sie spielte, um seinen Fragen und Bedenken vorzubeugen, die ganze Geschichte herunter und ging sogar so weit, ihm, was ihren Verdacht anging, einen möglichen Irrtum einzugestehen.

Schließlich fragte sie nach Isabel, und Richie erzählte ihr frei heraus, dass ihre Vertretung dabei sei, sich hervorragend einzuleben, ihre Wirkungsstätte zu erkunden und sie sich mit den beteiligten Personen bestens verstehe. Sabrina atmete zwar auf, bat Richie aber, Isabel dringend an einen Rückruf zu erinnern.

»Mach ich, falls ich sie mal wieder zu Gesicht bekomme. Und du lass mich wissen, wann ich dich wieder vom Flughafen abholen darf«, fügte er noch an.

»Vermisst du mich etwa?«, fragte sie unüberlegt und versuchte noch, die Frage wie eine lapidare und witzige Stichelei klingen zu lassen. Doch seine Antwort verbesserte ihre Stimmung keineswegs: »Ja. Du mich etwa nicht?«

Sie schwieg. Damit hatte sie nicht gerechnet.

Nachdem sie Carla mit den Informationen von Richie beruhigt hatte, holte sie sich an der Theke einen Milchkaffee, zog sich auf einen der Liegestühle vor den beiden Blockhütten am Naturschwimmteich zurück, und die Bilder ihrer gemeinsamen Zeit mit Tom umkreisten sie in der wärmenden Frühlingssonne von allen Seiten: Sie flogen in seiner Maschine, sie fuhren zusammen im Jeep Compass durch den Schwarzwald, sie aßen zu zweit im Hirschen und schliefen miteinander. Das Schlimmste dabei aber war, dass er ihr das Gefühl gegeben hatte, ihre Gegenwart zu genießen und sie zu begehren.

Genauso naiv, wie sie Tom ins Netz gegangen war, hatte sie sich eingebildet, dass sie im Schwarzwald eine Rettungsmöglichkeit für die Gala einfach aus dem Nichts heraus ansprang. Sie war an ihre Grenzen gekommen, und es missfiel ihr, das zuzugeben.

Was hatte sie vorzuweisen? Nichts, außer einer überstürzten Flucht und ein zerrissenes Gefühlsleben. Den einen betrogen und vom andern hintergangen! »Toll, Sabrina!«

Doch es gab keinen Weg zurück. Wenn man sie schon in den Busch geschleppt hatte, um sie auszuschalten, würde man ihr jetzt ganz sicher keinen roten Teppich ausrollen, wenn sie erneut am Kap auftauchte.

Es bleibt dir nichts anderes übrig, als weiterzumachen, und zwar genau hier! »Den Kopf in den Sand stecken, das können Richies Riesenvögel vielleicht, aber nicht du!«

Es war später Abend, als Isabel ihre Mutter erreichte. Sie hatte sich auf einen Felsbrocken vor ihrer Unterkunft gesetzt, drinnen gab es keinen Empfang.

Sie berichtete kurz von ihrer Arbeit und erzählte etwas vom schlechten Netz hier oben im Hinterland von Kapstadt, um ihre Mutter zu beruhigen.

»Was ist das für eine Nummer, von der du hier anrufst?«

»Das ist das Handy einer Freundin. Sie hat so eine Prepaid Phone Card, das ist günstiger«, log sie. »Auch wenn du mich erreichen musst, ruf diese Nummer an. Aber nur im Notfall, bitte.« Sie brach ab, als sie im Augenwinkel eine Bewegung bei einer der Hütten wahrnahm.

»Isabel, bist du noch dran?«

Isabel hatte das iPhone vom Ohr genommen.

»Ich muss aufhören!«, zischte sie und beendete den Anruf.

Wie ein Geist war die Gestalt unter den Akazien aufgetaucht. War es Bushman gewesen? Schnell ließ sie das iPhone in einer Tasche verschwinden.

Oh mein Gott, dachte sie, wenn der gesehen hat, dass ich ein Handy habe?

✳

Sosehr Sabrina sich Mühe gab, alles noch einmal gewissenhaft Punkt für Punkt zu überdenken, kam sie zu keiner Erkenntnis, die sie wirklich weiterbrachte.

Punkt eins: Hinrichsen war eindeutig einer der Strippenzieher.

Punkt zwei: Er musste im Schwarzwald Komplizen haben, und die galt es zu finden.

Punkt drei: Solange Isabel sich nicht bei ihr meldete, kam sie nicht an weitere Puzzleteile aus Südafrika.

Punkt vier: Ihr blieb nur der Weg über Tom.

Genau da spürte sie wieder diesen Stich im Herzen. Er hatte sie für seine Zwecke missbraucht, im schlimmsten Fall steckte er sogar mit Hinrichsen unter einer Decke. Was also blieb ihr übrig? Sie musste Tom gegenüber weiterhin die Unwissende spielen, um so über ihn an Informationen zu kommen. Ihre einzige Chance war, sich aus der Ferne zum Lebendköder zu machen, und dazu musste sie ihm, wie vor seinem Abflug versprochen, ihre deutsche Nummer mitteilen.

Ihr iPhone verfügte über eine Dual-SIM-Funktion. Ihre zweite Card ließ sich online aufladen, und die Nummer der Prepaid-Karte kannte keiner. Vorsicht allein genügte diesmal nicht, und sie hatte sich geschworen, nicht erneut leichtfertig zu sein. Doch konnte das gut gehen? Toms Nähe zu Hinrichsen machte die Sache mehr als brisant. Sobald sie aufflog, wäre sie beiden schutzlos ausgeliefert. Nicht auszudenken, was sie mit ihr anstellen würden!

Du solltest jetzt einen Joker ziehen können, dachte sie.

✳

»Du hast deine Mutter erreicht?«, fragte Belinda, als sie sich am Morgen in der Küche trafen.

»Ja«, strahlte Isabel, »alles in Ordnung daheim. Aber ich musste abbrechen. Plötzlich tauchte jemand unter den Bäumen auf, und ich hatte Sorge, dass mich Bushman erwischt.«

»Aber jetzt weiß sie wenigstens, dass es dir gut geht.«

»Trotzdem muss ich unbedingt versuchen, sie nochmals zu erreichen. Ich brauche Sabrinas Nummer. Ich muss wissen, was hier los ist!«

»Dann behalte doch einfach mein Handy in den nächsten Tagen, bis deines wieder auftaucht. Mein Boss hat mich gefeuert, und der einzige Typ, der mich noch anrufen würde, ist raus.«

Und Oma kriegt statt ner SMS ne Postkarte, ergänzte Tinker.

»Hi, Tom, hier nun meine aktuelle Handynummer. Denke viel an Menzenschwand, glg Sabrina.«

Sie las die Nachricht ungefähr zehnmal durch. Klang sie »unwissend« genug? Würde sie damit auch tatsächlich keinen Verdacht bei ihm wecken? Nur »Blabla« und keine Information, war ihre Devise. Sie konnte sich keine weiteren Fehler mehr erlauben. Bevor sie die Nachricht abschickte, ergänzte sie noch die beiden Fragen: »Wo steckst du?« und »Alles roger bei dir?« Nicht zu fragen, wo er war, würde Desinteresse bedeuten. Auch er würde wissen wollen, wo sie steckte, und sie fügte vorsorglich »Bin bei einer Freundin« hinzu. »Versendet«, signalisierte ihr Display. Keine zehn Minuten später blinkte ihr iPhone und meldete eine Nachricht auf der zweiten SIM-Karte. Tom!

»Hi, Sabrina, bin froh, von dir zu hören. Bin in Frankfurt. Miss U! Tom.«

Ein Glück, er will nicht wissen, wo du steckst. Sie schaltete vorsorglich die zweite Karte in den Off-Modus. Tom schien sein Spiel offensichtlich eiskalt weiterzuspielen. »*Miss U!* Von wegen!«, schäumte Sabrina vor Zorn. Sie sah ihn bildlich vor sich, hörte, wie diese Worte von ihm klingen mussten: glaubhaft und – das hatte er bewiesen – voll Zuneigung und Wärme in der Stimme.

Es war nicht ungewöhnlich in solchen Situationen, dass sie Selbstgespräche führte: »Man sieht sich immer zweimal im Leben ...«

Der Gedanke an einen Joker ließ sie nicht los.

✳

Die beiden Frauen waren allein am Teich. Bushman hatte Henning im Land Cruiser zu Richie gefahren, wo er ihm bei einem Problem an seinem Damm helfen wollte.

»Ich glaube nicht, dass mein Handy noch mal auftaucht«, sagte Isabel. »Zuerst dachte ich ja auch, dass ich es am Flughafen nur verloren habe, aber seit diesem seltsamen Anruf im *Ouplaas* weiß ich, dass man es mir weggenommen hat.«

Isabel blickte sich vorsichtig um, und als sie sicher war, von niemandem gehört zu werden, eröffnete sie Belinda, was sie wusste.

»Sie haben dir gedroht?«, hakte Belinda nach.

»Ja. Kein Wort zu niemandem, sagten sie. Darum habe ich dir nie etwas gesagt.«

»Sie haben dir dein Handy weggenommen und dich eingeschüchtert. Aber dann müssen sie doch wissen, wer du bist und dass du von Sabrina instruiert wurdest.«

»Sicher wissen sie das. Ich soll vor allem nicht mit Sabrina telefonieren. Bushman observiert mich Tag und Nacht.«

Belinda schüttelte den Kopf.

»Du meinst, er könnte auch dein Handy haben?«

»Wer weiß.« Isabel brach ab. »Kaum spricht man vom Teufel«, flüsterte sie. »Er ist wie ein Phantom.«

»Ich dachte, sie sind bei Richie?«

»Richie«, dachte Isabel, »über den sollten wir uns auch noch unterhalten ...«

✳

Sabrina blickte auf die grünlich schimmernde Oberfläche des Naturschwimmteichs, der von leuchtend gelb blühenden Schwertlilien eingerahmt war. Sie beobachtete eine kleine Libel-

le, die sich auf den warmen Holzbohlen der Liegeterrasse niedergelassen und einen bunten Schmetterling überwältigt hatte.

»Du hattest wohl auch niemanden, der dir geholfen hat«,
sinnierte sie beim Anblick der matten Flügel des zappelnden
Falters. Wieder kam ihr Gottfried in den Sinn. Mehrmals schon
hatte sie erwogen, den Hirschenwirt einfach anzurufen. Irgendwie hatte sie Vertrauen zu ihm, obwohl er Tom und Hinrichsen kannte. Ob er eine Idee hatte?

Eine Bewegung am Teich lenkte sie von ihren Gedanken
ab. Ein schwarzgrauer Vogel, vermutlich eine Bachstelze, hatte die Libelle gepackt und flog mit ihr im Schnabel davon. Der
Schmetterling blieb leblos auf den Bohlen zurück.

Mit ein paar wenigen Aktionen hatte sie über ihr iPhone
Gottfrieds Nummer herausgefunden und hörte nur wenig später ein Freizeichen.

»Sabrina hier. Hallo, Gottfried. Du erinnerst dich?«

»Ja, natürlich. Sabrina, schön dich zu hören. Wo steckt ihr?
Geht es euch gut? Braucht ihr ein Zimmer?«

Sabrina atmete erleichtert auf. Gottfried schien nicht zu wissen, dass sich ihre Wege getrennt hatten.

»Vielleicht«, antwortete sie und versuchte, nicht zu drama-
tisch zu klingen. »Aber ich glaube, vorher brauche ich einen
Rat.«

Sie verabredeten sich für den nächsten Tag um zehn Uhr
im *Conradshof*, und Sabrina fügte nur noch einen Satz an, bevor sie das Gespräch beendete: »Es soll eine Überraschung sein,
bitte kein Wort, zu niemandem, okay?«

Als sie ihr iPhone zuklappte, fiel ihr Blick auf die Stelle, wo
grade noch der leblose Schmetterling gelegen hatte. Sie nahm
eine Bewegung auf einer der gelben Irisblüten wahr und erkannte den Falter, der seine bunten Flügel auf der Schwertli-
lie ausgebreitet hatte.

»Du hattest wohl auch jemanden, der dir geholfen hat …«

Und sie wusste mit einem Mal, wer ihr Joker sein konnte.

✶

Isabel hatte erneut den Abend abgewartet, um zu telefonieren. Erst als in Bushmans Hütte das Licht ausging, rief sie an. Es gelang ihr mit Mühe, die Neugier ihrer Mutter wegen des abgebrochenen Anrufs zu zügeln.

»Nein, es ist alles okay hier, aber ich habe unheimlich viel zu tun. Mama, ich muss dringend Sabrina erreichen und habe aus Versehen ihre Nummer gelöscht.«

»Sabrina? Na, das ist jetzt aber ein Zufall. Stell dir vor, die ist grade hier und hat ein paarmal nach dir gefragt.«

»Sie ist im *Conradshof*?«, fragte Isabel überrascht. »Hast du zufällig ihren Kontakt?«

»Ihre Handynummer? Ja, sie hat sie mir gegeben. Warte …«

Zwei Minuten später hatte sich Isabel die Nummer Sabrinas auf einem Zettel notiert und verabschiedete sich von ihrer Mutter.

✶

Sabrina hatte schlecht geschlafen. Zu viele Fragmente, die sie einfach nicht zusammenfügen konnte, spukten ihr im Kopf herum. Isabel hatte sich immer noch nicht gemeldet.

Jetzt saß sie mit einer Tasse Milchkaffee in einer der massiven Holzsitzgruppen vor dem *Conradshof*, als Gottfrieds Auto auf den kleinen Parkplatz einbog. Kurz darauf hatten sie sich mit zwei Gläsern Weißburgunder in den gemütlichen Rattansesseln vor den Blockhütten niedergelassen.

»Es geht um Tom«, begann Sabrina. »Er ist in Frankfurt, mit seinem Boss. Du hast an diesem Morgen im Hirschen meine … na ja, meine seltsame Stimmung bemerkt«, fuhr sie fort.

»Das ist sehr salopp ausgedrückt. Das waren zwei komplett unterschiedliche Frauen, die Sabrina am Abend und die am Morgen.«

»Hat Tom dir denn erzählt, woher wir uns kennen?«

»Nein.«

Sie schilderte ihm in wenigen Worten ihre Begegnung auf dem Flug und ihr Näherkommen in den Stunden darauf. Sie beschloss, alles auf eine Karte zu setzen:

»Toms Boss Hinrichsen ist auch mein Boss. Seinetwegen bin ich aus Südafrika geflohen.«

Jetzt musste sie Farbe bekennen, und Gottfried hörte konzentriert zu.

»Tom hat mich angelogen. Ich weiß das, seit ich zufällig eine Nachricht auf seinem Handy entdeckte. In der Nachricht ging es um mich. Tom hat mich nicht zufällig kennengelernt. Man hat ihn gezielt auf mich angesetzt, und ich bin auf ihn hereingefallen!«

Sabrina nutzte Gottfrieds Stirnrunzeln und bescherte ihm mit dem Rest der Geschichte ein ungläubiges Kopfschütteln. Als sie geendet hatte, nahm sie einen großen Schluck aus ihrem Glas.

»Tom steckt mit Hinrichsen unter einer Decke, und ich war nicht unbeschwert in seinen Armen, wie es an jenem Abend den Anschein hatte, sondern ein weiteres Mal in Gefahr, wie schon damals im Busch, verstehst du? Genau das habe ich an diesem Morgen herausgefunden, an dem du diese andere Sabrina erlebt hast!«

Sie holte tief Luft und fühlte sich leichter.

Gottfried schwieg. Sein Blick fokussierte einen Punkt am Horizont, er fischte sich eine Zigarre aus dem Etui, das er auf dem Tisch liegen hatte, zündete sie paffend an und dachte nach. Der Mann schien die Ruhe in Person.

»Weiß Tom, dass du das weißt?«, fragte er, während er Zigarrenrauch in kleinen Wolken in die Luft blies.

»Nein. Dann hätte ich das nächste Problem.«

Gottfried nickte. Plötzlich huschte der Anflug eines Schmunzelns über seine schmalen Lippen, und in seinen Augen war ein verschmitztes Blinzeln zu erkennen.

»Du weißt es wahrscheinlich nicht, aber ich war bei den Fallschirmjägern.«

»Ach Gott«, dachte Sabrina, »jetzt bitte keine Abenteuergeschichten.« Das war das Letzte, was sie jetzt noch brauchen konnte.

»Einer der Kameraden aus meiner Kompanie musste nach einem Unfall seine Dienstzeit als Fahrer für Schwerlasttransporter fortsetzen. Als sein Militärdienst vor zwei Jahren zu Ende war, fiel dem Detlef die Decke auf den Kopf, und er suchte einen Job. Und jetzt pass auf, Mädle!« Gottfried zog genussvoll an seiner Zigarre und blickte gedankenverloren der Rauchwolke nach. »Ich wusste damals von Tom, dass sein Boss einen Fahrer suchte.«

Gottfried legte nach. »Der Kotzbrocken.«

»Und jetzt sag nicht, dass … dieser … Detlef … als Fahrer für Hinrichsen arbeitet?«

»Sein persönlicher Chauffeur. Und falls es dich beruhigt, Detlef Tanner und sein derzeitiger Chef sind nicht gerade das, was man gute Freunde nennt. Wenn du also zu Tom grade kein besonders großes Vertrauen mehr hast – wobei ich nach wie vor meine Hand für ihn ins Feuer lege –, dann ruf ich jetzt Detlef an.«

Sabrina holte tief Luft und überlegte.

»Was ist er für ein Mensch? Ich meine, wie gut kennst du ihn?«

»Detlef? Gut genug, um dich ihm anzuvertrauen, wenn dir das genügt.«

»Ruf ihn an!«, sagte Sabrina und hatte das Gefühl, ihren Joker gezogen zu haben.

✷

Am Morgen erblickte Isabel Belinda unten am Zaun, der das Weingut und die Straußenfarm voneinander trennte, und brachte ihr das iPhone zurück.

»Brauchst du es nicht mehr?«, fragte Belinda im Plauderton.

»Einmal noch«, antwortete Isabel. »Ich hab jetzt Sabrinas Nummer wieder.«

»Genial!«

»Meinst du, ich könnte dein Handy heute Nacht noch mal benützen? Ich möchte warten, bis hier alle schlafen.«

»Behalt es bis morgen oder bring es mir zurück, nachdem du telefoniert hast. Ich bin eine Nachteule, solange du Licht siehst, bin ich wach.«

✷

Sabrina sah aus dem Fenster auf die weiten Wiesen des Hochplateaus hinaus, die sich bis zu den ausgedehnten Wäldern am
Horizont erstreckten, und hoffte, nicht den nächsten Fehler zu
begehen. Sie hatte mit diesem Detlef Tanner telefoniert, seine
Stimme hatte sympathisch geklungen. In zwei Sätzen hatte sie
ihm geschildert, wer sie war, und ihn unverblümt auf Hinrichsen angesprochen.

»Gottfried berichtete mir, dass Sie mir vielleicht ein paar
Auskünfte über ihn geben könnten«, hatte sie gesagt, um
dann zu improvisieren: »Ich arbeite als Köchin in einem seiner Hotels in Kapstadt und habe die Verantwortung für eine
Gala. Ich darf mir keine Fehler erlauben. Ich dachte, wenn
ich genauer wüsste, welche kulinarischen Vorlieben er hat,
wäre das von Vorteil. Nur, Sie müssen verstehen, dass ich
ihn das nicht einfach so fragen kann. Immerhin ist er auch
mein Chef.«

»Hm …« Tanner hatte gezögert. »Er ist in der Tat ein Gourmet. Wenn er in der Gegend ist, fährt er immer in die Genuss-
tempel nach Baiersbronn, Bad Teinach und Baden-Baden. Ich
lege allerdings keinen gesteigerten Wert darauf, mit ihm zu
essen. Hinrichsen und ich … Wir sind … na ja … eben Chef
und Angestellter. Mehr nicht. Und keinesfalls Freunde«, fügte er noch hinzu.

»Das kann ich nachvollziehen. Ich kenne ihn ähnlich«, traute sie sich zu offenbaren. »Es müsste ohnehin unter uns bleiben. Ich möchte auch ungern am Telefon reden, wenn das für
Sie okay ist.«

»Es scheint Ihnen wichtig zu sein«, bemerkte er, »und ich
kann Geheimnisse für mich behalten.«

Sabrina hatte das Lächeln in seiner Stimme wahrgenommen und aufgeatmet.

»Gut.«

»Sie sind im Schwarzwald? Ich kenne da einen Platz, der
ist wie geschaffen für Geheimnisse. Haben Sie Angst vor Ge-
spenstern?«

Sie hatte lachend verneint.

»Na dann, um Mitternacht in Freudenstadt in der *Waldlust*«, hatte er gesagt. »Das ist das einzige Zeitfenster, in dem ich es von Stuttgart in den Schwarzwald und wieder zurück schaffe, ohne dass der Alte was bemerkt.«

Die Art, wie er seinen Boss »der Alte« genannt hatte, ließ sie schmunzeln, und sie hatte zugestimmt.

Nachdem sie das ehemalige Grandhotel *Waldlust* im Netz recherchiert hatte und auf viele sehr widersprüchliche Angaben zu dem *Ort unerlöster Seelen* gestoßen war, kehrten die Zweifel zurück, das Richtige zu tun. Sie hatte Gottfrieds Angebot, sie zu begleiten, ausgeschlagen. Sie musste die Sache durchziehen, und zwar allein, bei allem Misstrauen gegenüber Tom. Detlef Tanner war ihre einzige Chance, und sie würde dieses Mal vorsichtig sein. Sehr vorsichtig …

✳

Isabel wartete bis kurz vor Mitternacht. Die Lichter in den Gebäuden waren aus, und auch vor der Unterkunft Bushmans war das Feuer erloschen. Ein Heer von Zikaden erfüllte die Luft mit schrillem Zirpen, vom Teich her war das Rufen der Glockenfrösche zu hören, und sie war sich sicher, ihre Stimme in dieser nächtlichen Geräuschkulisse tarnen zu können.

Sie wählte Sabrinas Nummer, und es dauerte gefühlt eine Ewigkeit, bis sie leicht verzerrt den seltsamen Ton des Freizeichens im fernen Deutschland hörte. Es kam ihr unendlich lang vor, bis ihr ein atmosphärisches Rascheln signalisierte, dass endlich jemand ranging.

»Hallo?«, hauchte sie nur und hörte nichts weiter als ein verrauschtes Atmen am anderen Ende der Leitung.

»Sabrina?«, flüsterte sie. »Ich bin's, Belle!«

Das Schweigen machte ihr Angst.

✳

Sabrina erreichte Freudenstadt von Süden her und gelangte über eine schmale Anfahrt auf einen kleinen, geschotterten Parkplatz, an dessen Ende die mächtige Front der *Waldlust* mystisch in den

Nachthimmel ragte. Ihr weißer Jeep Compass war das einzige Fahrzeug weit und breit.

Als sie jetzt, klein und verloren, vor der beeindruckenden Fassade mit dem abblätternden Putz stand, fehlte ihr fast der Mut, das sagenumwobene Hotel zu betreten. »Du hast keine Angst«, redete sie sich ein, »das ist nur Nervosität, du machst alles richtig!« Und doch schauderte sie leicht, als sie jetzt auf das in der Nacht unheimlich wirkende Gebäude zutrat.

Zögernd schritt sie über fünf Treppenstufen auf das Portal zu, eine doppelflügelige, einst weiße Holztür, über der sich wie ein Baldachin ein von schweren Balken getragenes Vordach wölbte. Sie presste ihr Gesicht gegen das von geschwungenen goldenen Sprossen durchwobene Glasfenster, erkannte aber im Inneren weder Details noch Bewegungen. Irgendwo schien es eine Lichtquelle zu geben.

Sabrina bemerkte, dass die schwere Tür nur angelehnt war. Vorsichtig schob sie sich durch den Spalt und trat ein. Fahles Licht fiel diffus in den Vorraum, sie erklomm die vier Marmorstufen, stieß die zweite Tür auf und stand an einer schemenhaft beleuchteten Rezeption. Nur wenige Schlüssel hingen am Brett, ein Geruch aus Moder und Muff kam ihr entgegen, vermischt mit dem markanten Duft eines herben Parfüms.

Dem Lichtschein folgend betrat sie einen schmalen Gang, dessen alter Teppichboden ihre Schritte dämpfte, und ihr leise gehauchtes »Hallo?« erschien ihr wie aus einer anderen Welt. Sie kam an der Tür eines alten Aufzugsschachts vorbei und erreichte eine breite Treppe mit matten, metallischen Geländerstäben, die in das nächste Stockwerk führte. Kalt und kahl empfand Sabrina die Relikte des einstigen Glanzes, und ihre Gänsehaut resultierte nicht allein von der Kälte, die das alte Haus durchzog.

»Hallo?«, hauchte sie erneut und spürte, wie ihr das Herz bis zum Hals schlug. Das Vibrieren ihres iPhones erschreckte sie, sie nahm es heraus und starrte auf die unbekannte Nummer auf dem Display.

Mist, dachte sie, wer ruft denn ausgerechnet jetzt an! Sie überlegte, ob sie den Anrufer einfach wegdrücken sollte. Was aber, wenn es dieser Detlef war? Sie lauschte auf Geräusche in ihrer Umgebung und erkannte die Stimme am anderen Ende der Leitung.

✳

Isabel unterdrückte einen Freudenschrei, als sie Sabrina leise »Belle?« raunen hörte. »Sabrina? Endlich!«, flüsterte sie, so laut sie es sich gerade noch traute. »Oh Mann, wie geht's dir?«

»Isabel, hör bitte zu!«, hauchte Sabrina »Ich kann grad nicht telefonieren. Ruf mich morgen an, oder ich dich. Geht das?«

»Ja, schon. Aber bitte auf DER Nummer. Mein Handy ist weg! Und versuch's paarmal, hier ist ein Scheißnetz! Ich probier's bei dir auch.«

»Alles gut bei dir?«, flüsterte Sabrina noch hastig.

»Ja. Wir müssen reden. Ich muss wissen, was hier los ist!«

»Morgen«, zischte Sabrina und erschrak, als sie am Ende des Flurs einen Lichtschein aufblitzen sah. »Ich muss aufhören, sorry!«

»Tschüss!«, sagte Isabel noch, doch Sabrina hatte den Anruf schon beendet.

✳

»Da ist ja das nette Mädle«, hörte sie plötzlich eine Stimme und starrte den langen, von vier Wandleuchtern mit orangen Glühlichtkerzen nur spärlich beleuchteten Gang entlang, an dessen Ende sie einen Taschenlampenstrahl aufblitzen sah.

»Wer sind Sie?«, fragte sie. »Detlef Tanner?«

»Ganz richtig«, antwortete die Stimme. Das blendende Licht näherte sich, dazu Schritte, und schließlich erriet sie die Silhouette eines Mannes.

»Danke, dass Sie sich die Zeit nehmen«, bemerkte Sabrina, nachdem sie sich kurz vorgestellt hatten, »aber verraten Sie mir bitte als Erstes eines: Warum hier in der *Waldlust*?«

»Ich mag diesen Ort«, antwortete Tanner. »Und als Sie sagten, es sei wichtig und geheim, fiel mir das verlassene Hotel ein. Ich kenne keinen geheimnisvolleren Platz. Es gibt dort hinten einen leer stehenden Erker. Etwas ... na ja ... verstaubt, aber dort sind wir sicher ungestört.«

Sie folgte ihm über den langen Gang.

»Hier ist der ehemalige Ballsaal.« Er leuchtete durch eine Türöffnung, hinter der sein Lampenschein undeutlich über Gemäuer und Fenster eines großen Raums zu tanzen schien. »Heute finden dort wieder Events statt, man bekommt die Getränke dann hier links an der alten Hotelbar.«

Detlef Tanner blieb vor einer geöffneten Tür stehen, die in die Nacht zu führen schien, denn er hatte seine Taschenlampe ausgemacht. Nur durch die mit Bretterverschlägen provisorisch geschützten Fensterscheiben fiel spärlich das Licht der nächtlichen Stadt in den Raum. Er knipste eine Funzel auf einem kleinen Tisch an, und sie erkannte altes Geschirr und ein zerschlissenes, grünes Sofa. Dicke Spinnweben hingen von den Wänden, und aus der teilweise aufgerissenen Decke ragten lose hölzerne Dachsparren und verrostete Eisenstangen heraus.

Sabrina hatte wenig Lust, länger als nötig mit diesem fremden Mann allein in einem verlassenen Hotel zu bleiben, noch dazu in einem Raum, in dem jeden Augenblick Frankensteins Monster persönlich zum Leben erwachen konnte. Sie improvisierte noch einmal die Geschichte der Köchin, die unbedingt wissen musste, wie sich Hinrichsen die Gala am Kap vorstellte.

»Hat er irgendwann einmal davon gesprochen? Besonderheiten erwähnt?«

»Ich habe darüber nachgedacht, seit wir telefoniert haben ...« Tanner machte eine Pause. »Ich bekam da vor ein paar Tagen zu dem Thema in der Tat ein ... na ja ... seltsames Telefonat mit. Es war auf der Fahrt von ... warten Sie! Bad Liebenzell ... oder nein! Bad Teinach, ja ... also von Bad Teinach nach Stuttgart ... Da hat er mit jemand aus Südafrika telefoniert, und sie haben sich über das Essen auf dieser Kakerlaken-Gala unterhalten.«

»Sie meinen die *Gala Chakalaka*.«

»Genau«, er lachte unbeholfen. »Es ging um Spargel.«

»Spargel? Sind Sie sicher?«, hakte Sabrina nach. Spargel war nichts Ungewöhnliches in Südafrika, im Gegenteil, wenn Spargel in Deutschland auch außerhalb der Saison zu haben war, kam der oft aus Südafrika.

»Ja, ganz sicher Spargel. Das ist mir deshalb hängen geblieben, weil es um eine ganz besondere Sorte ging.«

Sabrina horchte auf. Aber warum sollte bei der *Gala Chakalaka* ausgerechnet eine ganz besondere Spargelsorte auf den Tisch kommen? In dem von ihr geplanten Menü hatte Spargel keine Rolle gespielt.

»Können Sie sich an den Namen der Spargelsorte erinnern?«, fragte sie.

»Ich dachte, Spargel ist Spargel! Aber so, wie Hinrichsen davon sprach – er sagte ›genial‹! Und ›wow!‹ Und ›da kommt uns keiner drauf!‹ – also so, wie der davon sprach, muss das schon was total Gewinnbringendes sein!« Detlef holte Luft und legte noch nach: »Oder eher was Schmutziges!«

Sabrina hielt den Atem an. Hatte sie nicht gelernt, dass die scharlachroten Beeren des Spargellaubes geringfügig giftig waren?

»Detlef, bitte denken Sie nach. Von welcher Spargelsorte hat Hinrichsen gesprochen?«

»Es war was Lateinisches. Augenblick! Convallaria, das war's!«

»Convallaria?«, fragte sie. »Nie gehört. Und das konnten Sie sich merken?«

»Na klar!« Er lachte laut. »Quatsch! Hinrichsen hat es sich aufgeschrieben, auf einen Notizzettel, während des Telefonats. Ich hab den Zettel später im Wagen gefunden und weggeschmissen. Dabei habe ich das Wort noch mal gelesen. Wie eine Mischung aus ›Kavallerie‹ und ›Malaria‹ mit ›Kon‹ davor. Kon Valaria. So hab ich's mir gemerkt. Als ob ich geahnt hätte, dass ich Sie heute treffe!«

»Mit wem hat er telefoniert?«

Detlef kam nicht zu einer Antwort, denn plötzlich flackerte das Licht, und mit einem Schlag war es stockfinster in dem verlotterten Raum.

»Was soll das?«, rief Sabrina entsetzt. »Bitte machen Sie das Licht wieder an!«

»Ich war das nicht«, entgegnete Detlef. »Das muss ein Kurzschluss sein!«

Sabrina bemerkte einen Luftzug. Ein dumpfer Schlag und ein lautes Poltern ließen sie herumfahren.

»Detlef?«, rief sie mit zittriger Stimme. »Sind Sie das?«

Als er schwieg, wusste Sabrina, dass etwas nicht stimmte. Das nächste Geräusch hörte sie zu spät. Sie spürte den harten Griff um ihre Oberarme, fuhr herum und stemmte sich mit aller Kraft gegen den Angreifer. Sie versuchte, mit den Beinen auszuschlagen, die Ellbogen freizubekommen und ihren Gegner in die Rippen zu stoßen, doch er war ihr an Kraft überlegen und hielt sie wie in einem Schraubstock umklammert. Ihre Schreie verhallten ungehört in der mitternächtlichen Einsamkeit der *Waldlust*. Irgendwie schaffte sie es, eine Hand ihres Gegners durch eine geschickte Drehung ihres Oberkörpers abgleiten zu lassen, für eine Sekunde ließ er ihren Arm los, ihr Ellbogen wurde spitz, und sie versetzte dem Angreifer einen gezielten Schlag in die Magengrube, fast gleichzeitig landete ihr Knie wie der Faustschlag eines Boxers in seinem Unterleib.

Er schrie vor Schmerzen auf, dann hörte sie ihn stöhnen, die andere Hand ließ ihren Arm los, er taumelte zurück und glitt an der Wand zu Boden. Sein »Miststück« kam so gepresst, dass sie darin Detlefs Stimme nicht erkennen konnte,

Sabrina wartete keine Sekunde länger. Wieder war es ihre Fähigkeit, in Ausnahmesituationen zu funktionieren, die sie auch in der dunklen *Waldlust* den Weg zurückfinden ließ, den sie vor wenigen Minuten gekommen war. Die Townships und das Labyrinth der Häuserfluchten Kapstadts hatten sie gelehrt, sich unbekannte Wege einzuprägen, um sich im Zweifel nicht zu verlaufen.

Sabrina hielt sich links. Bewegungsmelder reagierten, die vier Wandleuchter verströmten ihr diffuses Licht. Sie gelangte zu dem stillgelegten Aufzug, verließ den Gang und fand sich im Korridor vor der Rezeption wieder. Die vier Stufen hinter der Schwingtür nahm sie auf einmal, tastete nach dem großen Handlauf an der Ausgangstür, die sich nach innen öffnen ließ, zog einen Flügel zu sich her und schlüpfte hinaus in die Nacht.

Was dann geschah, ging so schnell, dass sie die Einzelheiten später kaum auseinanderhalten konnte. In der vom Schatten des Baldachins verstärkten Dunkelheit unterschätzte sie Höhe und Beschaffenheit der fünf äußeren Treppenstufen, hatte zu zwei Sprüngen angesetzt und landete auf einem wackligen Lichtschachtgitter. Sie knickte um und unterdrückte den stechenden Schmerz im Knöchel.

Mach jetzt bloß nicht schlapp, ermahnte sie sich. Bis zum nahen Auto würde sie es schaffen, auch mit einem verrenkten Fuß.

Sie richtete sich auf und registrierte im selben Moment von hinten erneut einen harten Griff an beiden Oberarmen. Zu Tode erschrocken, weil sie den unheimlichen Angreifer aus dem Erker erneut in ihrem Rücken wähnte, brüllte sie: »Lassen Sie mich los, Detlef!«

Sie vergaß den Schmerz in ihrem Fuß und versuchte, sich durch heftige Drehungen dem Gegner zu entwinden. Doch dieses Mal ließ er ihr keine Chance, ihre Hiebe gingen ins Leere, der Griff wurde fester und ließ sie vor Schmerzen jäh aufjaulen. Sie holte tief Luft und hatte auf einmal wieder jenen herben Geruch in der Nase, der sie schon beim Betreten des Hotels irritiert hatte. Sie nahm alle Kraft zusammen, um sich so weit in Richtung des Angreifers zu drehen, dass sie die Silhouette seines Gesichts erkennen konnte.

In der Sekunde nahm sie den herben Duft verschärft wahr und erkannte fassungslos das Aftershave.

✳

»Sorry, ich habe wohl zu viel telefoniert, der Akku ist leer«, bedauerte Isabel, als sie Belinda kurz nach Mitternacht das iPhone zurückbrachte.

»Du hast Sabrina erreicht?«

»Ja«, strahlte Isabel. »Aber sie hatte leider keine Zeit. Sie hat nur geflüstert. Klang irgendwie sehr … geheimnisvoll.«

»Ich lade das iPhone, dann kannst du's morgen noch mal versuchen.«

Isabel sah in die Nacht hinaus, und ihre Gedanken wanderten zu ihrer Freundin, irgendwo im fernen Schwarzwald …

✳

Sabrina funktionierte auch jetzt. Sie lenkte den Jeep wie in Trance, umklammerte krampfhaft das Lenkrad und vermied es ganz bewusst, auf den Beifahrersitz zu blicken. Ihr Herzrasen nahm sie nur am Rande wahr. Sie war auf »Überlebensmodus« programmiert.

Ihre Gedanken fuhren Karussell, ihre Gefühle Geisterbahn. In ihrer Kehle staute sich bittere Galle, zig Mal hob sie an, etwas zu sagen, zig Mal schluckte sie es hinunter. Doch sie musste ihren Kropf endlich leeren, und ohne den Blick von der Straße abzuwenden, zischte sie: »Du Schwein, was hast du mit mir vor?«

»Fahr auf den Parkplatz!«, herrschte Tom sie an. »Gib mir den Schlüssel und steig aus!«

Sabrina entschied, zu gehorchen, aber sie konnte nicht verhindern, dass kalte Angst in ihr hochkroch. Zweimal schon hatte sie die Gefahr unterschätzt und beide Male Glück gehabt, das wurde ihr mit Schrecken bewusst, doch dieses Mal hatte sie zu hoch gepokert.

An das Auto gelehnt starrte sie auf den Boden, als er ihr gegenübertrat, und spuckte erneut die Frage aus, die bisher unbeantwortet geblieben war: »Was hast du mit mir vor?«

Sie konzentrierte sich darauf, ihre Atmung flach und gleichmäßig zu halten, und beabsichtigte, seiner Antwort mit analytischem Funktionieren und Vernunft zu begegnen. Doch damit hatte sie nicht gerechnet.

»Dich küssen!«

Reflexartig fuhr ihre Hand nach vorn und landete mit einem lauten Knall auf Toms Wange. Das Geräusch dieser perfekt platzierten Ohrfeige zerriss die Stille um sie herum, doch statt einer von ihr erwarteten handgreiflichen Reaktion sagte er nur leise und in ruhigem Ton: »Hör mir zu!«

»Nein!« Ihre hasserfüllte Stimme zerfetzte die Ruhe, die nach dem Hieb in Toms Gesicht eingetreten war. »Ich hätte es wissen müssen! Ich blöde Kuh habe deinem Freund Gottfried vertraut. Aber der hat mich ganz bewusst zu diesem Detlef gelotst. Eine tolle Gelegenheit, mich damit dir und deinem Dreckschef wie ein Stück Fleisch zum Fraß vorzuwerfen! Und ich war so naiv, mich von dir ins Bett locken zu lassen! Das zeigt, was für ein krankes Spiel ihr treibt!«

Sie hatte die Worte ausgespuckt, und jetzt war es heraus! Alles, was sich an Abscheu und Bitterkeit in ihr festgefressen hatte, war sie losgeworden. Die Folgen würde sie mit Fassung tragen.

Sie würde ihre Ohrfeige bereuen, denn er würde sich nun dafür rächen. Sie schloss die Augen, um Tom nicht ansehen zu müssen. Der verzichtete auf eine Antwort und presste ihr stattdessen seine Lippen unsanft auf den Mund. Der Kuss hatte nichts Zärtliches, im Gegenteil. Er war schroff, sogar brutal. Aber er zeigte Wirkung.

Sabrina taumelte, Toms Lippen ließen sie los, sie kam zu Luft, ihre Muskeln lockerten sich, sie öffnete ihre Augen und sah ihn ungläubig und zugleich ängstlich an. Sie hörte sein gefauchtes »So!« wie eine Drohung an ihrem Ohr und sein wiederholtes »Hör mir zu!« betonte jede einzelne Silbe und klang messerscharf.

»Sabrina!« Sie schaffte es nicht, seinem Blick auszuweichen. »Weder auf dem Flug noch in Menzenschwand wusste ich, wer du wirklich bist! Auch nicht in der Nacht, die wir gemeinsam dort verbracht haben!«

Sabrina drehte den Kopf zur Seite und unterdrückte ein hämisches »Klar!«. Stattdessen warf sie ihm seine eigenen Aussagen an den Kopf:

»Du warst also ZUFÄLLIG auf dem gleichen Flug? Saßt ZUFÄLLIG neben mir? Hast mich ZUFÄLLIG angesprochen? Warst ZUFÄLLIG mit mir im Bett?« In ihrer Stimme entluden sich ungebändigte Wut und maßlose Enttäuschung, doch sie ließ ihm keine Zeit für eine Entgegnung. »Und heute? Warst du ZUFÄLLIG in der *Waldlust*? Ich glaube dir kein Wort!«

»Sabrina, noch einmal: Ich wusste es nicht! Bis ich erfahren habe, dass du eine Nachricht von Hinrichsen auf meinem Handy gelöscht hast.«

»Ach ja?« Diesmal konnte sie die Häme nicht unterdrücken. »Ich hoffe, deine Erzählungen, was du alles mit mir gemacht hast, haben ihn bei Laune gehalten! Wer hat es mehr genossen? DU beim Erzählen? Oder ER beim Zuhören? Ihr seid krank! Verstehst du? KRANK!«

Tom schüttelte den Kopf. Seine Hände berührten ihre Schultern. Sie hörte nur mit halbem Ohr zu, als er antwortete: »Hinrichsen weiß nichts von uns! Er fragte mich, warum ich nicht auf seine WhatsApp reagiert hatte, und zeigte sie mir auf seinem Handy. Erinnerst du dich an die Kirchenglocken, als ich dich vor dem Duschen geküsst habe? Um zehn Uhr? Die Nachricht war um 10:04 Uhr abgeschickt worden, und jemand musste sie gelöscht haben. Ich war in der Dusche. Das kannst also nur du gewesen sein!«

Als sie schwieg, fuhr er fort: »Ich habe eins und eins zusammengezählt, und mir war plötzlich klar, dass du die Sterneköchin aus Südafrika sein musst, hinter der Hinrichsen her ist. Verdammt, Sabrina! Ich habe mich die ganze Zeit unwissend gestellt, Hinrichsen hat keine Ahnung, dass wir uns kennen! Nicht einmal JETZT!«

Sabrina gab sich Mühe, Wahrheit oder Lüge in seinen Worten zu unterscheiden. »Woher weißt du dann, dass ich um Mitternacht in die *Waldlust* wollte? Und warum hast du mir aufgelauert?«

»Ich habe dir nicht aufgelauert! Ich habe seit Tagen versucht, dich anzurufen, aber die Nummer, die du mir gegeben hast, war nicht zu erreichen. Dann erklärte mir Detlef heute, dass er in den Schwarzwald müsse. Wir kennen uns ewig, und ich habe solange gebohrt, bis er mir unter dem Siegel der Verschwiegenheit vom geheimen Treffen mit einer Frau aus Südafrika erzählt hat. Es war mir sofort klar, dass es um dich geht, aber ich habe es für mich behalten. Erst als mich später Mattys Wild nach dem Weg nach Freudenstadt gefragt hat, habe ich Detlef gebeten, mich mitzunehmen.«

Noch immer war Sabrina damit beschäftigt, einen Sinn hinter dem Erzählten zu finden, und jetzt brachte er auch noch den F&B-Manager aus Kapstadt ins Spiel!

»Mattys Wild? Der ist hier? In Deutschland? Warum?«

»Keine Ahnung.«

Sabrina überging diese Aussage bewusst. Mattys Wild sollte nach dem ursprünglichen Plan in Kapstadt sein und im *Ouplaas* die Stellung halten, während sie auf *Hoopengeluk* wirken sollte. Was also führte ihn nach Deutschland? War es die nächste Lüge?

»Dann hat dir nicht Gottfried gesteckt, wo du mich finden würdest?«

Tom schüttelte den Kopf.

Da hatte sie tagelang planlos und ohne einen einzigen Anhaltspunkt im Schwarzwald gesessen, und ihr einziges geistiges Feindbild war – neben Hinrichsen – Tom gewesen. Jetzt stand sie ihm gegenüber und versuchte, in ihrem Kopf all das zu ordnen, was er gesagt hatte. Sosehr sie sich bemühte, es gelang ihr nicht.

»Tom, ich brauche Zeit. Für mich ergibt das alles noch keinen Sinn. Gottfried, Hinrichsen, Detlef, Mattys und du. Wer ist Feind, wer Freund?«

»Ich weiß, was ich bin«, sagte er nur. Sie fühlte seine Hände an ihren Schultern. Für einen Moment glaubte sie, vergessen zu können, dass der Mann, dem sie in den letzten Tagen am meisten misstraute, vor ihr stand.

»Vermisst dich jemand?«, fragte sie ihn.

»Nein.«

»Was ist mit Hinrichsen?«

»Er fliegt zurück nach Südafrika.«

»Steig ein«, sagte sie. »Ich habe nicht mehr viel Zeit.«

In diesem Moment sprang vor der *Waldlust* eine Katze raunzend von der Treppe unter dem Baldachin und verschwand auf geheimnisvolle Weise. Der Mann, der sie aufgeschreckt hatte, taumelte den Hang hinunter zu seinem Wagen. Im *Ort unerlöster Seelen* stand eine Gestalt mit schmerzverzerrtem Gesicht an einem der Bogenfenster und sah ihm nach.

✳

Der Klingelton ihres Handys riss Sabrina aus dem Schlaf. Als sie Isabels Stimme erkannte, war sie mit einem Schlag hellwach.

»Belle! Weißt du, wie oft ich versucht habe, dich anzurufen?«

»Ist alles nicht so einfach hier. Ich muss aufpassen, wer mich beobachtet.«

»Beobachtet?«, fragte Sabrina argwöhnisch. »Gibt's Probleme?«

»Kann man so sagen«, meinte Isabel und erzählte von ihrem verschwundenen Handy und den seltsamen Drohungen am Telefon. »Was wird überhaupt hier gespielt, Sabrina? Du sagtest auf meiner Mailbox, die Gala sei in Gefahr!«

Isabel hörte betroffen zu, ohne Fragen zu stellen, bis Sabrina sagte: »Hinrichsen und Mattys Wild sind auch hier. Das sind die Fakten.«

»Dann wusstest du nicht, dass Karen diesen Wild beauftragt hat, für die Gala Bärlauch aus Deutschland mitzubringen?«

«Bärlauch? Nein. Wozu …?«

»Ich muss aufhören! Karen ruft nach mir.«

»Melde dich wieder, ich muss dich noch was fragen. Und Belle!«

»Ja?«

»Pass auf dich auf!«

✳

Tom saß schon beim Frühstück, als Sabrina die von Isabel so liebevoll gestaltete *Schwarzwald-in-style-Stube* betrat. Sie hatte in ihrem Zimmer »Hase« geschlafen, Tom ein Stockwerk darunter im »Falke«. Er hatte keine Fragen gestellt, als sie beim Vorbeigehen an der Rezeption zwei Schlüssel aus dem Kasten genommen und ihm einen davon wortlos in die Hand gedrückt hatte.

In der einsamen Nacht war ihr klar geworden, dass sie seit Tagen endlich die ersten Puzzleteile gefunden hatte: Spargel und Bad Teinach. Was aber hatte das eine mit dem anderen zu tun?

Sie warf einen Blick in die Küche, ließ sich an der Maschine hinter dem Tresen einen Milchkaffee heraus und nahm neben Tom an dem kleinen Tisch Platz.

»Gut geschlafen?«, fragte sie.

»Ja. Hatte nichts anderes zu tun. War ja eine vegetarische Nacht.«

»Eine was?«

»Fleischlos!« Er lachte über seinen eigenen Witz.

»Das können wir gleich ändern«, gab Sabrina zurück und genoss es, ihn in eine Falle zu locken, während er sie fragend anblickte.

»Was Fleisch angeht, ist Isabels ›Schwarzwaldburger‹ der Hammer. Und da ich den Koch trotz der Betriebsferien gerade in der Küche gesehen habe, werde ich ihn fragen, ob er uns nicht zum Mittagessen zwei machen könnte. Damit du nicht auch am Tag vegetierst und mir noch vom Fleisch fällst, du armer Vegetarier!«

Sie bemerkte Toms verdutzten Blick und wechselte das Thema.

»Meinst du, es könnte Detlef gewesen sein, der mich in der *Waldlust* überfallen hat?«

»Sicher nicht. Für Detlef lege ich meine Hand ins Feuer. Ich habe ihn heut Morgen schon angerufen. Man hat ihn niedergeschlagen.«

»Wurde er verletzt?«

»Eine dicke Beule und ein paar blaue Flecken. Und gesehen hat er genauso wenig wie du. Ich soll dich übrigens grüßen. Ich glaube, er findet dich nett.«

»Na, dann kann er kaum der Angreifer gewesen sein. Wen auch immer mein Knie getroffen hat, der kann mich unmöglich nett finden.«

Sie lachte.

»Dich lachen zu sehen ist so schön«, sagte Tom und sah sie an. Beide schwiegen, und Sabrina spürte, wie ihr Herz klopfte. Sie betrachtete Tom und dachte an ihre Nacht in Menzenschwand.

»Nicht schwach werden jetzt«, sagte sie zu sich selbst. »Reiß dich zusammen und behalte ihn im Auge.« Noch hatte er nicht bewiesen, dass er auf ihrer Seite war.

»Hast du heute Nacht an der *Waldlust* vielleicht jemanden weglaufen sehen?«, fragte sie.

»Nein. Niemanden außer dir. Aber ich habe nachgedacht«, murmelte Tom und meinte nachdenklich: »So langsam passt alles ins Bild.«

»In welches Bild?«, hakte sie nach.

Tom holte tief Luft, und Sabrina stellte ihre Kaffeetasse ab.

»Ich hab dir doch gesagt, dass mich Mattys Wild nach dem Weg nach Freudenstadt gefragt hat. Er muss auf irgendeinem Weg mitbekommen haben, dass Detlef sich mit dir trifft.«

»Du meinst, der Angreifer könnte Wild gewesen sein?«

Tom nickte.

»Der Alte hat Mattys Wild nachkommen lassen. Ich denke, wegen dir. Du scheinst da in Kapstadt etwas aufgeschnappt zu haben, was die Jungs ganz schön ins Schwitzen bringt. Und auf dem Flug von Frankfurt nach Stuttgart habe ich mitbekommen, dass Mattys etwas im Schwarzwald erledigen soll. In irgendeinem Bad.«

»Moment«, unterbrach ihn Sabrina und dachte an das Gespräch mit Detlef. Hinrichsen hatte mit jemandem aus Südafrika telefoniert, auf der Fahrt von BAD Teinach?

»Oh Mann!«, rief sie! »Warum bin ich nicht schon früher drauf gekommen?«

Sie wusste von Detlef, dass Hinrichsen die Gourmetküche liebt. Und er war in Bad Teinach! Dort gab es ein Sternerestaurant, oder besser gesagt: in Zavelstein!

»Ich glaube«, murmelte Sabrina, »jetzt weiß ich, wo ich suchen muss!«

»Und wo?«

»Berlin!«

»Nicht dein Ernst«, stöhnte Tom. »Nach Frankfurt jetzt auch noch Berlin! Das wird ja immer besser!«

»Nein!«, lachte sie. »Franz Berlin! Der Sternekoch von *Berlins KroneLamm*. Ich muss nach Zavelstein. Hinrichsen muss dort gewesen sein. Und vielleicht auch Mattys.«

»Aha. Gibt's da einen Flugplatz?« Er breitete die Arme wie zwei Flügel aus.

»Nein«, antwortete sie, »aber würdest du trotzdem mitkommen?«

★

Sabrina hoffte, dass in den engen Schwarzwaldtälern auf der Fahrt nach Zavelstein das Netz hielt, als Isabel sie zurückrief. Sie kam daher sofort zur Sache: »Kann es sein, dass ihr euch bei der *Gala Chakalaka* für Spargel entschieden habt?«, fragte sie und betonte das Wort *Spargel* wie einen Fremdkörper im Satzgefüge.

»Spargel?«, echote Isabel. »Nein, wie kommst du denn darauf?«

»Hinrichsen soll mit jemand aus Südafrika über eine bestimmte Sorte Spargel gesprochen haben.«

»Da musst du etwas falsch verstanden haben. Wir bleiben bei den Maultaschen.«

»Trotzdem, halt mal deine Ohren auf, was Spargel angeht. Speziell die Sorte …«

Sabrina fluchte innerlich, weil sie es versäumt hatte, sich den Namen aufzuschreiben. Sie versuchte sich an die Eselsbrücke zu erinnern, die Detlef ihr gegeben hatte. Eine Mischung aus »Kavallerie« und »Malaria« mit »Kon« davor. »Kon Malaria.«

»Kon Malaria?«, versicherte sich Isabel noch einmal. »Schicks mir bitte per WhatsApp, ich zeig's dann auch Belinda. Die ist Apothekerin, vielleicht kennt sie sich auch mit lateinischen Gemüsepflanzen aus.«

»Mach ich«, versprach Sabrina, dann war die Leitung tot.

✱

»Wir haben die Krokusblüte knapp verpasst«, meinte Sabrina, als sie den weißen Jeep Compass auf dem einzigen freien Parkplatz vor dem Hotel abstellten. »Im März sind die Wiesen hier voll wilder Krokusse.« Sie dachte mit einem Hauch von Wehmut an die schönen Tage, die sie hier schon verbracht hatte. Sie hatte Franz Berlin, den sympathischen Sternekoch von *Berlins KroneLamm*, als Kollegen auf Sylt kennengelernt, und sie hatten sich danach nie aus den Augen verloren. Sie stiegen aus, und Tom betrachtete die gläserne Eingangsfront und das Farbenspiel des roten Fachwerks und der grünen Fensterläden mit den kleinen Herzen.

»Da oben würde ich gerne mit dir einen Gin Tonic trinken«, meinte er und deutete auf die Glasfront über der Zufahrt.

»Das hier ist das Hotel mit dem *Naturparkrestaurant Berlins Lamm*. Und hier kocht Franz Berlin.« Sabrina wies mit einladender Geste über die schmale Straße, wo ein efeuumrankter Brunnen plätscherte. Sie zog Tom hinüber und lächelte wieder einmal, als sie das gelbe Schild las: »Hier sauft der Kronenspatz, der richtige Gast nimmt drinnen Platz.«

Sie entdeckte über der schweren Holztür mit ihren Glasbausteinen das neue Logo *FRANZBERLIN* mit den geschwungenen Initialen *FB* auf einer dunklen Metalltafel. Ihr Blick blieb bei einem anderen Schild hängen, und sie schmunzelte, als sie die Buchstaben *JRE* las. »Jeunes Restaurateurs« standen für eine Vereinigung von Spitzenköchen der höchsten kulinarischen Standards. Ihr Markenzeichen war die Kombination von regionaler Kochtradition mit innovativen Ideen auf internationalem Niveau.

»Glückwunsch, Kollege!«, dachte sie. »Du hast es geschafft!« Sabrina war nur wenig verwundert, dass er seine Ziele und Visionen offensichtlich umgesetzt hatte. So kannte sie ihn.

»Berlins Krone, mit der Gourmetküche von Sternekoch Franz Berlin«, sagte sie laut und zeigte auf den Michelin-Stern.

Sie gingen zurück und betraten die Eingangshalle des Hotels. An der Rezeption begrüßte Elisabeth Berlin Sabrina wie eine alte Bekannte, und kurz darauf saßen sie an der Bar unter der dem Berliner Reichstag nachempfundenen Glaskuppel am *Berliner Platz* und warteten auf den Sternekoch.

Sabrina ließ ihren Blick nach oben zur Lounge wandern und lächelte einmal mehr über einen Schriftzug »… du bist so wunderBAR, Berlin«, der über der geschwungenen Wendeltreppe im Rot der Wand leuchtete. Und wieder einmal fragte sie sich, ob es ein Kompliment für das Haus oder den Hausherrn war, was sie dort las. Sie schmunzelte.

»Was für eine Überraschung«, sagte eine Männerstimme, und der Sternekoch von *Berlins KroneLamm* stand vor ihnen. Die beiden Kugelknopfleisten gaben seiner blendend weißen Kochjacke einen Hauch von Uniform, und Sabrina fand wieder einmal, dass der Koch durchaus auch als smarter Kapitän auf einem Luxusliner auf der Brücke stehen konnte.

Nach einer kurzen, aber herzlichen Begrüßung sprudelte es aus ihr heraus: »Wir sind in einer etwas brisanten Mission unterwegs.«

»Sag bloß, du brauchst Nachhilfe in der Küche?«, versuchte er einen spöttischen Witz, den Sabrina aber zu überhören schien.

»Es hat mit dem Wettbewerb auf der *Gourmet Voyage* zu tun. Du warst doch in der Jury?«

Franz Berlin nickte. »Ich hatte mich noch gewundert. Einen der Namen, den ich auf der Teilnehmerliste hatte, hätte ich eher mit deinem ehemaligen Ausbildungsbetrieb in Verbindung gebracht. Ich meine, da stand Belle Conrad. Nachdem dann aber eine andere Belle auftauchte, war ich leicht irritiert. Das Mädel mit den ›Sacs de bouche grand-mère‹.« Er lachte und schüttelte den Kopf. »Mit wie viel Feingefühl und Geschmack sie ihre Maultaschen optisch umgesetzt hat, allein der dezente Farbtupfer mit diesem Rote-Beete-Sprossen-Nest. Und dieses Arrangement! Wie nannte sie es doch gleich: ›Maultaschen-Mosaik.‹ Genial! Aaron, der bei mir in der Küche arbeitet, hat es schon ausprobiert, und wir überlegen, ob wir unsere *Krone-Lamm*-Maultaschen nicht auch auf genau diese Weise servieren sollen.«

Sabrina nahm noch jetzt die Begeisterung wahr, die aus der Stimme des Sternekochs sprach. Und sie glaubte sogar, so etwas wie Respekt herauszuhören.

»Die hat wirklich zu Recht die Teilnahme für diese Gala in Südafrika gewonnen«, fügte er noch an.

»Genau wegen dieser Gala bin ich hier.«

»Aber warte mal!«, unterbrach Franz Berlin. »DU arbeitest doch in Südafrika und solltest diese Gala als Küchenchefin leiten? Wie kommt es bitte, dass du jetzt in Deutschland bist?«

»Weil ich den Verdacht habe, dass da unten gerade irgendwas ziemlich schiefläuft und ein gewisser Hinrichsen seine Finger im Spiel hat. Sagt dir der Name etwas?«

»Na klar. Der General Manager der *World Luxury Hotels*. Man kennt ihn in der Branche. Wenn er in der Gegend ist, schaut er immer rein«, sagte Berlin. »Er ist Gourmet und liebt als Großwildjäger unseren ›Maibock aus heimischer Jagd‹.«

»Wann war er zuletzt hier?«

»Vor ein paar Tagen. Und heute Morgen tauchte der F&B-Manager aus einem seiner Hotels hier auf.«

»Mattys Wild, also doch!« Sie sprach den Nachnamen englisch aus.

»Waild?« Er lachte. »Na, der Typ, der hier war, konnte zumindest ganz gut Deutsch.«

»Das stimmt. Ich wäre allerdings in Südafrika nie auf die Idee gekommen, dass er Deutscher sein könnte. In der Küche haben wir immer englisch gesprochen. Was wollte er hier?«

Er zögerte und sah an der mahagonifarbenen Theke entlang, an deren Ende eine Tür in die Küche führte.

»Er hat lange mit meinem Küchenchef geredet. Und der hat ihm eine größere Menge Bärlauch mitgegeben.«

»Ist Wild noch im Haus?«

»Ich glaube nicht.«

»Meinst du, ich könnte kurz mit deinem Küchenchef reden?«

»Na klar, er kommt morgen um zehn rein.«

»Erst morgen wieder?«, fragte Sabrina und lächelte Tom an. »Ich glaube, dann müssen wir über Nacht hierbleiben!«

»Gute Idee«, meinte Franz Berlin und sah auf die Uhr. »Wie wäre es, wenn ihr es euch erst einmal etwas gemütlich macht und nachher zum Abendessen zu mir in die Krone kommt? Habe ich überhaupt schon mal für dich gekocht?«

»Nicht, dass ich wüsste.«

»Dann mache ich heute extra für dich ein Duo vom Kalb mit Bries und Tartar auf Brombeergelee und, weil ich weiß, dass du das magst, dazu eine Kaffee-Cherimoya-Soße.«

Sabrina nickte anerkennend. Sie kannte die herzförmige Flaschenbaumfrucht und liebte das zarte Aroma der Cherimoya, das sie an Banane und Ananas mit einem Hauch Zimt erinnerte.

Als der Sternekoch die leuchtenden Augen seiner Kollegin sah, legte er noch nach: »Davor gibt's eine Variation von der heimischen Gänseleber, mit Texturen von Rhabarber und Aromen von Malz.«

Sabrina strahlte, doch Franz Berlin hatte noch einen weiteren Trumpf im Ärmel. »Für das süße Leckermäulchen schließlich noch ein Himbeermoussetörtchen mit Sauerrahmeis-Erdbeerragout und einem Ingwer-Zitronen-Schäumle«, schloss er süffisant schwäbisch.

Sabrinas schlagfertiger Konter kam prompt: »Unglaublich, was in deiner schwäbischen ›Sternleküche‹ alles möglich ist«, foppte sie ihn. »Ich dachte immer, Herr Kollege, solche Verniedlichungen seien in einer Menükarte nicht erwünscht?«

»Oh Verzeihung, Frau Kollegin!«, gab der Küchendirektor im selben Tonfall zurück. »Hab ich ›Schäumle‹ gesagt? Ich meinte natürlich Meringue oder Baiser – was wäre Ihnen denn lieber?«

»Dann nehme ich Baiser«, antwortete Sabrina. »Ich meine, das heißt übersetzt Kuss.«

»Na dann«, fuhr er fort, »wenn ihr Glück habt, ist unsere Mitternachtssauna heute auch noch frei, dann lernst du die auch noch kennen. Würde sich doch anbieten, nach dem süßen Ingwer-Zitronen-Kuss, Frau Kollegin?«

Er zwinkerte Sabrina verschmitzt zu, und sie wusste, dass er auf Tom anspielte.

»So sehe ich das auch, Kollege«, entgegnete sie, ebenfalls zwinkernd.

»Danach habe ich auch Feierabend, und wir können noch ein bisschen in der Lounge oben plaudern«, schlug Franz Berlin noch vor.

Tom und Sabrina sahen einander an.

»Mitternachtssauna? Wenn man's genau nimmt, haben wir uns das verdient«, meinte Tom.

»Ja. Ich glaube«, murmelte sie, »jetzt habe ich eine Stunde Entspannung dringend nötig.«

»Und lass mich raten: Einen Gin Tonic?«, witzelte Franz Berlin.

✶

»Wie kommst du auf Spargel?«, fragte Belinda, als sie am späten Abend endlich ungestört reden konnten.

Isabel erzählte in wenigen Worten, was sie von Sabrina erfahren hatte. »Du müsstest eine WhatsApp auf deinem iPhone haben. Sabrina wollte es schicken.«

Belinda scrollte auf ihrem Handy, fand die Nachricht und las vor: »Hi, Belle, Kon Malaria, oder so. Viel Glück! Grüßle Sabrina.«

»Kon Malaria.« Belinda lachte, und die Apothekerin in ihr begann zu denken. »Hört sich ja witzig an – aber halt!«, rief sie, und ihr Lachen erstarb.

»Was ist?«, fragte Isabel. »Was hast du?«

»Es könnte … aber wenn das stimmt!« In ihrer Stimme klangen Entsetzen und Sorge zugleich. »Warte, ich muss das kurz recherchieren.«

Ihre Finger huschten über die Tasten ihres iPhones, sie schien zu finden, was sie suchte, und schlug die Hand vor den Mund, um einen Schrei zu unterdrücken.

»Convallaria! Ich hab's gewusst! Das Maiglöckchen …«, hauchte sie so leise, dass Isabel es fast nicht verstand.

»Was sagst du?«

Belinda fasste sich und holte Luft. »Hier. Da hast du deine ›Konmalaria‹! Nur, sie schreibt sich mit ›c‹ und mit ›v‹!«

Sie starrte auf das Display und las langsam, jedes Wort betonend, vor: »Convallaria majalis, Gattung Convallaria, Familie Asparagaceae.« Sie blickte auf. »Maiglöckchen sind Spargelgewächse. Was sagst du jetzt?«

»Denkst du dasselbe wie ich?«, fragte Belinda. Isabel nickte und schwieg.

Belinda reichte ihr das iPhone. »Ruf Sabrina an! Und sag ihr: Maiglöckchen sind die Spargel der Bösen.«

✳

Nach dem dritten Freizeichen hatte sie Sabrina in der Leitung.

»Kannst du reden?«, fragte Isabel. »Pass auf!«

Sie kam sofort zur Sache: »Deine Kon Malaria – Belinda hat herausgefunden, was es damit auf sich hat: Deine Spargelsorte sind ganz einfach nur – jetzt halt dich fest! – Maiglöckchen!«

Sabrina zischte anerkennend durch die Zähne. »Dann hat Hinrichsen mit Wild also nicht über einen ominösen Spargel, sondern von Maiglöckchen gesprochen!«

Sie erinnerte sich an die Waldausflüge mit ihrem Großvater, der sie in jedem Frühjahr auf frischen Bärlauch aufmerksam gemacht und ihn mit ihr gesammelt hatte. »Achte genau auf den Duft«, hatte er ihr eingeschärft, »denn im Mai finden wir eine Pflanze, die dem Bärlauch zum Verwechseln ähnlich sieht. Aber sie ist giftig!«

Bärlauch und Maiglöckchen! Jetzt ergab das alles einen Sinn!

Bevor sie weiterreden konnte, hörte sie Isabel leise zischen: »Belinda hat Bushman entdeckt. Ich muss vorsichtig sein!«

»Vergiss Bushman! Der ist nur ein Werkzeug. Hinrichsen und Mattys Wild sind die wahren Verbrecher. Kurze Zeit hatte ich auch Hinrichsens Piloten im Visier. Tom Seidler. Aber der ist inzwischen raus.«

Sabrina gab sich Mühe, ihrer Stimme nicht zu viel Sympathie für Tom anmerken zu lassen, doch es gelang ihr offensichtlich nicht.

»Ist er dein Typ? Ich meine, seid ihr … Obwohl, du und Richie?«, bohrte Isabel.

»Mhm«, hauchte Sabrina nur. »Aber das ist jetzt nicht das Problem. Hör mir zu, Belle, was ich dir jetzt sage, ist sehr wichtig. Mit einem ganz großen ›W‹! Ich habe gerade erfahren, dass Wild hier eine große Menge Bärlauch für euch mitgenommen hat.«

Isabel atmete laut hörbar ein und fragte: »Bist du sicher, dass es nur reiner Bärlauch ist?«

»Das müsst ihr jetzt herausfinden. Seid vorsichtig – und viel Erfolg!«

»Dir auch, mit deinem Buschpiloten.«

In Sabrinas Gesicht lag der Ausdruck des Entsetzens, als sie zu Tom und Franz Berlin in die Lounge zurückkam. Sie hielt kopfschüttelnd die Hand vor den Mund und starrte auf das iPhone.

»Was ist denn jetzt los?«, fragte Franz Berlin kopfschüttelnd.

»Was los ist?«, stammelte sie. »Ich habe soeben das letzte Puzzleteil gefunden. Tom, ich muss zurück nach Südafrika.«

✶

»Wir brauchen frische Straußeneier«, meinte Isabel am nächsten Morgen, »ich fahre nachher kurz rüber zu Richie. Lust, mitzukommen?«

»Gerne.« Belinda hatte den Straußenfarmer seit ihrem ersten Abend auf dem Weingut nicht mehr gesehen. »Vielleicht hat Richie ja eine Idee, was mit deinem Handy passiert sein kann?«, dachte sie laut, »Du könntest ihn ja mal fragen?«

Isabel schwieg. In der Tat war ihr dieser Gedanke schon mehr als einmal gekommen, doch sie war sich noch immer nicht darüber im Klaren, was sie von Richie wirklich halten sollte. Auch darüber musste sie dringend noch mit Sabrina sprechen.

»Er ist ein Freund«, hatte die Freundin ihr in ihrer ersten Nachricht auf der Mailbox hinterlassen, »er kümmert sich um dich.«

Und das hatte er dann auch getan, in jeder Beziehung. Wobei, zum Flughafen war er nicht selbst gekommen. Ausgerechnet diesen Bushman hatte er geschickt, um sie abzuholen. Als sie bei ihm im Wagen saß und endlich Sabrina zurückrufen wollte, hatte sie den Verlust ihres Handys bemerkt. Der Typ war durch nichts zu bewegen gewesen, kehrtzumachen.

Richie hatte sie dann am Abend im *Ouplaas* kennengelernt, bevor sie zum Weingut weitergefahren waren. Charmant, okay, und ein Kümmerer, wie es wohl eher nicht in Sabrinas Sinn war. Sie hatte in der Tat überlegt, ihm vom Verlust ihres Handys zu erzählen und ihn zu bitten, Sabrina anzurufen, doch dann hatte man sie im Hotel an die Rezeption geholt.

Ein Anruf für eine gewisse Belle. Sie hatte zögernd den Hörer genommen, und noch bevor sie etwas sagen konnte, die Worte gehört, die ihr noch immer Angst machten:

»Dein Handy kriegst du wieder, wenn du hier deinen Job gemacht hast, nicht mehr und nicht weniger«, hatte die männliche Stimme gesagt, und: »Stell einfach keine Fragen! Und keinen Ton, wenn dir dein Leben lieb ist! Zu niemandem! Haben wir uns verstanden?«

Sie hatte ein »Ja« gestottert und den Hörer noch sekunden-lang stumm in der Hand gehalten.

Richie war aufgetaucht. »Alles in Ordnung?«, hatte er ge-fragt, doch sie hatte nicht den Mut aufgebracht, ihm von der Drohung zu erzählen, geschweige denn, ihn nach Sabrinas Nummer zu fragen. Zu sehr lagen ihr die Worte im Magen: »Keinen Ton, zu niemandem!«

»Nein!«, sagte sie jetzt laut und in einem Ton, der keinen Widerspruch zuließ. Belinda erschrak über Isis heftige Reak-tion.

»Und warum nicht?«

»Weil!«, antwortete Isabel zögernd. »Ich kann dir das jetzt nicht näher erklären. Noch nicht. Bitte versteh das. Ich möchte nicht, dass er … auch noch Schwierigkeiten bekommt.«

Belinda sprach aus, was sie vermutete: »Richie und du, seid ihr …?«

Isabel schüttelte den Kopf.

»Wir haben eine Nacht miteinander verbracht, mehr nicht.«

Belinda schwieg.

»Wenn wir gleich hinfahren, pass auf dich auf«, warnte sie Isabel. »Der weiß genau, was er will.«

»Dann sollte ich vielleicht noch rasch in meine Hütte, da-mit ich mir die Fingernägel lackieren kann«, grinste Belinda zum Zeichen, dass sie verstanden hatte.

✶

An jenem Morgen saß Sabrina im Untergeschoss des *Krone-Lamm* auf der Terrasse ihres geschmackvoll renovierten Zim-mers und starrte gedankenverloren in das kleine Blumenbeet. Die Tatsache, dass Mattys oder Matthias Wild, wie ihr der Koch vor zehn Minuten erklärt hatte, tatsächlich eine große Menge Bärlauch mitgenommen hatte, war noch das Harmlose an der Geschichte. Mit den Maiglöckchen lag das ganze Ausmaß des-sen, was sie herausfinden wollte, auf einmal klar und deutlich vor ihr. Tom hatte Sabrinas sichtbare Fassungslosigkeit wahrge-nommen und zwei weitere Milchkaffee geholt.

»Du bist geschockt, oder?«, fragte er, als er jetzt mit dem Kaffee zurückkam.

»Ich weiß nicht, ob das der richtige Ausdruck ist. Die Geschichte ist so ungeheuerlich und der Sumpf noch viel tiefer, als ich gedacht habe. Die nehmen Giftpflanzen von hier, die man in Südafrika nicht kennt, ruinieren damit die Gala und schieben die Schuld dann auch noch geschickterweise den deutschen Köchinnen in die Schuhe. Ich kann das einfach nicht glauben! Tom, das ist nicht nur eine Sabotage, das ist ein eiskalt geplanter Giftanschlag! Was ist, wenn am Ende jemand umkommt? Warum machen die das?«

Tom hatte darauf keine Antwort.

»Was hast du jetzt vor?« Er machte eine Pause und sah sie an. »Sabrina – darf ich das dieses Mal bitte wissen?«

Seine Betonung von »dieses Mal« ließ sie lächeln, und sie griff nach seiner Hand, um sie zärtlich zu drücken.

»Ich weiß es nicht. Noch nicht. Vor genau 48 Stunden saß ich, ohne irgendeinen Plan, im *Conradshof*. Ich war sogar nahe daran, aufzugeben. Mit dem, was wir jetzt wissen, können wir *Hoopengeluk* noch retten.«

»Sabrina?« Tom nahm ihre Finger, führte ihre Hand zum Mund und küsste zärtlich ihren Handrücken. »Darf ich dir dabei helfen? Bitte.«

Sie sah ihn wortlos und ohne eine Miene zu verziehen an.

Was sollte sie ihm antworten? Dass sie es bedauerte, jetzt nicht auf *Hoopengeluk* zu sein? Dass sie sich aber nirgends wohler und sicherer fühlte als an seiner Seite? Dass sie die Ruhe, die sie seit Tagen vermisst hatte, unendlich genoss? Dass sie ihr Bauchgefühl in Menzenschwand getäuscht hatte, sie ihm jetzt aber vertraute?

»Ich kann die Mädels nicht im Stich lassen, kannst du das verstehen? Außerdem ist die Gala immer noch irgendwie ›meine‹. Ich habe meine beste Freundin da hineingezogen, so einfach komme ich da jetzt nicht raus.«

»Du brauchst dich vor mir nicht zu rechtfertigen, Sabrina, ich verstehe dich.« Er zwinkerte ihr zu. »Was hast du vor?«

»Sie brauchen Bärlauch. Sauberen Bärlauch!«, antwortete sie.

Tom grinste. »Und wer soll den bitte noch rechtzeitig nach *Hoopengeluk* bringen?«

Sabrina erwiderte sein Grinsen: »Wir!«

✳

Maphikelela Bhekizifundiswa Mfanafuthi beobachtete die Köchin, die er im Auftrag von Richie vor wenigen Tagen in geheimer Mission am Airport abgeholt hatte. Sie lief mit der Neuen in seine Richtung, und er begann geschäftig an einem der Traktoren herumzuschrauben.

Belinda entdeckte Bushman zuerst.

»Das Phantom ist wieder da«, flüsterte sie.

»Ich hoffe nur, er hat dein iPhone nicht bei mir bemerkt«, antwortete Isabel, und ihre Stimme zitterte leicht. »Wo hast du es jetzt?«

»Es lädt. Gut versteckt zwischen alter Wäsche. Manchmal denke ich, ER könnte was mit dem Verschwinden meines Handys zu tun haben.«

Die hat Respekt vor Big Africa, bemerkte Tinker, *vielleicht sogar Angst.*

»Ich könnte jetzt schnell in seine Hütte«, meinte Belinda. »Vielleicht finde ich dein Handy bei ihm. Wie sieht es denn aus?«

»Eine Hülle mit Blumenmuster. Kitschig rosarot. Aber nein, das ist zu gefährlich!«

»Warum? Du verwickelst ihn einfach in ein Gespräch!«

»Diesen Stockfisch?«

»Ja! Lass dir was einfallen! Ich bin in fünf Minuten zurück. Los!«

»Goeie môre«, rief Isabel und winkte übertrieben fröhlich in Richtung der Traktoren. »Welchen Wagen können wir haben?«

»Ich muss noch mal zur Hütte, bin gleich da«, sagte Belinda so laut, dass auch Bushman es hören musste, und rannte zurück. Als sie den Eichenhain erreicht hatte, bog sie im Schutz der Bäume ab und erreichte, vom Fuhrpark aus ungesehen, die Hütte Bushmans. Die Tür war offen, und sie huschte hinein. Ihr Blick scannte den Raum nach einem Versteck, sie tastete die wenigen Kleidungsstücke ab, überflog Ecken, Sims und die Oberflächen der wenigen Möbel, hob die Matratze hoch, schüttelte die Decke. Nichts. Die Tür zur Toilette. Rasierzeug, eine Handvoll Fläschchen und Tuben, ein leerer Mülleimer. Dann sah sie es. Auf dem obersten Brett des Regals über dem Waschbecken. Schimmerte rosarot. Das Blumenmuster! Ihre Hand griff danach.

»Hallo?« Sie hörte die Stimme von draußen und zuckte zusammen. Jemand kam auf die Hütte zu! Oh Gott, es gab kein Versteck! Sie hörte die Tür zur Hütte knarren, blieb in dem winzigen Toilettenraum stehen und hielt den Atem an. Leise Schritte kamen näher. Die Toilettentür bewegte sich. Ihr Puls hämmerte in ihren Ohren.

»Hallo?« Die Schritte entfernten sich. Sie blickte zum Fenster hinaus und erkannte Karen. Belinda betrachtete den Gegenstand in ihrer Hand.

Das rosarote Blumenmuster …

Sabrina und Tom beschlossen, den Rückflug nach Kapstadt nicht zu überstürzen. Sie mussten sicherstellen, der Bande nicht schon am Flughafen in die Arme zu laufen und unerkannt zum Weingut zu kommen. Tom schlug vor, Hinrichsen anzurufen, um herauszufinden, ob er inzwischen zurück in Südafrika war.

»Vielleicht bekommen wir so auch heraus, welche zeitlichen Pläne die anderen Giftmischer haben.«

Sabrina konnte ihr Unbehagen nicht verbergen, und Tom reagierte feinfühlig.

»Du brauchst wirklich keine Angst zu haben. Ich möchte, dass du dabei bist, wenn ich mit ihm telefoniere. Vertrau mir! Bitte.«

Sabrina nickte mit zusammengepressten Lippen und merkte, wie ihr Herz in leichten Trab fiel. Tom erkannte ihre Nervosität und umfasste ihre Hand. Mit der anderen Hand wählte er die Nummer seines Chefs.

»Tom Seidler hier … Ja, ich bin bei meinen Eltern in Bad Soden … Wollte nur wissen, ob bei Ihnen alles planmäßig gelaufen ist?«

Tom ließ Sabrinas Hand für einen Augenblick los, um ihr mit nach oben gestrecktem Daumen und einem leichten Nicken zu signalisieren, dass Hinrichsen sich gut und arglos anhörte.

»Das freut mich … Hat Tanner Sie zum Flughafen gefahren? … Und Mattys?«

Sabrinas Herz legte noch einen Gang zu.

»Okay … Ich hoffe, es klappt dann alles nach Ihren Vorstellungen auf dem Weingut … Ich verstehe Sie sehr schlecht … Das Netz, klar … Wo bitte? … Bei wem?«

Sie lauschte atemlos und hoffte, dass Tom ihre Anspannung nicht bemerkte.

»Und er glaubt, dass sie zur Gala nicht wieder auftaucht?«

Es ging, ohne Zweifel, um sie! Sabrinas Herzschlag setzte aus.

»Das klingt interessant … Gut, wenn man überall seine Quellen hat!« Jetzt war es Tom, der seine Lippen zusammenpresste und die Luft anhielt.

»Ja … ich bin noch eine Weile in Deutschland … Wir bleiben in Verbindung. Bye.«

Tom legte das Handy beiseite und nahm Sabrinas Hände in seine.

»Sabrina …« Er bemühte sich um einen einfühlsamen Ton.

»Hm?«

»Ich fürchte, in deinem Puzzle fehlt doch noch ein allerletztes Teil.«

»Okay?« Ihre Stimme zitterte, und sie versuchte, einen aufkeimenden Gedanken zu unterdrücken.

»Wer wusste, welche Maschine du von Kapstadt in die Schweiz genommen hattest?«

Sie starrte ihn an und vergrub ihr Gesicht wie ein kleines Kind in ihren Händen. »Oh Gott!«

✳

»Wo bleibst du, wir sollten los«, rief Isabel, die beim Fuhrpark auf Belinda wartete.

»Meine Sonnenbrille«, erklärte Belinda und sah erleichtert, dass Bushman immer noch am Traktor hantierte. Er hatte demnach Karens Rufe nicht gehört und auch nicht mitbekommen, dass jemand in seiner Unterkunft war.

Die beiden Frauen fuhren los, und Bushman sah ihnen nach, wie sie das Weingut in Richtung der Straußenfarm verließen.

»Bushman hat dein Handy nicht«, sagte Belinda, und der Gegenstand mit dem rosaroten Blumenmuster in seiner Hütte tauchte vor ihren Augen auf. Der flache Flakon eines Shampoos.

Big Africas Glatze riecht nach rosarotem Blümchenduft, feixte Tinker.

»Das wäre ja auch zu einfach gewesen«, meinte Isabel.

»Vielleicht kommen wir ja bei deinem Richie weiter.«

Isabel nahm den Fuß vom Gas. »Es gibt da noch etwas, was du wissen musst: Richie und Sabrina kennen sich. Das hat mir Sabrina noch mitgeteilt.«

»Sabrina und Richie sind … zusammen?«

Tja, so ein territorialer Straußenhahn kann sich einen ganzen Harem leisten, lästerte Tinker

»Das ist einer der Gründe, weshalb ich Richie nicht wirklich traue. Immerhin hat er Sabrina mit mir betrogen. Und ich sie mit ihm«, fügte sie noch hinzu.

»Na, jetzt mach dir da mal keinen Kopf! Dazu gehören immer zwei! Aber wenn die beiden sich so gut kennen, dann muss er doch ihre Nummer haben?«

»Daran habe ich auch schon gedacht. Aber nach dieser Drohung damals im *Ouplaas* habe ich mich nicht getraut, ihn da mit hineinzuziehen.«

Sie erreichten die geschotterte Auffahrt nach *Volstruis Willow*, wo sie ein prächtiger Großer Kudu mit kapitalem Schraubenziehergehörn begrüßte.

Wie süß! Meneer Chakalaka hat einen Zoo, schwärmte Tinker.

Tatsächlich stießen sie, nachdem sie das Tor zur Farm passiert hatten, bei der Überquerung eines trockenen Flussbetts auf einen jungen Elefanten, der drohend die Ohren aufstellte, als ihnen ein zweiter Wagen entgegenkam.

»Das war Hinrichsen«, flüsterte Isabel. »Dann wissen wir jetzt wenigstens, dass er nicht mehr in Deutschland ist.«

»Was hat der bei Richie gemacht?«, fragte Belinda.

Isabel zuckte die Schultern und gab Gas, um zügig an dem Elefanten vorbeizukommen. Zebras mit einem seltsam schattierten Streifenmuster grasten neben der Piste, und die Hälse von Giraffen ragten zwischen dem Geäst einer gelb blühenden Akazie in den wolkenlos blauen Himmel.

Ein Streichelzoo!, jubilierte Tinker, *vielleicht darf man auch den Zoodirektor streicheln?*

»Da vorne wohnt Richie!« Isabel zeigte auf ein dunkles Reetdach, das über den gelben Gräsern der Buschsavanne fast schwarz leuchtete. Zwei Minuten später begrüßte sie der braun gebrannte, gut aussehende Straußenfarmer mit saloppem Handschlag. Auf den Koppeln ringsum grasten Strauße.

»Willst du dir die Eier selbst aussuchen?«, fragte Richie Isabel. »Du weißt ja, wo …«

So kann man Leute auch abschütteln!

»Haben Sie schon mal einen Strauß geküsst?«, wandte sich Richie nun an Belinda, und sie schüttelte den Kopf.

»Na, dann kommen Sie.« Er nahm sie bei der Hand und führte sie zu einer der Koppeln, während Isabel mit zwei großen Körben auf das Reethaus zumarschierte.

Such du dir deine Eier aus, wir dürfen solange den Hahn küssen!

»Wenn Sie mal länger hier sind, zeige ich Ihnen die Brutkästen«, schlug Richie vor.

Und wenn du brav bist, bekommst du vielleicht sogar ein Glas extra brût und darfst Eiei machen …

»Die Küken schlüpfen dort und werden dann von einem zentralen Elternpaar aufgezogen.«

»Zentrale Eltern?«, hakte Belinda nach.

»Ja. Die Hennen können so ungestört Eier legen und die Produktion an Jungstraußen vorantreiben. Wir sind eine private Zuchtfarm und kein Vergnügungspark für Strauße«, fügte er lächelnd hinzu. »Wenn Sie wollen, brate ich uns mal zum Abendessen ein feines Straußensteak am offenen Feuer.«

Er zog Belinda zu einem Zaun, hinter dem eine braune Straußenhenne würdevoll auf und ab schritt.

»Das ist Niki, sie ist meine Schönste.« Als sie den Farmer sah, kam sie neugierig näher und streckte ihm ihren Kopf über den Zaun entgegen.

»Sie ist vierzehn Jahre alt, vollkommen zahm und liebt es zu küssen. Haben Sie Lust?« Er sah Belinda belustigt an. »Natürlich den Strauß«, schob er rasch nach. »Es kann nichts passieren und tut auch überhaupt nicht weh.«

Der Strauß empfängt sein Weibchen mit einem Balzritual, warnte Tinker.

»Passen Sie auf!«, rief Richie, zog ein Maiskorn aus seiner Jackentasche, steckte es sich zwischen die Lippen und wandte sein Gesicht der Straußenhenne zu. Nikis Kopf kam neugierig näher, die großen, dunklen Augen mit den langen Wimpern fixierten das gelbe Korn, und schon holte sie es sich mit einem gezielten Stoß ihres Schnabels von Richies Lippen.

»So geht ein Straußenkuss«, sagte er lachend. »Wollen Sie?«

»Okay«, sagte Belinda, und Richie legte ihr ein Maiskorn in die Hand. Sie drehte sich zu der Straußendame um, und vorsichtig pickte Niki auch ihr das Maiskorn von den Lippen. Belinda atmete erleichtert aus.

»Alles in Ordnung?«, fragte Richie und hielt Belinda einen Augenblick zu lange fest. »Wurden Sie schon einmal so geküsst?«

Isabel hatte sie nicht umsonst vor ihm gewarnt. Sie dachte an Henning. Richie reichte Belinda ein weiteres Maiskorn und nickte ihr zu. Niki schien auf eine Fortsetzung zu warten.

Ein seltsames Surren, das überhaupt nicht in die Landschaft passte, ließ Belinda aufhorchen. Schlagartig wurde ihr klar, dass es der Klingelton eines Handys sein musste.

✳

»Hinrichsen war auf Cradocks Straußenfarm, als ich ihn vorher erreicht habe«, sagte Tom.

Sabrina fühlte, wie ihr der Boden unter den Füßen entglitt, während Tom fortfuhr, ihr in kurzen Fragmenten den weiteren Inhalt des Gesprächs mit Hinrichsen zu schildern.

»Diese WhatsApp auf meinem Handy, die du in Menzenschwand gelöscht hast, schon da wusste Hinrichsen deine Flugnummer. Hast du dich nie gefragt, von wem?«

Der Kreislauf drohte ihr zu versagen, doch sie gab sich alle Mühe, sich nichts anmerken zu lassen. Tom, der ihre Verzweiflung bemerkte, nahm sie wortlos in den Arm. Das erste Mal kam Sabrina ihm sprachlos und sogar etwas verletzlich vor.

»So ein Schwein, Tom! Richie … ich meine Richard …«

Sie kam nicht weiter, denn Tom drückte sie fest an sich und küsste sie liebevoll auf die Stirn. Sein gehauchtes »Es ist doch alles gut« klang wie aus einer anderen Welt, und sie hatte das Gefühl, wieder Luft zu bekommen. Jetzt bloß keine Tränen, sagte sie sich, lieber etwas zu trinken.

Tom schien ihre Gedanken zu erraten: »Hilft dir ein Gin Tonic weiter?«

Sie nickte. »Ich fürchte fast, ja.«

»Ich hole uns zwei Gläser. Kann ich sonst noch etwas für dich tun?«

»Zigaretten.«

»Du rauchst?« Er blickte sie fragend an.

»Nein. Nur in Ausnahmesituationen.«

✳

»Sorry«, sagte Richie, wandte sich von ihr ab und fischte sein Handy aus der Jackentasche. Belinda registrierte nur nebenbei, wie er es sich ans Ohr hielt, sie war schon wieder mit Niki beschäftigt. Doch eine Bewegung Richies ließ sie aufmerken: Er hatte das Handy nur kurz am Ohr, nahm es weg, sah es an und schüttelte unmerklich den Kopf. Sein Blick huschte unsicher zu Belinda, die zu seiner Beruhigung aber mit dem Straußenkuss beschäftigt schien. Mit einer raschen Bewegung fuhr Richies Hand in die Jackentasche und wieder heraus, mit einem anderen Handy zurück ans Ohr.

Das alles hatte keine drei Sekunden gedauert, doch in Belindas Kopf fuhren die Gedanken Achterbahn. Nur für einen Wimpernschlag hatte sie das rosarote Blumenmuster erkannt, und doch war eine Täuschung ausgeschlossen.

Nachdem Richie das kurze Gespräch beendet hatte, hielt er ihr das Handy mit einer braunen, abgegriffenen Schutzhülle demonstrativ unter die Nase und sagte: »Lassen Sie Niki nie danach picken, es wäre nicht das erste Mal, dass ein Strauß ein Handy schluckt.«

Belinda schmunzelte.

Richie ahnte nicht, dass ihr Lächeln eiskalt gespielt war.

Sabrina, die inzwischen wieder auf ihrem Stuhl im Freien saß, betrachtete das liebevoll angelegte Blumenbeet vor der kleinen Terrasse. Hellblaue Vergissmeinnicht wippten im sanften Wind, und weiße Glöckchen nickten ihr zu. Sie wollte immer noch nicht glauben, was sich in ihrem Kopf abspielte. Richie! Es war einfach unfassbar! Nicht Tom, sondern Richie hätte sie verdächtigen müssen!

»Oh, mein Gott«, dachte sie, »ich muss ihm das jetzt irgendwie erklären.«

Tom kam mit zwei Gin Tonic zurück und setzte sich zu ihr.

»Tom …« begann sie, »Richie … und ich …«

»Ich weiß«, unterbrach er sie. »Hinrichsen hat es recht uncharmant ausgedrückt. Aber das spielt für mich keine Rolle.«

»Er bedeutet mir nichts mehr«, sagte Sabrina, »ich möchte, dass du das weißt. Seit ich dich getroffen habe …«

»Ssst!« Tom legte ihr seinen Zeigefinger auf den Mund. »Wichtig ist nur, dass du jetzt weißt, dass er dich skrupellos benutzt hat und du ihm nicht mehr trauen kannst.«

Sabrina schob seinen Finger beiseite, und Enttäuschung und Zorn hielten sich in ihrer Antwort die Waage: »Trauen? Ich mach ihn fertig, darauf kannst du dich verlassen!«

Sie hatte Mühe, sich zu beherrschen. Dieses Schwein hatte sie in Südafrika mit Lagerfeuer, teurem Rotwein und leidenschaftlichen Nächten langsam zur Gespielin und, ohne ihr Wissen, zur Komplizin gemacht, und das über Wochen und Monate. Schon als sie aus dem Busch geflohen war und ihm die ganze Geschichte erzählt hatte, steckte er mit Hinrichsen unter einer Decke.

»So etwas macht man nicht mit mir«, sagte sie, und ihre Augen blitzten.

»Sei nicht unvorsichtig in deiner Wut. Ich hätte da vielleicht eine Idee …«

Wie skurril war das denn? Ausgerechnet Tom, den sie statt Richie verdächtigt hatte, würde ihr nun helfen, diesen Widerling abzustrafen?

Tom riss sie aus ihren düsteren Gedanken. »Wir tricksen die Bande aus. Und Richie wird dir dabei helfen. Wir nehmen morgen erst die Spätmaschine nach Kapstadt. Du teilst Richie mit, dass du nichts erreicht hast und zurückkommst. Spiele die Enttäuschte! Und dann gibst du ihm eine noch spätere Maschine durch. Er wird das schön brav dem Alten weitergeben. Sie wiegen sich in Sicherheit und – das ist noch viel wichtiger – wir können unbemerkt auf *Hoopengeluk* aufschlagen.«

»Du sagst ›wir‹? Du fliegst wirklich mit zurück?« Ihre Frage klang wie eine Bitte.

»Natürlich! Es gibt da zu viele schräge Vögel, die du gegen dich aufgebracht hast. Und einen Straußenfarmer, der ein Auge auf dich geworfen hat. Es kann kein Fehler sein, ein bisschen besser auf dich aufzupassen!«

»Aber ist *Hoopengeluk* für dich nicht zu riskant? Du bist sicher, dass Mattys Wild uns bei der *Waldlust* nicht zusammen gesehen hat?«

Tom nickte. »Ja. Mattys lag noch stöhnend am Boden, als Detlef dir zum Ausgang gefolgt ist. Er hat uns einsteigen und wegfahren sehen, erst danach sei Mattys den Gang entlanggekommen, sagt Detlef. Er ist sich sicher, dass Mattys nichts von meiner Anwesenheit mitbekommen hat.«

»Verrate mir noch eines«, bat sie Tom. »Was hat dir Hinrichsen über Richie und mich gesagt?«

»Seine uncharmanten Worte?« Tom machte ein ernstes Gesicht. »Er meinte, Richie sei der Mann, der ›diese verflixte Sterneköchin im Bett und damit in der Hand‹ hatte.«

Sabrina fühlte Tränen in sich aufsteigen und kämpfte dagegen an. Tom hob sanft ihr Kinn und zwang sie, ihm in die Augen zu sehen.

»Glaub mir bitte, dass ich nicht wie Richie bin«, flüsterte er und nahm sie fest in seine Arme. »Ich hatte einfach nur Angst um dich. Nur darum war ich in Freudenstadt. Und …« Er machte eine Pause und fuhr geheimnisvoll fort: »… weil ich im Schwarzwald noch dringend etwas erledigen muss. Das ist übrigens der Hauptgrund, weshalb wir erst morgen fliegen.«

Er machte keine Anstalten, seine Umarmung zu lösen, obwohl Sabrina skeptisch und fragend die Augenbrauen nach oben zog.

»Muss ich da noch was wissen, oder hab ich was verpasst?«

»Weder – noch. Es ist mein letztes Geheimnis vor dir. Und wenn du mich jetzt küsst, dann verrate ich es dir. Vielleicht.«

Tom hatte den Satz noch nicht zu Ende gesprochen, da spürte er Sabrinas weiche Lippen auf seinen. Sabrina hatte ihn zuletzt in der Nacht in Menzenschwand so geküsst, lange und intensiv, und es zeigte ihm, dass sie wieder ein Stück weit zu ihrer Unbeschwertheit ihm gegenüber zurückgefunden hatte.

»Lass mich bei dir sein und auf dich aufpassen. Mehr will ich nicht. Okay?«

»Und das Geheimnis?«, bohrte sie.

»Später. Jetzt müssen wir dringend los! Wir werden erwartet. Ach ja, ich muss noch kurz Franz Berlin Bescheid sagen, dass wir fahren wollen.«

Sabrina verstand zwar nicht, wovon Tom redete, folgte ihm aber zehn Minuten später Richtung Ausgang. Tom nahm den Weg über Berlins Bar, wo ihn Franz Berlin schon grinsend erwartete und ihm ein kleines Päckchen aushändigte.

»Habt ihr Geheimnisse, Männer?«, fragte Sabrina schelmisch.

»Definitiv, Frau Kollegin«, schmunzelte der Sternekoch süffisant, »aber selbst wenn Frauen jetzt auch schon in der Küche nach den Sternen greifen, alles wissen müssen sie trotzdem nicht.«

Der Chefkoch grinste und raunte Tom ein »Viel Glück« zu, das Sabrina sehr wohl hörte.

Kurz darauf genoss sie die Fahrt an Toms Seite durch den Schwarzwald und ließ sich die warme Frühlingssonne auf die Haut scheinen.

»Du wolltest mir noch ein Geheimnis verraten.«

»Welches?«, grinste Tom.

»Wohin fahren wir?«, fragte sie.

»Nach Gechingen. Wir besuchen einen guten Bekannten.«

»Na bravo!« Sabrina lachte. »Das letzte Mal, als ich Bekanntschaft mit einem Bekannten von dir machen durfte, konnte ich grade so entwischen und bin mit einem übertretenen Fuß noch ganz gut weggekommen.«

✳

Richie begleitete Belinda zum Pick-up, wo Isabel sie mit den Worten »na, habt ihr euch geküsst?« begrüßte. Belinda blieb wie vom Donner gerührt stehen, und Isabel fuhr lachend fort: »Ich meine, der Strauß und du?«

Jetzt lachten sie alle drei, Richie streckte Belinda zum Abschied die Hand entgegen, drückte sie einen Moment zu lang und gab Isabel Küsschen links und rechts auf die Wange.

»Totsiens, Belinda, totsiens Isi«, sagte er, und die beiden Frauen stiegen in den Pick-up.

»Und – was hältst du von Richie?«, fragte Isabel, als sie vom Hof der Straußenfarm fuhren.

»Ein Blender«, sagte sie. »Vertrauen würde ich ihm nicht.«

Die Szene mit seinem Handy lief wie ein Film vor ihrem inneren Auge ab.

»Ich muss dir was sagen«, begann sie und gab ihrer Stimme einen betont ernsten Klang. »Richie …«

Isabel sah Belinda an, registrierte ihren Tonfall, bremste und brachte den Pick-up mitten auf der menschenleeren Piste zum Stehen.

»ER hat dein Handy!«

✳

Sabrina hatte mit allem gerechnet, aber nicht damit, mit Tom in einem Industriegebiet am Rande des Schwarzwalds zu landen. Noch mehr wunderte sie sich, in einer Fensterfront die Kupferkessel und Stahlrohre einer hochmodernen Destillieranlage leuchten zu sehen.

»Heckengäu-Brennerei?«, fragte sie verständnislos, als sie den Schriftzug über dem großen Schaufenster las. »Machen wir eine Schnapsprobe?«

»Warum Schnaps? Soweit ich mich erinnere, bist du doch eher mit Gin zu ködern?«

»Höre ich hier ›Gin‹?« Ein sympathischer junger Mann kam auf sie zu und streckte ihnen gut gelaunt die Hand entgegen. »Hallo, Tom. Oh, heute mal in Damenbegleitung?«

»Hi, Leo«, antwortete Tom, »schön, dich zu sehen!«

»Ja, ist eine Ewigkeit her.« Er begrüßte auch Sabrina und zeigte ihr durch sein Lächeln, dass er sich über den Besuch der beiden freute. »Los, kommt rein!«

»Hut ab, mein Freund«, sagte Tom, als sie den Verkaufsraum der Destille betraten, »ich glaube, ich habe auf das richtige Pferd gesetzt.«

Tatsächlich beeindruckte Sabrina die geschmackvolle Einrichtung der Brennerei, und sie atmete bewusst die ganz eigene Duftmischung aus Naturholz und feinen Spirituosen ein.

»Ist das die Dame, für die du …«, fragte Leo, doch Tom unterbrach ihn.

»Das ist Sabrina. Sie lebt in Südafrika und liebt Gin. Du musst wissen, sie ist eine Genusspäpstin. Du darfst also deine Schätze auspacken!«

Wenige Minuten später saßen sie an der gemütlichen, massiven Holztheke, und Leo hatte drei Gläser gefüllt. Sabrina genoss die Unbeschwertheit in dem hellen, gemütlichen Raum und die ungewöhnliche Atmosphäre zwischen Holzfässern, kleinen Sitzgruppen und der in Kupfer und Silber leuchtenden Destillieranlage.

»Hier, das ist mein jüngstes Baby, ein erfrischender Tonic-Gin, und das hier mein Klassiker, ein Ingwer-Gin aus der Heckengäu-Brennerei, ein bisschen herb und scharf: der Gin 44VIER.«

»44VIER?«, fragte Sabrina.

»Ja, er hat in der Tat 44,4 Prozent. Der ist eher nichts für Mädels.«

»Dann ist er genau richtig für mich«, scherzte Sabrina.

»Du hast die Ware dabei?«, fragte Leo unvermittelt und sah dabei Tom an.

»Moment mal«, intervenierte Sabrina und legte die Stirn in Falten, »gibt's jetzt schon Ware statt Geheimnisse?«

»Na klar!«, antwortete Tom. »Deswegen bin ich ja hier!«

Sabrina hatte immer gehofft, dass Geheimnisse, Argwohn und Misstrauen irgendwann einmal ein Ende finden würden. Doch anscheinend gab es mit diesem Schnapsbrenner noch einen weiteren Mitwisser in dem Spiel, das Tom offensichtlich immer noch spielte. Und jetzt?

Sie übersah in ihrer Skepsis das Lächeln Toms, als er in seine Tasche fasste. Das Päckchen, das ihm Franz Berlin zugesteckt hatte, kam zum Vorschein. Schon wollte sie aufstehen und gehen, um die beiden mit ihrer »Ware« allein zu lassen, als Leos Bemerkung sie innehalten ließ.

»Du weißt doch, Männer haben immer Geheimnisse.«

»Mir würden Geheimnisse jetzt langsam reichen, Jungs«, konterte sie. »Entweder ihr weiht mich ein, oder …«

»Ist das frisch oder gefroren?«, fragte Leo, sie scheinbar überhörend.

»Ganz frisch«, antwortete Tom. »Der Sternekoch stand extra dafür heute Morgen in der Küche. Und er hat das Rezept noch leicht verfeinert.«

Das Gefühl, hier fehl am Platz zu sein, beunruhigte Sabrina. Wieder war es Leo, der es schaffte, sie auf lockere Art zu besänftigen. Er hatte das Päckchen geöffnet, in dem eine undefinierbare Masse in einem Gefrierbeutel zum Vorschein kam, und hielt ihr, nachdem er selbst daran gerochen hatte, die Öffnung unter die Nase.

»Na, kommst du drauf, Frau Genusspäpstin?«, packte er sie bei ihrer Ehre als Köchin. Sabrina konzentrierte sich, um aus der Duftmischung von Gewürzen etwas herauszulesen.

»Etwas Exotisches?«, fragte sie vorsichtig.

»Nicht schlecht«, meinte Leo. »Und da du Geheimnisse liebst, lassen wir es dabei.«

»Wie lange brauchst du?« Toms Frage galt Leo.

»Hm. Vier Stunden. Und einen Tag.« Er sah auf die Uhr. »Morgen, Spätnachmittag?«

Tom nickte, und Sabrina konnte ihre Neugier nun doch nicht unterdrücken.

»Was habt ihr damit vor?«

»Überraschung!« Tom erntete mal wieder dieses argwöhnische Aufblitzen in ihren Augen, das er schon kannte, und kam ihr zuvor. »Verdammt, Sabrina! Es wird Zeit, mir endlich zu vertrauen!«

»Tom. Du machst es mir wirklich nicht gerade leicht. Ja, ich würde nichts lieber als dir vertrauen. Und weißt du was?« Sie machte eine Pause, nippte an ihrem Gin und sagte dann:

»Wenn ich dir nicht vertrauen würde, wären wir nicht hier.«

Sie hielt ihm ihr Glas entgegen, und als der helle Klang durch die Destille hallte, fügte sie hinzu: »Ja. Ich vertraue dir.«

Sie nippte an ihrem Gin, reichte ihm das Glas, nahm dafür seines und trank es aus.

»Und weißt du, warum?«

Sie ließ ihm keine Zeit für eine Antwort.

»Weil ich dir vertrauen WILL.«

Das Brummen ihres iPhones ließ ihr keine Chance, ihn zu küssen.

✳

»Sabrina! Ich bin mit Belinda noch auf dem Gelände der Straußenfarm«, sagte Isabel atemlos. »Bitte hör mir zu! Es geht um deinen Freund Richie!«

Sabrina holte Luft und starrte auf Tom.

»Warum?«, fragte sie und stellte fest, dass die Antwort keine Bedeutung mehr für sie hatte. Richie war zu weit weg, räumlich und was ihre Gefühle anging.

»Ich muss dir ein bisschen was über ihn erzählen, von Frau zu Frau. Er ist ein Verführer«, sagte Isabel schonungslos. »Das dürfte dir ja sicher nicht entgangen sein. So viel zum Thema ›wie man sich kümmert‹ …«

»Nur kümmern«, dachte sich Sabrina und lächelte mild. Nicht umsonst hatte sie das so zu ihm gesagt.

»Und wie kümmert MAN sich?«, wollte sie nun doch wissen und spürte dabei erleichtert, dass keinerlei Gefühle mehr mitschwangen.

»Sehr«, antwortete Isabel. Sie sagte nur dieses eine Wort, doch es genügte für Sabrina, um zu wissen, dass Richie endgültig raus war.

»Du kannst ihm sagen … ach nein, sag ihm einfach NICHTS!«

»Das ist noch nicht alles. Ich schätze mal, du kannst ihn in den Kreis deiner Verdächtigen aufnehmen.«

»Das habe ich schon«, sagte Sabrina leise. »Aber erzähl!«

»Belinda hat mein Handy bei ihm entdeckt. Er war es, der es mir weggenommen hat!«

✳

Am Abend hatte Tom im *KroneLamm* Champagner mit Canapés auf das Zimmer bestellt, und sie hatten nebeneinander auf dem breiten Doppelbett Platz genommen.

»Können wir auf das Vertrauen trinken?« Es waren die einzigen Worte, die in dieser Nacht fielen. Sabrina hatte stumm genickt.

Sie hatte sich in den letzten Stunden von Richie gelöst, der wie ein Schatten zwischen ihr und Tom geschwebt war. Es war das erste Mal seit Menzenschwand, dass sie das Gefühl hatte, nicht mehr von Zweifeln geplagt zu werden, keinen Argwohn mehr hegen zu müssen. Keine Spur der Müdigkeit, die sie in der letzten Nacht im *KroneLamm* dahingerafft hatte, nachdem sie vom zweisamen Mitternachtsbad in der Schwarzwälder Kräutersauna zurückgekommen waren.

Umso mehr fühlte sie die emotionale Anziehungskraft Toms, merkte, wie gut ihr seine Nähe tat und wie sehr sie die Ruhe an seiner Seite genoss, ja sogar – wenn auch noch vorsichtig und behutsam – ein Stück weit so etwas wie Sicherheit spürte. Sie beschloss, sich dem Taumel hinzugeben. Um zu reden, war morgen noch Zeit.

Sie lag in seinen Armen, hatte die Augen geschlossen und ließ es zu, dass seine Hände sie festhielten, seine Finger sie streichelten und seine Küsse Augen, Stirn und Nase berührten, bevor ihre Lippen tastend und schließlich innig zueinanderfanden. Obwohl Sehnsucht und Leidenschaft seit ihrer ersten gemeinsamen Nacht eher noch größer geworden waren, schienen das Wilde, Ungestüme und Hemmungslose einer innigen Zärtlichkeit zu weichen, mit der er jeden Zentimeter ihrer Haut erkundete und alle Regionen ihres Körpers, Hügel und Täler, wie fremdes Terrain erforschte.

Sie hatten sich leise und ohne Worte allmählich von ihren Kleidern befreit, und Sabrina genoss unter der breiten Bettdecke neben der Nacktheit die unendliche Langsamkeit, mit der Tom sie verwöhnte, und bemerkte, wie seine Wärme in ihr einen Brand entfachte. Ihr Becken bebte, als seine Finger endlich von ihren Brüsten abließen und über ihren Nabel nach unten wanderten. Wie ein Pianist dehnte er den Radius seiner Fingerbewegungen virtuos aus, ließ seine Hand tänzelnd nach oben zu ihren festen Nippeln klettern, dann wieder sanft zögernd abwärts gleiten, wo seine Finger sich in der Wärme zwischen ihren Schenkeln verloren.

Ihre Hitze wich einer Gänsehaut, als die Zunge dem prickelnden Fingerspiel folgte, seine Lippen ihre Brustwarzen umschlossen und ihrem Mund ein leises Stöhnen entwich. Tom ergab sich wohlig dem Gefühl ihrer sich langsam zu seiner Mitte tastenden Finger, ihr Rhythmus wurde synchron, ein Gleichklang zweier Körper, die alle Zeit der Welt zu haben schienen, sich wieder und immer wieder neu kennenzulernen und zu vereinen.

In jener Nacht wurde das Deluxe-Doppelzimmer mit all seinen Annehmlichkeiten und dem Blick auf die beleuchtete Terrasse und den in mildem Blau schimmernden Pool zur Nebensache. Erst als die Sonne ihre frühen wärmenden Strahlen auf die Hänge jenseits des Teinachtals sandte, kamen die beiden Körper zur Ruhe, und Sabrina fand, eng an Tom geschmiegt und seinen gleichmäßigen Atem wie eine beruhigende Droge aufsaugend, einen tiefen und entspannten Schlaf.

Tom hingegen blieb wach, wie der Hütehund, der die Schafherde unten im Enztal bei Nacht vor dem Wolf beschützte.

✳

Spät in dieser Nacht saßen die beiden Frauen noch mit einer Flasche Chardonnay auf einer Bank vor den Chalets.

»Du hast Richie ja noch ganz schön verunsichert«, feixte Belinda.

»Du meinst, als ich ihm sagte, dass ich mal dringend ungestört mit dir reden müsse, um ein paar Sachen zu klären?«, fragte Isabel.

»Ja. Und er dann fragte, ob es um die Küche gehe.« Belindas Kichern mischte sich mit den Rufen der Glockenfrösche vom Teich.

»Und ich ihm allen Ernstes erklärte, es gehe um Männer!«, lachte Isabel. »Dabei ist mein Bedarf an Männerbekanntschaften fürs Erste gedeckt. Bei Henning löse ich den Schutzmechanismus aus, und bei Cradock wäre ich eine von vielen. Nein, Danke!«

»Armer Richie«, meinte Belinda jetzt sarkastisch, »wenn der wüsste, was wir wissen!«

»Was wissen wir denn wirklich?« Isabel war sich bewusst, dass sie mit ihrer Frage die Heiterkeit mit einem Schlag beendete.

»Seitdem ich das Handy bei ihm entdeckt habe, steht fest, dass Richard Cradock mindestens einer der Handlanger ist, ebenso Bushman«, flüsterte Belinda.

»Aber welche Rolle spielen Hinrichsen und Wild? Konnte dir Henning sagen, wann die beiden hier eintreffen?«, fragte Isabel.

»Er erwartet sie spätestens zur Gala zurück.«

»Logisch! Mit dem frischen Bärlauch«, bemerkte Isabel. »Das heißt dann Einsatz für ›Belle & Belle‹.« Sie lachte leise.

»Du traust dir wirklich zu, die Blätter von Bärlauch und Maiglöckchen einwandfrei voneinander zu unterscheiden?«

»Kein Problem für eine erfahrene PTA. Die Anzahl der Blattstängel, Blattunterseite und Geruch.«

»Ich hoffe trotzdem, dass Sabrina noch rechtzeitig eintrifft«, seufzte Isabel.

»… und hoffentlich die Geheimwaffe dabeihat, mit der wir die Gala retten werden«, sinnierte Belinda. »Dann machen wir uns Gedanken, wie wir mit den Banditen abrechnen.«

»Ich bin für Hyänenfutter. Oder eine kleine Mamba im Bett«, schlug Isabel vor.

Die Gläser mit dem Chardonnay klangen durch die Nacht. Ein Geräusch ließ die beiden Frauen herumfahren. Es hatte wie ein Rascheln im Unterholz geklungen. Isabel leuchtete mit der Taschenlampe, doch es war nichts zu entdecken.

Bushman hatte genug gehört.

✳

»Du hast es mir versprochen«, erinnerte ihn Sabrina, als sie am nächsten Mittag wieder Richtung Heckengäu fuhren. Sie hatten für den Rückflug gepackt und würden nach ihrem Besuch bei Leo direkt Richtung Zürich-Kloten weiterfahren.

»Was?«, fragte Tom gespielt ahnungslos und drehte wie zufällig die Musik auf.

»Dein Geheimnis. ›Wenn du mich jetzt küsst, dann verrate ich es dir.‹ Sagtest du!«

»Vielleicht, sagte ich. Hör mal, was Stefan Waggershausen da singt!« Er drehte »Endloser Sommer« lauter. Dieser Sommer, der soll endlos sein, ein Fest in den Farben von Whisky, von Gin und von Wein …

»Schuft! Jetzt lenk nicht ab!«

Tom fuhr grinsend auf einen Waldparkplatz, holte eine Decke aus dem Kofferraum und zog Sabrina auf eine kleine Lichtung.

»Ich weiß, Sabrina, wie wichtig dir die Gala ist.« Sie wollte etwas erwidern, aber er legte ihr seine Finger sanft auf den Mund. »Es ging dir nicht immer gut an meiner Seite, auch das weiß ich. Es war sogar eine verdammt schwierige Zeit. Ich möchte aber nicht nur, dass du Hoopengeluk rettest, sondern auch DEINE Gala. Darum, mein Liebes, fahren wir jetzt noch einmal zu Leo.«

Er machte eine Pause und streichelte ihr Haar.

»Ich habe ihn schon vor ein paar Tagen angerufen, nachdem du in Menzenschwand so begeistert von deinen Maultaschen erzählt hast.«

Erneut schwieg er, als müsse er seine Gedanken sortieren.

»Die Mädels machen jetzt DEINE Maultaschen ohne dich, und ich möchte, wenn du jetzt auf *Hoopengeluk* aufschlägst, dass du deine ganz eigenen Maultaschen dabeihast. Das ist mein kleines Geheimnis.«

Sabrina sah ihn wortlos an, und er wusste, dass sie kein Wort verstanden hatte.

»Und was haben die Maultaschen mit Leo und seinem Gin zu tun?«, fragte sie.

»Es gibt viele Arten von Gin. Aber hast du nicht gesagt, die Gala muss einzigartig sein und Maultaschen müssen im Mittelpunkt stehen? Wäre da für eine Sterneköchin nicht der erste Schwarzwald-Gin mit Maultaschen angemessen?«

»Du hast –? Ihr habt –?«, stotterte sie. Tom grinste und nickte.

»Ich dachte, die Gala könnte noch einen besonderen Cocktail vertragen.«

»Und was war in dem Päckchen?«

»Maultaschen. Vom Sternekoch. Und Leo ist überzeugt, dass das Aroma wie geschaffen ist für einen genialen Gin!«

Sabrina traute ihren Ohren nicht.

»Einen … genialen … Gin …? Aus Maul – ta – schen? Wie verrückt ist DAS denn! Verrückt und brillant!«

Tom lachte, und Sabrina lehnte sich an ihn, während sie verträumt in den Frühlingswald blickte.

»Schau mal, was da vorne blüht? Am Waldrand, unter den Buchen!«

Er folgte ihrem Blick.

»Das sind Maiglöckchen! Ein ganzer Teppich.«

»Ich kenn mich in der Botanik nicht so gut aus, aber wenn du das sagst.«

»Ganz sicher! Diese nickenden weißen Glöckchen. Früher hatten wir immer im Mai einen Strauß daheim, obwohl sie giftig sind.«

Sabrina dachte an das, was ihr Belle am Telefon gesagt hatte: »Bist du sicher, dass es Bärlauch war, was dieser Koch besorgt hat?«, und der Gedanke durchzuckte sie wie ein Blitz: »Ich werde sie mit ihren eigenen Waffen schlagen!«

★

»Wie sind wir in der Zeit?«, fragte Belinda mit einem Blick auf die Schüsseln, Töpfe und Pfannen, die sich in der Küche türmten.

»Alles im Rahmen«, beruhigte sie Isabel. »Und ich glaube, mit DER Umsetzung seiner Maultaschenidee muss sich Henning keine Sorgen machen. Deine Einfälle sind wirklich genial, Belinda.«

»Da kommt Karen.« Belinda deutete auf die Tür, die aus der Küche in den Innenhof führte.

»Na, my Vrouens, sind Sie bereit für den großen Moment?«

»Es kann losgehen«, antwortete Isabel zuversichtlich, als die Melodie eines Handys das Gespräch unterbrach. Belinda fischte ihr iPhone aus der Tasche.

»Oma? – Was gibt's? – Oh nein!« Sie zuckte entschuldigend die Schultern und zog sich in eine Ecke zurück. Zwei Minuten später war sie wieder bei den beiden anderen.

»Sorry, mein Opa hat auf Mallorca eine Bodega gekauft. Aber man hat ihn übers Ohr gehauen. Oma fliegt morgen hin, um zu retten, was zu retten ist.«

»Na prima«, meinte Isabel und verzog ihren Mund zu einem überbreiten Grinsen, »dann wartet nach Südafrika ja schon das nächste Abenteuer auf dich.«

»Sie werden uns schon wieder verlassen?«, wollte Karen wissen, und Belinda konnte sich des Eindrucks nicht erwehren, dass ein heimlicher Triumph in ihrer Stimme mitschwang. Doch noch ehe sie etwas entgegnen konnte, stellte die Gutsherrin schon die nächste Frage: »Hat es bei den Speisen noch Änderungen gegeben?«

»Nur Kleinigkeiten«, antwortete Isabel. »Wir nappieren die Getrüffelten Strauß-Bärlauch-Maultaschen mit einer Rotweinbuttersauce aus Ihrem preisgekrönten Merlot-Cuvée. Durch kalte Würfel aus Beurre Rouge erhalten wir den glänzenden Farbton des Weins und ein feines Aroma. Eine Delikatesse in leuchtendem Rot.«

»Wir nennen es ›Maultaschen in Love‹. Das klingt fantastisch, finden Sie nicht?«, strahlte Belinda, doch Karen sagte nichts.

»Und der Rest des Menüs kann sich auch sehen lassen«, freute sich Isabel. »Wir beginnen mit Hühnchen-Safran-Sosaties mit Physalis.«

Sie machte eine Pause, da sie wusste, dass Karen als Liebhaberin des Braai die gegrillten südafrikanischen Fleischspieße sehr mochte. Doch weder die Sosaties noch die Kapstachelbeere entlockten ihr ein Lächeln.

»Es folgt Belindas Maultaschen-Mosaik mit geschmelzten Zwiebeln und einem Fadennest aus Rote-Beete-Sprossen. Und vor dem Hauptgang reichen wir ein Amarula-Sorbet mit geeistem Rooibostee.«

Jetzt zuckten Karens Mundwinkel leicht, und Isabel fuhr fort: »Höhepunkt der gewünschten Kombination aus schwäbischer und südafrikanischer Küche sind dann die ›Maultaschen in Love‹ mit Mango-Chakalaka, und als Dessert gibt es ein Süßes Melktart-Maultäschchen mit Bananen-Ananas-Schmelze an Karamelsoße.«

»Und Sie haben alles, was Sie benötigen?«, fragte Karen, ohne Isabels Begeisterung zu teilen.

»Bis auf den Bärlauch«, antwortete Belinda.

»Der wird rechtzeitig eintreffen. Unser Verwalter hat den Auftrag, mir den Bärlauch unverzüglich zukommen zu lassen. My Vrouens, baie geluk!«

Selber bye, Glucke, zischte Tinker.

»Das heißt ›viel Glück‹«, übersetzte Belinda, als Karen außer Hörweite war. »Das können wir wohl brauchen.«

»Begeisterung klingt anders«, meinte Isabel und seufzte. »Ich glaube, dass ihr deine Liaison mit Henning nicht behagt. Hast du nicht herausgehört, wie gern sie dich los wäre?«

»Aber sie kann ihren Sohn doch nicht ein Leben lang an sich binden.«

»Sie ist bisher nichts anderes gewöhnt«, sinnierte Isabel.

Die Glucke, geiferte Tinker, *wär doch was für Rhii-tschiiieh, den Gockel!*

*

Sabrina wusste, dass es verboten war, wilde Maiglöckchen zu pflücken. Ein Bild tauchte vor ihrem geistigen Auge auf. Nickende weiße Glöckchen. Sie hatte sie gesehen! Noch nicht lange her. Wo, verflixt? Na klar! Die Terrasse … das kleine Beet …!

»Tom?«

»Ja?«

»Ich habe noch was vergessen. Wir müssen noch mal zurück nach Zavelstein.«

»Das wird knapp! Wir brauchen über zweieinhalb Stunden bis Kloten. Ohne Stau.«

»Und wenn es sein muss?«

»Und warum?«

»Das, mein Lieber, ist jetzt mal mein Geheimnis!«

Tom nickte. »Kein Problem. Die warten sicher mit der Gala, bis ihre echte Sterneköchin kommt. Und Richie freut sich, wenn du wirklich erst mit einer späteren Maschine aus Frankfurt landest. Los, einsteigen!«

Zwanzig Minuten später hielt Tom in der Einfahrt von *Berlins KroneLamm*. Sabrina blieb noch einen Augenblick neben ihm sitzen.

»Und wir beide fliegen wirklich zusammen nach Kapstadt?«

»Mir dir fliege ich überallhin.«

Sie lächelte und wollte schon aussteigen, als er leise sagte: »Lass mich bei dir sein und auf dich aufpassen. Mehr will ich nicht. Okay?«

Sie drehte sich noch einmal zu ihm um, er hob sanft ihr Kinn und zwang sie, ihm in die Augen zu sehen. Dann küsste er sie lange und intensiv.

Als er sie wenige Minuten später mit dem kleinen Blumenstrauß nickender weißer Glöckchen zurückkommen sah, wusste er, dass er diese Frau liebte.

✳

»Du bist schon wieder zurück in Südafrika?«, fragte Mattys Wild, nachdem er Hinrichsens Nummer erkannt hatte.

»Ja«, antwortete Hinrichsen. »Und wo steckst du?«

»Frankfurt Abflugterminal. Was ist mit dieser Sabrina?«
Er fluchte innerlich und rieb sich die schmerzende Stelle zwischen den Beinen.

»Die hat Richie im Auge. Sie war so naiv, ihm ihre Flugdaten durchzugeben. Für die Gala stellt sie keine Gefahr mehr dar.«

»Hoffentlich überlässt er sie nicht wieder seinem Freund Bushman!«

»Kaum. Er ist selbst viel zu scharf auf die Kohle. Und ich habe ihm angekündigt, wenn er noch einmal versagt, geht er leer aus.«

»Perfekt«, sagte Wild. »Und falls nach unserer Aktion auf *Hoopengeluk* jemand wissen will, wer die feinen Pflänzchen aus Deutschland mitgebracht hat, können wir es diesem Miststück in die Schuhe schieben.«

»Feine Pflänzchen«, kicherte Hinrichsen. »Ist deine Kräutermischung komplett?«

»Alles geerntet. Deutsche Ware vom Feinsten. Die Alte wartet persönlich darauf. Bringe ich per Luftfracht heute Nacht direkt nach Kapstadt.«

»Dann kann die *Gala Chakalaka* kommen. *Hoopengeluk* gehört uns!«

HOOPENGELUK

Am Morgen des großen Tages stand Belinda im Schatten des alten Gelbfieberbaums und blickte zum Teich. Sie registrierte die Bewegung zwischen dem Papyrus. Schlanke Hälse tauchten zwischen den hellgrünen Halmen auf und verschwanden wieder. Ihr Herz begann zu hüpfen, als sie die Vögel erkannte.

»Du hast sie schon entdeckt?«, flüsterte plötzlich Henning an ihrem Ohr. Er war lautlos neben sie getreten, und sie spürte seine Lippen sanft an ihrem Hals. »Es sollte eine Überraschung sein. Du hast dir Flamingos gewünscht. Da sind sie. Sie gehören dir.«

»Mir?« Sie drehte sich zu ihm um. »Aber wo hast du die so plötzlich her?«

»Bushman«, sagt er nur. »Sein Bruder aus Kapstadt arbeitet in der Pinguin-Auffangstation im Table Bay Nature Reserve. Manchmal bekommen sie verletzte oder flugunfähige Flamingos aus der Milnerton-Lagune. Aber dort haben sie nicht genügend Platz. Diese drei hier können nicht mehr fliegen. An der Küste wären sie bald Opfer der Schakale.«

»Sie sind … wunderschön …«

»Leider nicht rosarot.«

Und schon gar nicht pink!, protestierte Tinker.

»Wenn wir das hier hinter uns haben, fahre ich mit dir zum Kamfers Dam in Kimberley. Dort gibt es Zwergflamingos. Die rosaroten.«

Henning schloss Belinda in die Arme.

»Ich muss los. Die Gäste begrüßen.«

»Und ich muss in die Küche zu Isabel.«

Sie küssten sich und hielten sich noch einen Augenblick an den Händen fest.

»Fahren wir wirklich«, fragte Belinda, »zu den rosaroten Flamingos?«

Henning nickte. Belinda sah ihm nach, wie er in Richtung der Veranda verschwand.

Ich will sie aber mit Glitzer, motzte Tinker.

»Du bist jetzt einfach mal ruhig, du kleines Luder«, flüsterte Belinda, »während der nächsten Stunden hast du Betriebsferien!«

Und ich will sie trotzdem mit Glitzer. Und Pink! Punkt.

✳

Tom hatte den Allrad in der Einfahrt von *Hoopengeluk* gewendet und sah Sabrina nach, wie sie zwischen mannshohem Fynbos über den schmalen Pfad, der zum Nebeneingang führte, verschwand. Er hatte vor, seinen Einsatz bei der Gala in einer der Parkbuchten oberhalb des Weinguts abzuwarten. Getarnt als harmloser Tourist im Mietwagen, der auf den Sonnenuntergang hoffte. Später, wenn alle Gäste an ihren Plätzen waren, würde er sich in die Küche stehlen, um in Sabrinas Nähe zu sein. Das war der Plan.

Schon wollte er den Toyota starten, als ihn ein Klopfen an der Heckscheibe herumfahren ließ. Sabrina hatte ihm Bushman mehrfach und so ausführlich beschrieben, dass er ihn sofort erkannte.

Verdammt! Warum musste ausgerechnet er ihn entdecken? Er hatte nicht mal eine Waffe bei sich und fluchte, weil er sich nicht gleich davongemacht hatte, nachdem Sabrina ausgestiegen war.

Bushman kam, nein schlich gebückt zur Fahrerseite und bedeutete Tom, das Fenster zu öffnen. Tom überlegte, einfach davonzufahren, doch der eindringliche Blick des Mannes hielt ihn davon ab.

✳

»Das ist der Bärlauch, my Vrouens. Direkt aus Ihrer Heimat«, sagte Karen van Wynsberghe und reichte Isabel eine Plastikbox, durch deren transparenten Deckel frisches Grün schimmerte. Isabel öffnete die Abdeckung und ließ Belinda riechen.

»Und, was meinst du?«, fragte sie. »Bärlauch aus dem Schwarzwald?«

Belinda sog den Duft mit einem tiefen Atemzug ein. »Mhm. Sehr fein. So riecht Bärlauch. Mit einer deutlichen Note Convallaria majalis«, konstatierte sie, nachdem sie sich die Unterseite eines Blattes angesehen hatte.

»Wie bitte?«, fragte Karen.

»Spargel«, meinte Isabel trocken. »Die besondere Note DIESES Bärlauchs.«

Im selben Moment öffnete sich die Tür, und Henning kam herein.

»Was macht ihr denn für Gesichter?« fragte er.

»Schließ die Tür, rasch!«, bat ihn Belinda. »Frag jetzt nicht, wir haben nicht mehr viel Zeit. Es geht um *Hoopengeluk*!«

Henning sah fragend zu seiner Mutter.

»Nimm deine Mutter mit, und sorgt bitte dafür, dass wir in der Küche ungestört sind.« Ihre Bitte klang wie ein Flehen. »Bitte vertrau mir einfach. Ich liebe dich!«

Karens Augen funkelten, und der Blick, den sie Henning zuwarf, war aus Eis.

✳

Sabrina war ein paarmal mit Richie auf *Hoopengeluk* gewesen und kannte das Gelände. Auch Henning hatte sie damals kennengelernt, doch sie war nie dazu gekommen, sich im Vorfeld als Köchin der Gala bei ihm zu erkennen zu geben, was sich im Nachhinein als glücklicher Umstand erwiesen hatte. Plötzlich hörte sie ein Rascheln im Gebüsch und erkannte Bushman, der von der Einfahrt zu kommen schien.

»Mein Gott«, dachte sie, »wenn er Tom gesehen hat!«

Maphikelela Bhekizifundiswa Mfanafuthi blieb stehen und grinste sie an. Irritiert verharrte auch sie und hatte zum ersten Mal bei diesem Mann das Gefühl, dass sein Grinsen keine hämische Grimasse war.

»Wenn du es nicht besser wüsstest, könnte es auch ein harmloses Lächeln sein.«

Sabrina setzte ihren »Ein-falscher-Ton-und-ich-ruiniere-dein-Leben-Blick« auf, mit dem sie sich auch schon in anderen kritischen Situationen ohne Worte Respekt verschafft hatte, und legte den Zeigefinger beschwörend an ihre Lippen. Der bullige George-Foreman-Verschnitt signalisierte ihr mit einem fast unmerklichen Nicken, dass er verstanden hatte, und sie schlich unbehelligt auf den Hintereingang der Küche zu. Sie blieb stehen, als sie Karen van Wynsberghe und ihren Sohn aus dem Küchentrakt kommen sah.

✴

»Wollen hoffen, dass deine Freundin Sabrina noch rechtzeitig aufschlägt«, sagte Belinda, nachdem Henning und seine Mutter die Küche verlassen hatten.

»Schon geschehen, Mädels!«, rief eine fröhliche Stimme vom Eingang zur Küche, und die Blicke der beiden Frauen fuhren herum. In der Tür stand lachend Sabrina und winkte mit einem Busch grüner Blätter. »Falls ihr eure Maultaschen lieber mit diesem Bärlauch würzt, bitte sehr!«

»Sabrina!«, rief Isabel, hechtete auf ihre Freundin zu und umarmte sie stürmisch.

Auch Belinda strahlte, lernte sie doch endlich die echte Sterneköchin kennen, über die sie so oft gesprochen hatten.

»Wo hast du deinen Buschpiloten? Dürfen wir ihn nicht kennenlernen?«, fragte Isabel.

»Doch«, antwortete Sabrina schmunzelnd, »später. Ich stelle ihn euch vor, sobald die Zeit dafür gekommen ist.«

»Hat dich niemand gesehen?«

»Ich hoffe nicht. Nur Bushman, aber der wird schweigen. Wild, Hinrichsen und Richie glauben, dass ich noch in Deutschland bin. Nur so haben wir es in der Hand, ihnen einen Strich durch die Rechnung zu machen.«

»Und was ist mit Henning und Karen? Wie kommt es überhaupt, dass niemand Fragen stellte, als ich statt dir hier aufschlug?«

»Das ist schnell erklärt. Adriaan Doorn hatte im Auftrag der van Wynsberghes über eine internationale Mietkochagentur eine deutsche Sterneköchin für die Gala gebucht.«

Rasch und in wenigen Sätzen erklärte Sabrina, welche Doppelrolle Richie gespielt hatte:

»Nachdem ich raus war, hat er dich hier eingeschleust und gleichzeitig eingeschüchtert. Ich bin mir sicher, dass er es war, der dich bedroht hat.«

»Spricht einiges dafür, zumal er auch mein Handy hat.«

»Und jetzt«, sagte Sabrina und blickte die beiden Köchinnen eindringlich an, »werdet ihr der Gala einen kulinarischen Erfolg liefern, der Seinesgleichen sucht.«

»Warum ›ihr‹?« Belinda runzelte die Stirn. »Du machst doch ab jetzt mit?«

»Genau. Wird außerdem Zeit, dass du deinem Stand als Chefin de Cuisine alle Ehre machst!«, ergänzte Isabel.

»Nein, Mädels«, widersprach Sabrina, »ihr seid bisher fantastisch ohne mich klargekommen, lasst mich da bitte raus. Ich würde mich unterdessen sehr gerne um den Cocktail kümmern, okay?«

Isabel und Belinda sahen sich an und zögerten. Sabrina senkte ihre Stimme zu einem Flüstern und sagte in verschwörerischem Ton: »Es ist Teil meiner persönlichen Rache. Ich habe meine ganz speziellen Zutaten dabei. Das müsst ihr jetzt bitte mir überlassen. Gebt mir den Cocktail und vertraut mir …«

Die Arbeitsteilung war perfekt: Belinda übernahm zusammen mit Jamina vorne an der Schwingtür die Übergabe der glänzenden Silbertabletts mit den weiß leuchtenden Tellern an die Servicekräfte. Sabrina half Belle in der Küche beim Anrichten und hielt sich dabei im hinteren Teil des schmalen, länglichen Trakts auf, um zu verhindern, dass das eigens vom *Ouplaas* abgestellte Personal oder ein ungewollt in der Küche verirrter Gast sie zu früh entdeckte.

Tom blieb, nachdem er von seiner unvorhergesehenen Geheimmission aus Kapstadt zurückgekehrt war, bis zum Sonnenuntergang im Wagen und schlich sich jetzt, während die Gäste im Schatten der alten Eichen im Innenhof das Galadinner genossen, in den kleinen Lagerraum, der von der Rückseite des Anwesens durch eine Hintertür zu erreichen war. Es entging Sabrina nicht, dass er von dort aus über sie wachte.

»Es ist besser, wenn man auf dich aufpasst!«, hauchte er später, als er sie in einem der unbeobachteten Momente auf eine Umarmung und einen Kuss zwischen Kochtöpfen und Tranchierbrettern zu sich hereinzog.

»Was hattest du noch in Kapstadt zu tun?«, fragte sie, doch er hatte sie wieder einmal mit einem Geheimnis zurückgelassen, indem er seinen Zeigefinger auf die Lippen legte und den Kopf schüttelte.

Es war der bisherige Höhepunkt des Abends, als Belinda die Mädchen in ihren adretten Kostümen mit den im roten Merlot-Jus schwimmenden »Maultaschen in Love« in Zweierreihen hinaus in den Innenhof schickte. Die Szene hatte etwas vom Finale des *Traumschiffs*.

Die Stimmung in der Küche war trotz aller Anspannung und Disziplin ausgelassen und heiter. Isabel, die Tom inzwischen kennengelernt und ihm zugezwinkert hatte, zog Sabrina mit lustigen Kommentaren wie »Klar, die einen kochen, die anderen knutschen!« auf.

Belinda versuchte, durch das runde Glasfenster in der Schwingtür ab und zu einen Blick auf Henning zu erhaschen. Nur einmal war er kurz bei ihr an der Tür aufgetaucht und hatte sie geküsst. »Ich bin verdammt stolz auf dich, die Gala ist fantastisch!«

Unter dem leuchtenden Kreuz des Südens servierten die Mädchen das Dessert.

»Hat es noch keine langen Gesichter bei Hinrichsen & Co. gegeben, nachdem die Gäste die getrüffelten Strauß-Maiglöckchenmaultaschen ohne Magenbeschwerden verdaut haben?«, fragte Sabrina, als sie mit Isabel allein in der Küche war.

»Die Herren sind sicher etwas irritiert, dass noch niemand Magenkrämpfe hat«, antwortete Isabel schmunzelnd.

»Dann sollten wir jetzt langsam den Showdown einläuten. Sobald das Dessert abgetragen ist, starten wir.«

Gemeinsam mit Jamina begannen sie, Eiswürfel in die langstieligen Gläser zu füllen. Sabrina verzichtete gut gelaunt und euphorisch auf den Messbecher und übernahm das würdevolle Eingießen des Gins in jedes der formvollendeten Gläser. Nachdem sie ein halbes Dutzend gefüllt hatte, machte sie eine Pause und wandte sich in vertraulichem Ton an Isabel: »Tust du mir bitte noch einen Gefallen?«

»Wenn du mir versprichst, dass es dieses Mal nur halb so gefährlich ist?«

»Nicht gefährlich, meine Liebe. Aber dafür tödlich! Vertrau mir einfach.«

»Jetzt sag schon, bevor ich es mir anders überlege!«

»Belinda weiß von Henning, dass der Verwalter gleich eine Rede halten und sich, wie gewohnt, bei den Köchinnen des Abends bedanken wird.«

Sabrina beugte sich zu Isabel nach vorn und wagte sich dabei etwas zu weit aus der verborgenen Nische der Küche. Der scharfe Ton einer gebieterischen Stimme ließ sie herumfahren: »Und wer sind Sie denn bitte?«

Im schmalen Küchenflur hatte sich Karen an Belinda vorbeigedrängt, die offensichtlich keine Chance gehabt hatte, die Gutsbesitzerin auf die Begegnung mit Sabrina vorzubereiten.

Sabrina sah auf und versuchte, die Situation zu retten. »Mevrou van Wynsberghe, bitte hören Sie mir zu. Nur einen Moment.«

»My jong vrou! Wer immer Sie sind, ich habe da draußen eine Menge Gäste sitzen, also fassen Sie sich kurz!«

»Mummie!«

Karen fuhr herum. Henning, der seiner Mutter gefolgt war, stand wie ein Beschützer hinter Belinda und hielt sie an den Schultern fest. Seine Mutter registrierte es mit skeptischem Blick, und Henning sagte: »Ons kan Belinda en haar vriende vertrou, Mummie!«

Mumie! Endlich mal der passende Name für die Queen Mum, jubilierte Tinker.

»Belinda und ihren Freundinnen vertrauen? Kannst du mir erklären, was das soll?« Karens Stimme klang verärgert und ungeduldig, ihr stechender Blick schien Sabrina zu durchbohren.

»Mevrou van Wynsberghe. Auch ich habe nicht viel Zeit. Ich bin Sabrina. Die Köchin aus dem *Ouplaas*.«

Karen runzelte die Stirn, und ihre Augen wanderten zu Isabel. Und die?, schien sie zu fragen. Isabel wandte sich mit einem überschäumenden Grinsen an die Gutsherrin und erklärte stolz: »Sie ist die Sterneköchin, die ursprünglich dafür vorgesehen war, die Gala auf *Hoopengeluk* zu bekochen.«

Sabrina streckte der überraschten Karen leger die Hand entgegen, doch die Gutsbesitzerin brachte keinen Ton heraus. Sie trat einen Schritt zurück, betrachtete zuerst Sabrina von Kopf bis Fuß und starrte dann Isabel an.

»Und wer ... sind dann ... Sie?«

»Sie ist ich!«, erklärte Sabrina.

Karens Blick wanderte von Isabel zu Belinda. »Und Sie sind ...?«, fragte sie tonlos.

»Sie ist ich!«, warf Isabel ein. »Ich kam für Sabrina, und Belinda kam für mich, um es kurz zu machen. Aber kochen können wir alle drei.«

Karen gelang es nicht, ihre Verwirrung zu verbergen.

»Sie sind Sie? Und Sie sind Sie? Und Sie sind die Sterneköchin, die uns aus Kapstadt angekündigt wurde?«, wiederholte sie und sah die drei Frauen ungläubig an.

»Ja«, bestätigte Sabrina.

In wenigen Sätzen schilderte sie mit scharfer und zugleich emotionaler Stimme ihren Verdacht und auf welche kriminellen Machenschaften sie im Schwarzwald gestoßen war. Ihr Tonfall ähnelte dem Karens, der dies nicht zu behagen schien. Kühl und scheinbar desinteressiert lehnte sie an einem Küchenblock und wurde, da sie keine Reaktion zeigte, zweimal von ihrem Sohn aufgefordert, genau zuzuhören. Als Sabrina den geplanten Giftanschlag auf die Gala erwähnte, presste Karen ihre Finger krampfhaft in die Edelstahloberfläche.

Sabrina zeigte auf die Schwingtür nach draußen. »Da sitzen ein paar Hyänen der übelsten Sorte, die nur auf Ihre Niederlage heute Abend warten, um sich dann, wenn Sie am Boden liegen, *Hoopengeluk* unter den Nagel zu reißen.«

Karens Miene gefror. »WER sollte es wagen …?«

»Das erklären wir Ihnen später«, warf Sabrina ein, und ihre Stimme duldete keinen Widerspruch. »Wir MÜSSEN jetzt den Cocktail vorbereiten!«

»Was haben Sie vor?«, fragte Karen, und aus ihrer Stimme sprach Entsetzen.

»Wir haben einen Plan. Dazu ist es nur wichtig, dass Sie das, was Sie hier gesehen haben, für sich behalten«, antwortete Isabel.

»Den Rest erledigen wir!«, ergänzte Sabrina.

Karens Mundwinkel zuckten nervös, ihre Augen verengten sich zu schmalen Schlitzen, und es war unschwer zu erkennen, dass sie den drei jungen Frauen in der Küche nur ungern das Feld überließ.

»Wer sagt, dass ich Ihnen glauben kann?« Ihre Frage galt Sabrina.

»Ich!«, sagte Isabel.

»Ich!«, kam es auch von Belinda.

»Ich«, dröhnte eine weitere, männliche Stimme.

Karen starrte zu Tom Seidler, den sie als Pilot Hinrichsens zwar aus Kapstadt kannte, doch ihre beabsichtigte Frage, welche Rolle er denn spiele, wurde vom dröhnenden »Ich!« ihres Sohnes unterbunden. Karens Gesicht wurde aschfahl.

Plötzlich war ein Schatten hinter Tom aufgetaucht, und ein unerwartetes fünftes »Ich!« erschreckte alle, die im Küchentrakt standen.

Sabrina erstarrte und rang nach Luft.

»Bushman!«, war alles, was sie herausbrachte. Der bullige Hüne nickte und legte seinen Zeigefinger ebenso beschwörend an seine Lippen, wie das Sabrina vor wenigen Stunden ihm gegenüber getan hatte. Sie dachte an ihre Gefangenschaft im Busch und ihre Flucht. Was, wenn es kein Zufall war, dass ihre Fesseln sich so leicht lösen ließen? Der Gedanke durchzuckte sie wie ein Blitz.

Schon wollte sie ihn fragen, als Karen total überfordert mit den Worten »ich muss zu unseren Gästen« die Küche verließ.

»Und bitte kein Wort zu irgendjemand, dass ich hier bin«, rief Sabrina noch hinter ihr her, und als sie sich wieder nach Bushman umdrehte, war er verschwunden.

✳

Der Beifall brandete auf wie das Tosen der Wellen in Tsitsikamma, als Adriaan Doorn Isabel Conrad als Chefköchin der Gala zu sich ans Mikrofon bat. Sie wartete den Applaus ab, bedankte sich mit einem Lächeln, fing den liebevollen Blick von Carsten Schechinger auf und konzentrierte sich auf das, was sie sich, nach Sabrinas Bitte, im Kopf zurechtgelegt hatte.

»*Hoopengeluk*«, begann sie, »Hoffnung und Glück.« Sie machte eine Pause und fuhr dann fort: »Wie nahe liegen diese beiden Worte doch beieinander. Wir alle wissen, dass der heutige Abend mit großer Hoffnung verbunden ist, ein Weingut in seiner Tradition und Schönheit zu erhalten. Ich durfte mit meinem Küchenteam versuchen, einen Teil dazu beizutragen, und wir haben heute nicht nur bewiesen, dass man mit Kochkunst viele Ziele erreicht, sondern mit RAFFINIERTER Kochkunst die ganz großen Ziele erreichen kann. Lassen Sie uns nun auf das Juwel *Hoopengeluk* und auf die Hoffnung für seine Zukunft trinken, denn nichts rundet einen genussreichen Abend besser ab als ein Cocktail.«

Sie blickte zum Küchentrakt und sah, dass die Servicekräfte mit den Tabletts bereitstanden.

»Nachdem Maultaschen heute Abend für Ihren Gaumen und für *Hoopengeluk* die richtige Wahl waren, präsentieren wir sie jetzt als Krönung dieser Gala in einer bisher nie dagewesenen Form: Unsere Überraschung für Sie, die Weltpremiere des ›Maultaschen in Gin‹!«

✳

Sabrina und Belinda hatten hinter der Schwingtür gestanden, um Isabels Rede zu lauschen, und dabei nicht bemerkt, dass Karen eingetreten war.

»Ich habe über Ihre Behauptung nachgedacht«, sagte sie und baute sich neben Sabrina auf, »wenn Sie mir hier nichts vorgaukeln, dann beweisen Sie es! Ich lege allerdings Wert darauf, dass Meneer Wild Ihre Behauptungen bestätigt! Als Food & Beverage Manager des *Ouplaas* muss er ja wissen, wer seine richtige Chefin de Cuisine ist.«

»Mattys Wild? Der Ihnen DIESEN frischen Bärlauch übergeben hat?«, fragte Belinda und zeigte auf die Plastikbox. »Sie können das nicht wissen, Mevrou van Wynsberghe, aber es gibt bei uns in Deutschland zwei Pflanzen, die sich auf den ersten Blick sehr ähnlich sind: Bärlauch und Maiglöckchen. Beide sind essbar. Aber bei der einen überleben Sie's nicht. Dieser starke Geruch nach Lauch spricht dafür, dass es sich tatsächlich um Bärlauchblätter handelt.«

Sie ließ Karen an den Pflanzenblättern riechen und fuhr fort: »Feiner Bärlauchduft. Aber mich legen diese Verbrecher nicht herein. Ich habe in einer Apotheke gearbeitet und kenne mich mit Giften und Heilpflanzen aus. Die Blätter beider Pflanzen sind zwar oval und breit und haben dasselbe Grün, aber die Blattunterseiten unterscheiden sich: Beim Bärlauch leuchten sie matt, die Maiglöckchen glänzen. Da die Pflanzen eine lange Reise hinter sich haben, hat der Glanz etwas nachgelassen, aber man sieht den Unterschied trotzdem. Diese Pflanze hier …«, sie nahm eine Handvoll der sattgrünen, etwa 20 Zentimeter langen Blätter heraus, »… ist tatsächlich Bärlauch. Ein Blatt umfasst je einen einzigen Stängel, sehen Sie?«

Belinda hielt Karen eine der Pflanzen hin.

»Und hier haben wir einen Stängel, aus dem zwei Blätter kommen, das sind eindeutig Maiglöckchen. Sehen Sie die glänzende Unterseite? Sie riechen auch schwach nach Lauch, weil sie in dieser Box den Geruch der wenigen Bärlauchblätter angenommen haben, aber wenn wir damit unsere Maultaschen gefüllt hätten …«

»Was dann?«, fiel ihr Karen ins Wort.

»Dann hätten Ihre Gäste keine Freude an der Gala gehabt. Und *Hoopengeluk* wäre seinen guten Ruf losgeworden. Sie wären ruiniert!«

»Sie könnten Ihr Weingut dann in *Slegtegeluk* umbenennen«, ergänzte Sabrina.

Schlechtes Glück. Also Pech! In Karens Kopf setzten sich die Teile zu einem Ganzen zusammen. »Sie meinen, diese Blätter …?«

»Sind fast alle giftig!« Belinda nickte. »Und wenn tatsächlich Mattys Wild sie mitgebracht hat, sollten Sie Ihr Vertrauen ab jetzt etwas behutsamer einsetzen.«

»Vielleicht sollten Sie auch noch etwas anderes wissen«, sagte jetzt eine männliche Stimme, und Karen wandte sich um. Tom war aus seinem Versteck im Lagerraum getreten und winkte die Gutsherrin zu sich, während Belinda nach draußen ging, um beim Servieren der Cocktails zu helfen, und sich Sabrina wieder auf das Geschehen bei der Gala konzentrierte.

✴

Es zeigte sich, dass der transparente Gin in den von Sabrina ausgewählten langstieligen Fancygläsern voll zur Geltung kam. Während der Cocktail unter beifälligem Nicken und großer Neugier an den Tischen serviert wurde, hatte Sabrina die Gläser für ihre »Ehrengäste« auf ein extra Tablett gestellt und wartete, bis ihre Zeit gekommen war.

»Was hattest du denn so Wichtiges mit Karen zu flüstern?«, fragte Sabrina schelmisch, als Tom wieder neben sie trat.

»Das wirst du schon noch sehen«, antwortete er geheimnisvoll. Seine Stimme klang besorgt, als er fragte: »Bist du sicher, dass ich dich ab jetzt allein lassen kann? Gerne tu ich das wirklich nicht.«

»Ja, natürlich, ganz sicher«, beruhigte sie ihn. »Das wird jetzt meine ganz persönliche Abrechnung mit jedem Einzelnen von denen.«

»Ich gehe jetzt durch das Haus nach draußen. Mein Platz ist im Hintergrund, falls einer der Geehrten auf Fluchtgedanken kommt, bevor er deinen Cocktail genießen kann.«

»Ich habe es bis hierher geschafft, und das hier schaffe ich auch noch …«, sie zögerte einen Moment, »… mit dir!«

Toms Antwort war ein sanfter, aber liebevoller Kuss, und er flüsterte: »Ich werde dich keine Sekunde aus den Augen lassen. Es kann dir nichts passieren.«

Er griff zu dem kleinen Bund, aus dem Sabrina ihre Gläser verziert hatte, und nahm eines der grünen Blätter.

»Ich weiß nicht, ob ich jemals eine mutigere und entschlossenere Frau kennengelernt habe. Ich glaube, die gibt es nicht!«

Sabrina lächelte ihn an.

»Und eine schönere.«

Sabrina berührten seine Worte, und sie spürte im gleichen Moment, wie er das blühende Maiglöckchen sanft in ihrem Haar feststeckte.

»Ich bin weg. Und ich bin da!«

Sabrina versuchte, sich wieder auf Isabels Darbietung im Innenhof zu konzentrieren. Sie zelebrierte den bevorstehenden Höhepunkt des Abends voller Vorfreude. Mit blumigen Worten holte sie die Hauptakteure ihres Showdowns nach vorne, und Sabrina gestand sich eine wahrnehmbare Anspannung ein, vor allem, was die Begegnung mit Richie anging. »Pech, nicht mein Problem«, dachte sie. »DAS hättest du einfach mit mir nicht machen sollen!«

»Wundervolle Menschen«, säuselte Isabel jetzt, ohne mit der Wimper zu zucken, und betonte dabei jedes Wort, »deren Einsatz und Bestreben wir diesen besonderen Abend zu verdanken haben.«

Ein Luftzug streifte Sabrinas Gesicht, sie bemerkte den gleichen Schatten, den sie am Abend schon einmal in der Küche wahrgenommen hatte, und in Sekundenbruchteilen machte sich Entsetzen in ihr breit. Bushman!

»Mist, durchfuhr es sie, warum jetzt?«

Wollte er das beenden, was er im Busch mit ihr vorgehabt hatte? Jetzt, so kurz vor ihrem Ziel? Der euphorische, souveräne Klang von Isabels Stimme drang wie durch einen Schleier zu ihr herein:

»Meneer Hinrichsen, darf ich Sie zu mir bitten, und bringen Sie doch Ihren F&B-Manager aus dem *Ouplaas* gleich mit.«

Bushman kam auf Sabrina zu. Sie war allein, und ihr Herz raste. Er legte einen Finger auf seine Lippen, während er die andere Hand hinter seinem Rücken versteckt hielt. Tom war draußen – würde er es hören, wenn sie schrie?

Im Innenhof erzählte Isabel etwas von guter Nachbarschaft und sprach Richie an: »Meneer Cradock, auch Ihnen gebührt der Erfolg des heutigen Abends.«

Sabrina hatte keine Chance, Isabels bühnenreife Schauspielkunst zu verfolgen und sich auf ihren eigenen Auftritt zu konzentrieren.

Bushman kam näher. Hatte sie doch noch nicht gewonnen? Ihre Hand tastete nach hinten zum Messerblock, während Isabel noch Adriaan Doorn aufs Podium bat.

Den Finger noch immer an seinen Lippen, brachte Bushmans andere Hand ein weißes Stoffbündel zum Vorschein, das er Sabrina entgegenhielt. Sie, die mit einer Messerattacke oder einem Schuss gerechnet hatte, war verunsichert.

Sein »Sorry« klang überraschend sanft, und sie erkannte in dem weißen Stoff ihre Kochjacke aus dem *Ouplaas*, mit dem Emblem des Hotels und dem Schriftzug ihres Namens. Bushman rollte die Jacke auf und hielt sie ihr mit der Geste eines Gentlemans, der einer Dame in die Garderobe helfen will, entgegen.

Nur ein Wort kam über seine Lippen: »Schnell!«

Sie schlüpfte in ihre Kochjacke, schloss die Reihe der in den südafrikanischen Farben bemalten Rundknöpfe und war sich mit einem Mal sicher, dass sie nicht durch Zufall unversehrt aus dem Busch entkommen war. Als sie den letzten Knopf geschlossen hatte, verwandelte sich sein finsterer Blick in ein warmes Lächeln, und er reckte seinen Daumen empor.

»*Hoopengeluk*«, hörte sie Isabel draußen erneut sagen, »Hoffnung und Glück. Auf die Hoffnung haben wir soeben getrunken.«

Sie nahm das Tablett und jonglierte es gekonnt auf allen fünf ausgestreckten Fingern ihrer rechten Hand. Ein letzter Blick auf die sieben Gläser, drei davon präpariert, die anderen vier für Isabel, Belinda, sich und Tom. Bushman hatte seine Hand an dem großen Griff der Schwingtüre, bereit, sie ihr aufzuhalten. Als sie auf seiner Höhe stand, signalisierte er ihr, noch näher zu kommen.

»Es gibt noch etwas, das Sie wissen müssen«, flüsterte er und blickte verstohlen nach draußen. Sein Mund berührte fast ihr Ohr, und Sabrina hielt die Luft an, als sie verstanden hatte.

»In seiner linken Brusttasche?«, versicherte sie sich noch einmal, und Bushman nickte.

»Baie dankie!«

Sabrina zupfte noch einmal an der Kochjacke, atmete tief ein und signalisierte Bushman mit einem entschlossenen Nicken, die Tür zu öffnen.

»Und das Glück haben wir jetzt noch persönlich zu Gast, mit einer charmanten und mutigen Kollegin, die als gute Seele aus der Ferne das Glück von *Hoopengeluk* in der Hand hatte«, verkündete Isabel gerade.

»Jetzt sind Sie dran«, sagte er nur. »Baie Geluk!«

Sabrina konnte sich später nicht mehr erinnern, wie sie auf die kleine Bühne gelangt war, zu viel Adrenalin hatte sie durchströmt. Den Applaus der Gäste hörte sie wie aus einer anderen Welt, erkannte aber umso deutlicher, wie die Gesichter von Hinrichsen, Mattys und Richie bei ihrem Erscheinen zu Eis erstarrten. Der Auftritt des Leibhaftigen hätte in ihren Blicken kaum mehr Entsetzen erzeugen können; drei Augenpaare aus steinernen Statuen fixierten sie starr und gelähmt, während Sabrina es schaffte, jeden für sich mit einem lässigen Lächeln zu paralysieren, und sich ihr Herzschlag mit einem Mal ruhig und gleichmäßig anfühlte.

Sie wandte dem Publikum den Rücken zu, um sich bewusst auf die drei Männer zu konzentrieren und ihnen in die Augen sehen zu können. Was sie jetzt zu sagen hatte, galt nur ihnen. Sie erkannte die glänzenden Schweißperlen auf Hinrichsens Stirn, als sie schwungvoll ein Glas vom Tablett nahm und es ihm mit einem angedeuteten höflichen Knicks reichte. Er ließ nervös seine Fingergelenke knacken.

»Chef, speziell für Sie. Ein Dankeschön für unser kleines Intermezzo bei den Müllcontainern im *Ouplaas*. Sie sollten sich übrigens das Fingerknacken abgewöhnen. Es ist ungesund und zudem sehr verräterisch.«

»Wo kommen Sie denn her?«, zischte er in einer Mischung aus Wut und Panik.

»Direkt aus Zavelstein, von der Maiglöckchenernte. Oder war ich beim Spargelstechen? Wir haben uns dort leider knapp verpasst. Lassen Sie es sich schmecken. Die Blumen stehen schon eine Weile, sie dürften ihren Saft bereits ins Glas abgegeben haben. Cheers.« Hinrichsen hielt sein Glas in der Hand und starrte entsetzt auf das zarte Pflänzchen, das wie ein blühendes Rührstäbchen aus dem Cocktail ragte und dessen weiße Glöckchen ihm auffordernd zuzunicken schienen. Sie überließ Hinrichsen seinem Gin und nahm sich Mattys Wild vor, dessen Blick etwas Eiskaltes hatte.

»Hallo, Mattys, schön, dich wiederzusehen. Oder soll ich Matthias sagen? Wie du weißt, mag die trendige Küche ihre Gerichte gerne mit Blumenelementen dekoriert. So sieht übrigens dein frischer Bärlauch aus, wenn er blüht. Wunderschön, oder? Frisch aus dem Schwarzwald. Danke, dass du den Transfer übernommen hast. Herr Kollege, für dich!«

»Aber …«

Sie ließ ihn nicht ausreden. »Ach ja, sorry für die unsanfte Streicheleinheit in der *Waldlust*. Als kleine Entschädigung würde ich dir meinen Job im *Ouplaas* überlassen. Ich denke, hier wird es eher nichts für dich werden!«

✳

Sabrina stand vor Richie. Jetzt würde sie ihr letztes Glas überreichen. Er trug einen sportlichen, blauen Anzug und hatte das weiße Hemd am Hals leger aufgeknöpft. Sie erkannte den Geruch seines Duschgels. Sie war auf alles gefasst, nicht aber darauf, dass er mit einer schauspielerischen Darbietung versuchen würde, sie für dumm zu verkaufen, um so seinen Kopf aus der Schlinge zu ziehen.

»Sabrina, die Überraschung ist dir wahrlich geglückt. Ich freue mich so, dich wiederzuhaben. Ich war wirklich in Sorge. Weißt du, wie sehr ich dich vermisst habe?«

Sie schenkte ihm ihr innigstes Lächeln, und er fiel darauf herein. Seine rechte Hand fasste sie zärtlich am Hals und hielt ihr Gesicht fest, während er sich zu ihr beugte und hauchte: »Ich bin froh, dass du wieder da bist.«

»Ich auch, Richie«, säuselte sie und fasste mit ihrer freien Hand den Kragen von Richies Jackett, auch wenn sie dadurch bewusst riskierte, dass er sie mühelos küssen könnte.

Sie erblickte Tom, der sich so hinter Richie platziert hatte, dass er ihr jederzeit zu Hilfe kommen konnte, und nickte ihm zu, während ihre Hand mit einer fast zärtlichen Bewegung am Aufschlag von Richies Jackett entlangstrich und sich auf dessen Innenseite einen Weg in Richtung seines Herzens bahnte.

»Sorry, dass ich dir versehentlich die falsche Flugnummer mitgeteilt habe«, flüsterte sie, zog gleichzeitig ihre Hand zurück und hielt, durch ihren Körper verdeckt, einen weißen Briefumschlag in den Fingern, den sie mit einem gezielten Griff aus seiner Brusttasche gefischt hatte. Dabei hatte sie es geschafft, ihren Blick nicht ein einziges Mal von seinem abzuwenden.

»Ich glaube, den hast du dir nicht verdient. Der liebe Hinrichsen hätte ihn dir sicherlich wieder abgenommen, weil du deinen Job nicht ordentlich gemacht hast. Tut mir leid, ich denke, das geht auf meine Kappe. Du hast nicht gut genug auf mich aufgepasst.«

Richie sah wortlos zu, wie sie den Umschlag in ihrer Kochjacke verschwinden ließ, und sein Arm huschte nach vorne.

»Nicht doch«, hörte er eine tiefe Stimme hinter sich und blickte in Toms Gesicht. Jetzt begriff er, dass Sabrina ihn durchschaut und sein falsches Spiel ein Ende gefunden hatte.

»Sabrina …«, versuchte er noch, mit einem Hauch Verzweiflung in der Stimme.

Sie unterbrach ihn und streckte ihm sein Glas entgegen: »Richie. Für dich. Ein Souvenir meiner Flucht, die du mir ermöglicht hast. Frische Maiglöckchen. Für Strauße übrigens tödlich, für Menschen nicht zwingend. Ich denke, darauf sollten wir anstoßen.«

Während sie ihm das Glas entgegenhielt, bemerkte sie, wie Tom eine nickende Kopfbewegung in Richtung Karen machte, die sich von ihrem Platz erhob und nun, mit zwei Gin-Gläsern in der Hand, ans Mikrofon trat. Sabrina ahnte, dass die Gutsherrin nun die offiziellen Schlussworte sprechen würde.

»Liewe Gaste«, begann Karen van Wynsberghe auf Afrikaans, »viele von Ihnen sind heute als Fremde gekommen. Ich hoffe, Sie alle gehen als Freunde. Als Freunde von *Hoopengeluk,* für das heute, dank dieser drei bezaubernden, talentierten und mutigen jungen Frauen, eine neue Zeitrechnung beginnt. Eine Zukunft, die nicht nur von Hoop en Geluk, von Hoffnung und viel Glück geprägt ist, sondern auch von Reinheit, Jugend und Aufrichtigkeit. Hierfür stehen als Symbol diese Maiglöckchen, die wir diesen verdienten Personen als Anerkennung für ihre Verdienste um diese Gala in ihrem Cocktailglas überreicht haben. Das letzte Glas behalte ich mir vor, meinem Verwalter, der in den letzten Wochen und Monaten noch hart um *Hoopengeluk* gekämpft hat, zu überreichen: Adriaan Doorn!«

Karen drehte sich um und schaute dem ahnungslos lächelnden Verwalter in die Augen. Im selben Moment reichte ihr Tom von hinten ein Bündel Maiglöckchen, und sie steckte es ihm ins Glas. Sein Blick erstarrte.

»Oder sollte ich besser sagen: Adriaan Cradock?«

Jetzt war ihm klar, dass seine Tarnung aufgeflogen war, woher auch immer die Alte das wusste. Unauffällig sah er sich um und wollte mit einem Schritt elegant nach hinten verschwinden, doch Tom versperrte ihm den Weg. Gleichzeitig tauchte Bushman hinter ihm auf, und er wusste, dass er keine Chance hatte, zu entkommen.

»Um ein Haar hätten Sie Ihr Ziel erreicht, Meneer Doorn. Aber eben nur um ein Haar. Bevor die Band heute Abend zum Abschluss *Nkosi Sikelel' iAfrika* gespielt hat, haben Sie Ihre Koffer gepackt und sind verschwunden. Für immer!«

Sabrina starrte abwechselnd zu Bushman und Tom, der achselzuckend und wissend zugleich lächelte. Er kam nach vorne, nahm sein unpräpariertes Glas vom Tablett und prostete Karen zu. Auch Isabel und Belinda hatten sich ihre Gläser genommen und genossen den Beifall, der nun für alle aufbrandete. Die vier Verlierer standen abgestraft und mit ihren Giftcocktails in der Hand im Hintergrund, ihre Gesichter aschfahl, ihre Blicke eingefroren. Sie hatten verspielt.

Jetzt trat Sabrina ans Mikrofon. »Lassen Sie uns nun das Glas erheben und auf *Hoopengeluk* trinken. Mit Maultaschen-in-Gin, exklusiv aus dem Schwarzwald. Cheers!«

Sie hob das Glas und beobachtete die vier Verbrecher aus dem Augenwinkel.

»Wer von Ihnen, liewe Gaste, übrigens Maiglöckchen kennt, weiß, dass sie giftig sind. Aber keine Sorge, die in den Gläsern dieser vier Herren sind selbstverständlich nicht echt!«

Sie bemerkte Henning, der zur Bühnenseite geeilt war und Belinda in seine Arme drückte. Isabel, die etwas verloren daneben stand, strahlte, als sie Carstens Lächeln auffing.

»Darf man mitfeiern?«, fragte er, und sie hakte sich bei ihm unter. »Immerhin habt ihr drei dafür gesorgt, dass sich Henning keine Sorgen mehr um *Hoopengeluk* machen muss. Die Gäste von *Ten of the Best Hotels* sind begeistert, Rohan du Vredenburg hat mir gerade den Vertrag gezeigt.«

Er trat auf Sabrina zu. »Was für ein genialer Gin«, meinte er in ernstem Ton, »aber wie kommt ihr auf die schräge Idee, den Gästen weiszumachen, dass in dem Gin Maultaschen drin sind?«

»Ganz einfach, weil es die Wahrheit ist! Die für den Brand verwendete Maultasche ist eine Kreation des Sternekochs Franz Berlin aus Zavelstein.«

»Und der Gin ist der Liebesbeweis für eine Sterneköchin«, fügte Tom hinzu, und Isabel ergänzte lächelnd: »Die Maultaschen im Gin sind ebenso echt wie wir als Köchinnen.«

»Im Gegensatz zu diesen Maiglöckchen«, sagte Carsten, »aber Respekt! Mit eurer Frauenpowerflowershow habt ihr den Herren wirklich einen ordentlichen Denkzettel verpasst. Wären ECHTE Maiglöckchen denn überhaupt genießbar?«

»Schon«, antwortete Isabel mit gespielt geheimnisvollem Ton in der Stimme, »aber eben nur einmal.«

Belinda nickte. »Oder wie Jamina sagen würde: Böse Medizin.«

»Wo ist sie überhaupt?«, unterbrach Isabel.

»Sie sitzt bei Bushman vor seiner Hütte«, antwortete Sabrina, um dann fortzufahren: »Wenn es nach den Schurken gegangen wäre, würde Isabel dich jetzt mit ausgepumptem Magen im Groote Schuur Hospital in Kapstadt besuchen, und Rohan du Vredenburg hätte den Vertrag über *Hoopengeluk* am Braaistand verbrannt.«

Carsten hatte verstanden und schüttelte anerkennend den Kopf.

»Diese Herren hätten in der Tat echte Maiglöckchen verdient! Ich glaube, ich habe die Gefahr unterschätzt.« Er wandte sich Isabel zu. »Und dich offensichtlich auch.«

Sein Kuss ließ ihr keine Chance, darauf zu antworten. Sabrina zwinkerte Belinda zu.

Dann hat das letzte Töpfchen jetzt ja auch noch sein Deckelchen gefunden, bemerkte Tinker.

»Was nun?«, fragte Tom, der etwas verloren abseits stand.

»Noch nie was von Küchenparty gehört?«, antwortete Isabel an Sabrinas Stelle und hielt ihr Gin-Glas gefährlich schräg. »Oder feiern Piloten mit ihren Flugbegleiterinnen immer nur im Cockpit?«

»Du wirst mich gleich auf dem Tisch tanzen sehen«, ergänzte Sabrina. »Ich bin Köchin, ich darf das!«

Während die Gäste noch ausgelassen feierten und die Geschichte von den unechten Maiglöckchen unter Kopfschütteln die Runde machte, zogen sich die Retterinnen von *Hoopengeluk* zum Feiern in die Küche zurück.

»Jetzt wird getrunken und getanzt! Putzen können wir später«, meinte Belinda. »Cheers, Mädels!«

Und wenn sie nicht gestorben sind, dann trinken sie noch heute, grummelte Tinker.

✷

Tom, Carsten und Henning waren den Köchinnen in die Küche gefolgt, und sogar Karen schloss sich ihnen an. »Lassen Sie mich mit Ihnen feiern, my Vrouens!«, sagte sie gelöst, »ich hätte Lust auf eine Maultasche im Glas.«

Die Eiswürfel klirrten munter in den langstieligen Fancygläsern, als Isabel sich neugierig an Sabrina wandte.

»Eines interessiert mich schon noch: Woher wusstest du von diesem Umschlag, den du Richie so geheimnisvoll aus der Jacke gezogen hast?«

»Das hat mir Bushman noch verraten, kurz bevor ich zu euch raus bin.«

»Und was ist da drin?«, fragte Belinda.

»Du wirst es nicht glauben. 500.000 Rand. Das sind ungefähr 30.000 Dollar. Hinrichsens Kopfgeld für Richie dafür, dass er so fein auf mich aufgepasst hat. Richie war ja der Einzige, der meine Pläne kannte.«

»Das also war es Hinrichsen wert, dass hier die Gäste vergiftet werden sollten«, zischte Isabel.

»Ja. Und gerade mal 5000 davon hat Richie an Bushman bezahlt. Daher wusste der auch von dem Geld.«

Sabrina hielt ihren Freundinnen den Umschlag entgegen.

»Ich möchte, dass ihr und Bushman euch das teilt. Ohne euch und eure ›Maultaschen in Love‹ würde es *Hoopengeluk* so nicht mehr geben.«

Sie strahlte Isabel und Carsten an. »Ich weiß nicht, Belle, was ihr vorhabt. Vielleicht zuerst in den Schwarzwald, um den *Conradshof* zu renovieren? Ich hoffe, 10.000 Dollar reichen als Anzahlung für einen guten Innenarchitekten. Und du, Belinda …«

»Das übernehme ich«, unterbrach Henning und hielt Belindas Hände fest umschlossen. »Könntest du dir nicht vorstellen …«, er stockte ganz kurz, »… auf einer kleinen, aber exklusiven Hotelanlage eine Flamingozucht aufzubauen?«

Als glitzernde Konkurrenz zu Vögelliebhaber Rhii-tschiiieh, konnte sich Tinker nicht verkneifen.

»Du meinst … ich soll … hier?« Belindas Augen fingen an zu glänzen.

»Ja, hier, bei uns. Auf *Hoopengeluk*«, antwortete Henning. »Ich finde, obwohl es keine Glitzerflamingos gibt, allein den Gedanken, dass es sie geben könnte, wunderschön.«

Belinda wagte einen Blick in Karens Richtung, die ihn mit einem lächelnden »Warum nicht? Sie sind auf *Hoopengeluk* herzlich willkommen, Belinda!« quittierte. Karens Stimme strahlte genau die Wärme aus, die Belinda schon an ihrem ersten Abend bei diesem Spaziergang gespürt hatte.

»Danke, Mevrou van Wynsberghe.«

»Karen, bitte.«

Na also, geht doch, jubilierte Tinker.

Karen erhob den Zeigefinger in alter Manier, imitierte ihren eigenen Befehlston der letzten Tage, und ganz Herrin von *Hoopengeluk* sagte sie: »Henning, du begleitest Belinda nach Mallorca! Überprüfe, was die Reben dort taugen, und sorge dafür, dass sie wieder hierher zurückkommt.«

Juhu! MallorGinische Maultaschen – das wird der volle Klöpper!, freute sich Tinker.

»Wusstest du überhaupt«, fragte Henning seine Mutter, »dass Belinda gar keine Köchin ist?«

»Zum Glück!«, sagte Karen. »Nur die geschulte Nase der Apothekerin kann Bärlauch von Maiglöckchen unterscheiden.«

»Auf *Hoopengeluk*«, sagte Sabrina leise zu Tom. »Ich wünsche mir auch, hierzubleiben.«

Karen hob die Augenbrauen und lächelte Sabrina an.

»Nachdem ich mit Jamina andere Pläne habe und ich Sie, Mevrou Sabrina, in Ihrer Küchenschürze sehe, hoffe ich, Sie als Küchenchefin für uns zu gewinnen!«

Tom drückte Sabrina fest an sich.

»Ach, da fällt mir noch was ein«, fuhr die Gutsherrin fort, »ich hätte da noch eine andere Stelle neu zu besetzen, Meneer Tom. Hätten Sie etwas dagegen, sich künftig um unseren Fuhrpark zu kümmern und um die alte Piper, die nicht mehr in der Luft war, seit mein Mann verstorben ist?«

Tom strahlte. »Aber was wird aus Bushman?«, fragte er.

»Machen Sie sich um ihn keine Sorgen. Und jetzt trinken wir auf die Köchinnen von *Hoopengeluk*!«

»Du hast gewonnen!«, flüsterte Tom an Sabrinas Ohr. Sie lächelte glücklich.

EPILOG

Der Südhimmel wölbte sich mit seinem hellen Sternenmeer über *Hoopengeluk* und tauchte die Szene im Innenhof in ein unwirkliches Licht. Die Feuer waren erloschen, ein paar Kerzen flackerten auf den Tischen, und nur aus der Küche drangen noch Stimmen hinaus in die Nacht.

Maphikelela Bhekizifundiswa Mfanafuthi hörte es und starrte in die knisternde Glut seines Lagerfeuers, als er plötzlich seinen Namen rufen hörte. Er sah Tom den Weg von der Küche zu seiner Hütte heraufkommen.

»Sie und Jamina sollten mit uns feiern«, sagte er und winkte ihn herbei. »Die Damen möchten gerne wissen, ob Bushman zu den Guten oder zu den Bösen gehört.«

Eine Minute später standen sie in der Küche bei den anderen.

»Einen haben wir beim Feiern übersehen«, begann Tom, »dabei hätten wir ohne ihn das Spiel der Bande niemals durchschaut. Auch wenn wir alle bisher glaubten, er sei der Handlanger von Richie und hätte Sabrina in den Busch verschleppt.« Tom erntete fragende Blicke der Umstehenden. »Doch Richie hat ihn nur ausgenützt. Die Straußenfarm wirft schon lange nichts mehr ab, und Hinrichsen hätte auch für *Volstruis Willow* ein ordentliches Sümmchen bezahlt. Dafür sollte ihm Richie *Hoopengeluk* in die Hände spielen. Der Komplott gegen die Gala war Richies und Adriaans Idee.«

»Aber warum Adriaan Doorn?«, fragte Sabrina. »Was hatte er davon?«

»Um genau das herauszufinden, bin ich auf Anraten von Meneer Bushman heute noch nach Kapstadt gefahren. Im Deeds Office, dem Grundbuchamt, kann man südafrikanische Besitzverhältnisse ganz klar überprüfen. Ein gewisser Adrian Cradock ist der rechtmäßige Besitzer von *Volstruis Willow*, wenn er auch nie hier gelebt hat. Richie ist sein Sohn.«

Tom blickte in staunende Gesichter.

»Das steht doch aber nicht im Grundbuch, oder?«, fragte Henning.

»Nein, aber Meneer Bushman hat gehört, wie Richie zu Adriaan Doorn ›Vater‹ sagte. Seit diesem Augenblick hat er beide beobachtet.«

Sabrinas Blick wanderte stumm zu Bushman. »Dann hatten Sie gar nie vor, mich im Busch verschmachten zu lassen?«, fragte sie.

Er schüttelte den Kopf.

»Und das lockere Fesseln meiner Hände war …«

»Gewollt«, sagte der Hüne.

»Sie wollten, dass ich entkommen kann?«

Er nickte.

Sie trat auf ihn zu, drückte ihn stumm und ließ zu, dass ihre Augen feucht wurden. Die Bilder ihrer Gefangenschaft im Busch und ihrer Flucht tauchten in ihr auf.

Die Stimme Karens holte sie in die Realität zurück: »Dank Meneer Bushmans und Toms Hilfe konnte ich meinem geschätzten Verwalter auch noch einen Bund Maiglöckchen überreichen. Dafür werden Meneer Bushman und seine Frau Jamina als Verwalterpaar den Posten von Meneer Doorn übernehmen.«

Die Gläser klirrten, der Gin machte abermals die Runde, und die drei Köchinnen erlebten eine Karen, wie sie ihnen in den vergangen Tagen nicht ein einziges Mal begegnet war: unbeschwert und heiter. Keine Spur mehr von ihrer angespannten und unsanften Art, mit der sie jeder Einzelnen von ihnen das Leben schwer gemacht hatte. Schließlich verabschiedete sich die Gutsherrin.

»Ich ziehe mich langsam zurück. Den Frühdienst und das Frühstück für euch übernehme ich, für den Fall, dass es etwas später wird. Ihr habt es euch alle wirklich verdient!«

Karen goss sich noch einen allerletzten Schluck des »Maultaschen in Gin« ein.

»Leben«, sinnierte sie, »ist das, was passiert, während du dabei bist, andere Pläne zu machen …«

Karen leerte ihr Glas.

Sabrina, die zum ersten Mal an diesem Abend eine innere Ruhe verspürte und bemerkte, wie die Anspannung der vergangenen Tage von ihr abfiel, lauschte in sich gekehrt in einem Winkel der Küche Karens Worten.

»Und du wolltest weg aus Südafrika«, dachte sie und nahm in diesem Moment eine Bewegung neben sich wahr.

»Du hattest auch andere Pläne«, flüsterte Tom, »stimmt's?«

Sie nickte stumm und lehnte sich einfach an ihn. Es war der Moment, in dem sie endgültig wusste, dass ihre Zeit hier noch nicht zu Ende war.

Und auf einmal schien es ihr nicht mehr wichtig, dass ihre Geschichte von den unechten Maiglöckchen in den vier Gläsern tatsächlich eine Lüge gewesen war.

REZEPTE

Franz Berlins Maultaschen

Nudelteig   *3–4 Eier (je nach Größe) · 2 EL Wasser ·*
1 Spritzer Essig · 1 Prise Salz · 350 g Mehl

Eier mit Wasser, Essig und Salz verquirlen, das Mehl unterkneten und den Teig kneten, bis er glatt ist. 20–30 Minuten bei Zimmertemperatur abgedeckt ruhen lassen.

Oder: Handelsüblichen Nudelteig aus der Kühltheke verwenden.

»Maultaschen in Love«

Getrüffelte Strauß-Bärlauch-Maultaschen mit Rotweinbuttersauce (Für 4 Personen)

400 g Straußenbrust · 500 g Putenfarce (vom Metzger) ·
75 g Perigord Trüffelwürfel · Je 30 g Karotten, Sellerie
und Petersilienwurzel klein gewürfelt · Nudelteig · Salz,
Pfeffer, Öl
Zum Garnieren   *600 g Blattspinat · 100 ml Geflügeljus ·*
Späne von der Belper Knolle (Schweizer Hartkäse)

Aus der Straußenbrust 4 Steaks à 40 g, ca. 3 × 6 cm schneiden, von beiden Seiten anbraten und abtrocknen. Aus der restlichen Brust kleine Würfel 0,5 × 0,5 cm schneiden, in der Pfanne in heißem Öl scharf anbraten, die Hitze reduzieren, sofort abkühlen, auf Küchenkrepp trocken tupfen.

Für die Brätmasse Putenfarce, Trüffel, Karotten, Sellerie, Petersilienwurzel und Straußenbrustwürfel mischen, mit Salz und Pfeffer abschmecken, auf den Nudelteig aufstreichen und mit einem Straußensteak belegen. Noch einmal mit Farce bestreichen und im Nudelteig einschlagen. Anschließend zwischen jedem Straußensteak den Teig mit einem Kochlöffel eindrücken und dort mit einem Messer zu Maultaschen schneiden.

In kochendes Salzwasser geben und die Hitze reduzieren, ca. 8 Minuten ziehen lassen.

Etwas Spinat andünsten, die Strauß-Maultaschen diagonal halbieren, auf das Spinatbett setzen, mit Geflügeljus nappieren und mit gehobelter Belper Knolle dekorieren.

Den *Maultaschen-in-Love*-Style bekommen die *Getrüffelten Strauß-Bärlauch-Maultaschen* durch *Rotweinbutter*. Kalte Würfel aus *Beurre Rouge* erhalten den glänzenden Farbton des Weins und geben ein feines Aroma.

Rotweinbutter

2 frische Schalotten · 180 ml kräftiger Rotwein ·
70 ml Portwein · 2 Zweige Thymian · ½ Zehe Knoblauch ·
80 g kalte Butter

Schalotten in etwas Butter anschwitzen und mit Rotwein und Portwein ablöschen. Thymianzweige und Knoblauch hinzufügen. Das Ganze auf 100 ml einkochen und mit den sehr kalten Butterwürfeln (am besten vorher ins Gefrierfach stellen) mit einem Schneebesen einrühren. Wichtig: Die Butter nicht mehr kochen lassen.

Maultaschen-Mosaik

Füllung   *15 g Salz · 2 g Pfeffer · 5 g Paprikapulver ·
2 g Thymian geraspelt · etwas Muskatnuss · 2 Eier ·
500 g Spinat gehackt (gut ausgedrückt) · 150 g trockene
Brötchen · 50 g Röstzwiebeln gehackt · 1 kg Kalbfleischbrät*

Deko   *Rote-Beete-Sprossen · etwas Ackersalat ·
geschmelzte Zwiebeln*

Für die Füllung die Brötchen in Wasser einweichen und gut ausdrücken. Gewürze, Eier, Spinat, Zwiebeln und Brötchen gut miteinander vermengen. Zum Schluss das Brät dazugeben.

Den Nudelteig ausrollen und die Füllung ca. 1 cm dick aufstreichen, an den Rändern jeweils einen ca. 4 cm breiten Streifen freihalten. Von unten nach oben zweimal einschlagen, den oberen Streifen mit Eigelb bestreichen und dann zuklappen, danach leicht schräg mit einem scharfen Messer in ca. 4 cm breite Maultaschenstreifen schneiden. In kochendes, gesalzenes Wasser geben und ca. 10 Minuten ziehen lassen.

Pro Teller zwei Maultaschen jeweils längs in der Mitte teilen. Alle vier Maultaschenstreifen immer nur auf einer der offenen Fleischseiten kross anbraten. Die andere Seite »natur« belassen. Danach die Maultaschenstreifen in der Mitte teilen und die acht Teile, wechselnd mit angebratener und »Natur«-Seite, vier untereinander und zwei nebeneinander, auf dem Teller anordnen.

Mit geschmelzten Zwiebeln, ein paar Blättchen Ackersalat und einem hauchdünnen Fadennest aus Rote Beete garnieren. Nach Belieben noch einen Soßenstreifen auf den Teller geben.

Tipp: Mit geschmolzener Butter einstreichen, so erzielt man einen schönen Glanz auf den Maultaschen.

Käsespätzle nach Hirschenwirts Art

Für 4 Personen

2 Schweinefilets (je 300 g) · 8 Scheiben Schwarzwälder Schinken · 6 Eier · 1 Prise Salz · etwas Muskat · 400 g Mehl · 5 EL Rapsöl · 350 g Bergkäse · 3 EL Sahne · 2 Zwiebeln

Schweinefilet sauber parieren (Silberhaut und Sehnen entfernen) und portionieren auf ca. 2 × 90 g. Rundherum mit Schwarzwälder Schinken umwickeln, auf der Schnittfläche scharf anbraten und im Backofen ca. 10–15 Minuten bei 100 Grad mit Ober- und Unterhitze fertig garen.

4 Eier und 2 Eigelb mit 1 Prise Salz und etwas Muskat würzen und alles gut vermengen. Wir geben kein Wasser zum Teig. 400 g Mehl gesiebt nach und nach in die Eimasse rühren und schlagen, bis ein homogener Teig entsteht, der Blasen bildet. Mindestens 30 Minuten ruhen lassen. Dann die Spätzle ins siedende Salzwasser pressen oder vom Brett schaben. Einmal aufkochen lassen, Spätzle mit einem Schaumlöffel herausheben und im Eiswasser abschrecken. Auf einem Sieb abtropfen lassen und leicht mit Pflanzenöl benetzen. Die Spätzle in der Pfanne mit wenig Butterschmalz anbraten, den Bergkäse dazugeben und sich vereinen lassen. Etwas Sahne hinzugeben, das macht die Käsespätzle schön sämig.

Zwiebeln in Ringe schneiden, in Mehl wenden und in heißem Butterschmalz kross rösten. Nicht zu dunkel werden lassen, sonst schmecken sie bitter.

Die Käsespätzle mit den Schweinelendchen belegen und mit den gerösteten Zwiebelringen garnieren.

Tipp: Der Schinken darf nicht zu dünn geschnitten sein. Beim Würzen der Filets beachten: Schwarzwälder Schinken ist von Natur aus salzig!

Schwarzwaldburger aus dem Conradshof
mit Pflaumenketchup und Rote-Beete-Mayonnaise

Für 4 Burger   500 g Rehfleisch · 100 g durch-
wachsenes Rindfleisch · 8 Scheiben Speck · 2 Zwiebeln ·
4 Burger-Buns · 2 mittlere Tomaten · 4 Scheiben
Bergkäse · Pflaumenketchup · Rote-Beete-Mayonnaise

Das Reh- und Rindfleisch durch den Fleischwolf (mittlere Schei-be) drehen, ¼ der Masse ein zweites Mal durch den Wolf lassen.

Alles mit ein wenig Salz, Pfeffer und einer Prise Zucker gut durchkneten und zu 150 g schweren Patties formen. Den Speck in der Pfanne knusprig auslassen. Die Zwiebelringe braun andünsten.

Die Burger-Buns kurz im Ofen anwärmen oder auf dem Grill toasten. Die Patties rosa braten und mit Bergkäse, Speck, Toma-ten, Pflaumenketchup und Rote-Beete-Mayonnaise zu einem Bur-ger stapeln.

Rote-Beete-Mayonnaise

200 g Rote Beete · 2 Zehen Knoblauch · 1 Zwiebel ·
1 daumengroßes Stück Ingwer · 1 TL ganzer schwarzer
Pfeffer · 1 TL Senfkörner · 150 ml Apfelessig · 2 Eier ·
250 ml Öl · 1 EL Senf · Salz · Pfeffer

Rote Beete, Knoblauch, Zwiebel und Ingwer in Würfel schneiden. Zwiebel, Knoblauch und Ingwer in etwas Öl mit Pfeffer und Senfkör-nern andünsten, die Rote Beete dazu und kurz mit angehen lassen.

Das Ganze mit Apfelessig ablöschen und 1,5 bis 2 Stunden bei geschlossenem Deckel köcheln lassen. Alles im Mixer pürieren und durch ein Sieb streichen.

Die Eier mit dem Senf in ein hohes, schmales Gefäß geben. Das Öl dazugeben und mit dem Pürierstab langsam von unten nach oben zu einer Mayonnaise binden und 3–4 EL des Rote-Beete-Pürees einarbeiten.

Pflaumenketchup

2 rote Zwiebeln · 1 daumengroßes Stück Ingwer ·
1 TL Currypulver · 1 EL Senfkörner · 500 g Pflaumen ·
100 ml Apfelessig · Salz · Zucker

Zwiebel und Ingwer in Würfel schneiden und in neutralem Öl glasig anschwitzen Das Currypulver und die Senfkörner kurz mit anschwitzen, dann die Pflaumen dazugeben und mit Apfelessig ablöschen.

Alles langsam bei geschlossenem Deckel ca. 2 Stunden köcheln lassen, danach im Mixer pürieren und durch ein feines Sieb streichen.

Veronika und Edi wünschen »guten Appetit!«